Till Malin och Maj.

Utan er – ingenting.

Förord

När *Toffs bok* först hittades, dröjde det innan man insåg storheten i fyndet. De första åren låg den, mer eller mindre bortglömd, på arkivet i Stockholms stadshus. Mycket beroende på den låga status som dokument på mörktidssvenska faktiskt hade. När sedan intresset för den mörka tiden fick ett plötsligt uppsving, började allt fler dokument från den tiden granskas. De flesta var, som så ofta i den historiska vetenskapen, pliktskyldiga uppteckningar av egendom, protokoll från förhandlingar och rättegångar, kontrakt mellan olika affärsidkare och så vidare. Dessa kan visserligen ge en fascinerande inblick i tidens sedvänjor och vardag och de är ovärderliga för att teckna en sann bild av samhällets struktur. Men de saknar en viktig egenskap: de har ingen själ. De ger oss ingen egentlig inblick i den vanliga människans känslor, umbäranden – för det var gott om umbäranden på den tiden – och tankar. I den mån till exempel rättegångsprotokoll tar upp vanliga människors vardag, sker det ändå alltid formaliserat, byråkratiskt och utan inlevelse.

Men *Toffs bok* har en själ. Den ger en unik bild av en enskild människa, av hennes tankar och känsloliv, så som de såg ut under den kanske märkligaste och mest undflyende delen av svensk historia: den mörka tiden. Visserligen har begreppet »den mörka tiden« på senare tid kommit att omvärderas. Men jag använder det ändå. Dels för att det är det allmänt vedertagna begreppet, dels för att det delvis är sant. Det var en mörk tid. En väldigt mörk tid. Men det var också en tid av spirande upptäckarglädje. Utan människor som Toff är det tveksamt om det nutida Sverige, där bildning, civilisation och välfärd återigen är realiteter, någonsin hade sett dagens ljus. Utan hans nyfikenhet skulle vi fortfarande sitta isolerade i »Ståkkålms« dragiga ruiner och lyda under en enväldig fullmäktige. Utan hans vilja att förstå mer av historien skulle vi fortfarande bryta våra ryggar under skyfflarnas tyranni.

Därför vill jag avsluta detta förord med ett tack: Tack Toff för att du skrev din bok. Den låg bortglömd över 200 år, men du skrev den inte förgäves.

Tack också till Schamila Liström, utan vars samvetsgranna översättning till klassisk svenska denna bok aldrig hade blivit verklighet.

Muham Bentson
Fil.dr i svensk historia

Stockholm, 10 oktober 2474

Jag heter Toff. Jag vet inte vad mer jag ska säga. Jo, jag heter Toff Janne. Janne var min farsa. Han är död. Jag bor med min morsa på fjärde våningen i ett hus i Hornschtull. En av glasrutorna finns fortfarande kvar. Det är oktober och jag fryser.

Jag har aldrig skrivit nåt sånt här förut. Och jag förstår inte hur jag vågar. Om nån skyfflare eller golande knegare kommer på mig, kommer de släpa mig till fullmäktige. Och hon skulle ge mig tre dagars arbete utan lön. Då får jag vara hungrig. Har jag tur får jag mig bara en omgång av skyfflarna.

Varför gör jag det här? Kanske är jag bara dum. Men jag hade ju den här högen med papper hemma som jag samlat på mig. Vi brukar använda det för att tända eld i spisen och för att torka oss i skitan med. På senaste tiden har jag börjat samla finare papper, sånt som man hittar ibland. Så kanske ville jag skriva utan att jag förstod det själv. Jag vet inte. Ibland gör man bara saker utan att förstå varför. Om nån hittar de här papprena får jag väl hoppas Tompy är i närheten. Han kommer alltid undan med såna grejer.

Men nu sitter jag i alla fall här och skriver. Det känns ovant. Jag brukar inte skriva. Ingen brukar skriva, eftersom det är förbjudet att både läsa och skriva. De flesta kan det ändå, det är nåt man bara lär sig. Morsan lärde mig, hon lärde sig av sin morsa. Men det blir färre och färre som lär sig läsa. Jag har hört gamlingar som suckar och skakar på huvudet åt att det är så få som kan det.

En gång fick jag ett sjuhelvetes rapp över ryggen när en skyfflare såg mig skriva mitt namn i sanden. En snubbe i min ålder fick så mycket spö att han fortfarande inte kan använda sin högerarm när en fullmäktigesnubbe kom på honom med att skriva ett kärleksbrev till en brud han var nerkärad i. De bor ihop nu och har två barn, så det spelade ju ingen roll egentligen. Men det är väldigt förbjudet i alla fall, det jag gör nu. Jag vet inte varför.

Men å andra sidan är det inte mycket jag vet, mer än att jag måste skriva det här. Det är så mycket som måste ut. Jag har gått omkring i flera år nu och tänkt exakt samma meningar i huvudet om och om igen för att jag inte ska glömma bort dem. Till slut gör jag så klart det. Och då grämer jag mig i dagar, jag letar efter den där meningen som var så jävla bra. Det här är enda sättet att få mina tankar att stanna kvar efter att jag tänkt dem. Annars tänker man ju bara en sak och sen försvinner den. Ibland kommer man ihåg den, men oftast försvinner den. Jag brukar tänka att tankarna är som vindpustar. De känns under ett ögonblick. Sen är de borta.

Och nu skriver jag alltså. Jag vet inte var jag ska börja. Det finns så mycket. Kanske är det bäst att bara låta pennan lyda. Kanske blir det bara ointressant. Men det spelar ju ingen roll, ingen kommer att läsa det här.

Böcker är förbjudna, eftersom det är förbjudet att läsa och skriva. Det vet alla. Ingen som jag känner har sett en bok, men jag antar att de ser ut så här: en bunt papper som nån har skrivit på. Och nu, precis nu, inser jag vad jag ska – måste – göra. Jag ska skriva en bok, en bok om mig. När jag dör ska boken finnas kvar. Då kan man säga att de andras liv har varit som vindpustar, men mitt liv finns kvar.

Det här är boken om mig, det här är *Toffs bok*. Boken av Toff.

***

Kanske var det dumt att säga att jag ska skriva en bok om mig. Jag är ju bara jag. Toff. Jag tror jag är tjugofem år. Min pappa dog när jag var sju. Min mamma jobbar oftast med att rensa jord åt skyfflarna. Jag daglönar, mest som bärare och grävare åt skyfflarna men ibland också åt fullmäktige. Det är bättre. Vår fullmäktige heter

Hassa Billström. Hon är väl okej, antar jag. Inte värre än de andra fullmäktige, men inte bättre heller. Hon betalar med potatis så vi kan äta oss mätta nästan hela tiden. Morsan brukade hora förut, mest åt skyfflarna. Men hon har slutat med det nu eftersom hon börjar bli gammal.

Det är kväll snart och jag sitter vid vårt fönster. Jag tror vi är de enda i Hornschtull som har ett riktigt fönster. Fast det beror inte på att vi är rika. Vi har bara haft tur. Farsan föddes i den här lägenheten, och hans farsa föddes också här. Jag tror vi bott här så länge som nån kan minnas.

Det är bra med ett fönster. Det blir ljust längre. De flesta har plankor fastspikade för hålen där det en gång satt fönster. När det är varmt kan man ta bort plankorna och så blir det helt ljust inne. Det känns märkligt, som om man helt plötsligt bodde nån annanstans. Men vi har alltså ett glasfönster. Vi gör rent det ibland, så man kan nästan alltid se ut genom det. På gatan utanför är det tomt. De flesta har gått hem, hem till potatisen och mäsken. Jag har redan ätit.

Det hände inget speciellt idag. Jag bar tegelstenar från brofästet till gränsen. På andra sidan gränsen har de en fullmäktige som heter Schuan[1] Berg. Han är jävligt sträng sägs det. Hela Sinken är rädd för honom. Han har dömt folk till döden för att de typ snott en potatis. När jag burit färdigt fick jag lön från Hassas sekreterare. En påse potatis. Det var den vi åt till middag idag. Morsan kokade den och hon hade fått smör i lön, så det blev rätt gott.

Jag har inte berättat för morsan att jag skriver, tror inte hon skulle gilla det. Hon är rädd för att göra Hassa arg. Jag kan förstå henne. »En arg fullmäktige betyder tomma magar«, brukar man säga.

Nu händer nåt nere på gatan. Jag ser en tjej komma, nerifrån Rejmers. Tror jag känner igen henne. Anna, tror jag. Anna Pelle.

Jag har aldrig varit med en tjej. Aldrig knullat.

---

[1] Jag har valt att inte översätta egennamn. Schuan skulle, på klassisk svenska, stavas Juan. Mitt eget namn, Schamila, skulle på klassisk svenska stavas Jamila. Det blir enklare och mer tidstypiskt att göra på det här sättet. Övers. anm.

Det har jag aldrig sagt till nån. Jag har alltid ljugit. Nu när jag skriver det är det första gången jag ser orden.

Jag skriver nåt jag aldrig sagt, och aldrig vågat säga. Det känns ... bra. Mitt hjärta slår lite snabbare. Jag rodnar. Jag måste fortsätta med det här.

Det skymmer och det börjar bli svårt att se vad jag skriver. Men innan jag slutar måste jag skriva en sista sak. Jag tror hon grät. Anna Pelle alltså.

Jag tror hon grät när hon gick längs gatan.

***

De första två styckena av *Toffs bok* kan verka obetydliga. Men skärskådar man omständigheterna kring Toffs skrivande, kan det inte undgå en att se vilket sällsynt historiskt dokument detta är.

Han tycks driven av ett inre, omedvetet kall att skriva, trots att det är förenat med stor fara. Han skriver själv att han riskerar bli dömd till tre dagars arbete utan lön; ett straff som var mycket vanligt. Inte så konstigt, med tanke på att fullmäktige var den som drog nytta av arbetarnas vedermödor. Varje dagsverke fullmäktige slapp betala för var ren vinst. Men Toff tar ändå upp pennan, trots att han riskerar straffarbete eller misshandel. Papper var inte svårt att komma över. Det ansågs bara användbart som bränsle egentligen. De enda som egentligen skrev något var fullmäktige, som ibland skickade meddelanden till andra fullmäktige. Ett rudimentärt postsystem hade med andra ord börjat ta form. Men litterärt skrivande var i det närmaste obefintligt.

De enda skönlitterära berättelser Toff kommer i kontakt med är de sagor som berättas kring eldarna efter arbetsdagens slut. Vi vet mycket lite om dem, men längre fram i sin bok återger Toff en sådan saga. Den är en av få som överlevt tidens tand.

Var har Toff fått idén att skriva från? Ingenstans. Han har aldrig läst en bok. Om någon hittade en sådan, skulle den omedelbart lämnas till fullmäktige, som hade monopol på all kunskap. Också detta kommer vi att få läsa mer om längre fram i boken.

Nej, Toff drivs av en inre kraft – han vill skriva. Om allt och om inget. Vad vi bevittnar i dessa två första kapitel är en tidsmaskin, med direkt ingång i en mörktidsmänniskas huvud. Vi ser hur ett intellektuellt sinne börjar formas, hur han börjar rådbråka sig själv och sin omvärld. I sista stycket i andra kapitlet ser vi hur han sakta börjar psykologisera sig själv, när han frågar sig varför han aldrig har vågat erkänna sin svendom för andra.

Kort sagt, det är den här typen av tankar som till slut kom att forma den rörelse som tog oss ur den mörka tiden. Folk började tänka, de började formulera tankar som glömts bort århundraden tidigare. Toff var inte unik (längre fram i boken kommer vi att få se att han hade rätt många gelikar, och att de gjorde betydligt mer än att skriva). Men hans bok är den enda dagboksaktiga skildringen av den här tiden vi har. Mycket gick till spillo när inbördeskriget rasade. Framför allt privat egendom.

En annan intressant detalj i de inledande kapitlen är det faktum att Toffs fullmäktige – som alltså hade oinskränkt makt över hans stadsdel – heter Hassa Billström. Detta visar att det ännu på Toffs tid, det vill säga på 2200-talet, var vanligt att fullmäktige åberopade sina ättelinjer för att legitimera sin ställning. Med all sannolikhet ansåg sig denna Hassa Billström vara ättling till Annika Billström, en kommunalpolitiker som verkade under det tidiga 2000-talet.

Det som också blir tydligt i inledningen till första kapitlet, är att Toff är lika rädd för att få stryk av skyfflarna som han är för att få tre dagars straffarbete. Detta visar på vilket hårt liv dessa människor levde – men framför allt visar det att skyfflarnas ställning visavi fullmäktige verkar ha varit starkare än vi tidigare trott. Om skyfflarna egenmäktigt kunde utdela straff för att någon inkräktat på det som de kallade sin »demokratiska rättighet«, betyder det att skyfflarna kanske var en starkare och mer sammanhållen grupp än vi tidigare trott.

Muham Bentson

***

Det har gått tre dagar sen jag senast skrev. Jag har varit för trött, jag har druckit mäsk på kvällarna och när jag har velat skriva har morsan suttit i det här rummet med sin kompis Tina och krökat. Men nu har jag flera timmar på mig. Jag fick inte jobb idag och jag vet att morsan kommer få så bra med lön att det är lugnt med middagen ändå.

Jag har tänkt mycket på det här med att jag skriver. Ingen vet förstås om det, det är nåt som bara jag vet. Det är både skönt och lite som en sårskorpa. Man vill pilla på den även om man vet att det inte är bra. En del av mig vill berätta, vill att folk ska läsa och se att jag är nån annan än den Toff de känner. Att jag är större inuti än utanpå. Men den delen av mig är aldrig större än den delen som är rädd för stryk.

Nu vill jag skriva om när jag var barn.

Ja men gör det då!

JAG KAN SKRIVA VAD SOM HELST!

När jag var barn var jag ensam. Jag är ensam nu också, men ett ensamt barn är ännu mer ensamt än en ensam vuxen. Inga barn vill egentligen vara ensamma. De kanske säger det – jag sa det – men egentligen vill de inte det. Och varför var jag ensam? Jag vet inte. Kanske för att jag är ful, men Bosse Turk är skitful, mycket fulare än jag, och han har både vänner och tjejer. Så det handlade nog inte om det.

När jag tänker på mig själv som barn, ser jag stenen vid slutet av Spinnargatan, precis där gatan ner mot Långolmen börjar slutta. Jag ser buskagen längs nedre sidan av Bergsunnsgatan. Jag ser stenarna vid Stritstranden. Det var där jag gick för mig själv. För där var inga andra, inga som störde. Jag gick dit så morsan skulle tro att jag hade polare. Att se hennes besvikelse när hon såg mig ensam var nästan värre än att vara ensam. När jag kom hem sa jag alltid att jag hade lajat med den och den och den. Men inte mycket mer. Och till sist slutade hon att fråga. Jag tror det var så tystnaden mellan oss föddes.

Kanske är jag för tyst. Jag håller hellre käften än säger massa skit. Det lärde jag mig av farsan när han levde. Håll käften, brukade han säga. Så jag höll käften. Det är bra på ett sätt. Jag får mindre stryk. Farsan slog mig inte så länge jag höll käften, och skyfflare och andra som är ute efter gruff brukar skita i mig så länge jag är tyst.

Att prata är farligt. När jag var liten började jag gråta ibland, speciellt när jag pratade. Jag blev arg på nån, och så öppnade jag käften. Det slutade nästan alltid med att jag började gråta. Det finns inget värre, inte om man är snubbe i alla fall. Det lär man sig fort när man är liten. Gör vad fan du vill: slåss, skrik, stjäl, rym hemifrån. Men börjar du grina är du rökt. Du är ingen alls. De vänder dig ryggen.

Jag har aldrig sett en vuxen man gråta, men jag har sett min pappa vara nära gråten en gång. Det var när Slägg-Steffe hade dött. Alla beundrade Slägg-Steffe. Han hade ståkkålmsrekordet i att kånka potatissäckar, och han kunde slå lika hårt med sina händer som med en slägga sas det. Farsan fick reda på att han hade dött en kväll innan han hade hunnit gå på mäsken. Men trots att han var nykter vällde tårar upp i hans ögon. »Vilket förbannat slöseri.«

Kommer han att gråta när jag dör också? tänkte jag. Och kommer jag att gråta när han dör? Jag tror jag var fem år då. Jag tror inte att jag grät när han dog två år senare.

Jag kanske skulle försöka gråta nån gång. Jag kan fortfarande känna klumpen i halsen ibland. Men jag släpper inte ut det. Det går inte. Det spänner i svalget och jag pressar och pressar, men det är omöjligt. Senaste gången jag verkligen grät var när Tompy räddade mig på Långolmen. Men det tar jag senare.

Jag var alltså ensam som barn. Dessutom var jag ledsen. Jag blev äldre och hela tiden trodde jag nåt skulle hända. Nåt stort. Jag var säker på att alla vuxna varit med om det. Även om jag inte var säker på vad det var. Men nåt var det. Nåt som skulle göra så att man blev ... ja, vuxen. Inte så barnslig. Säkrare, lugnare. Jag trodde det skulle vara som en explosion. Som brände bort allt det ledsna, allt det osäkra. Det som man behövde vuxna för att ta bort. Men det har aldrig hänt. Jag har i alla fall inte märkt det.

Jag är fortfarande Toff. Den ledsna Toff. Den ensamma Toff. Toff som inte vågar höja rösten, eftersom jag kanske börjar gråta. Toff som aldrig pratar med tjejer. Men nu är jag själv vuxen, och jag kan inte gärna be mamma ta bort det ledsna längre.

Anna Pelle. Jag måste skriva om Anna Pelle. Varför grät hon när hon gick längs gatan? Och varför har jag tänkt så mycket på henne? Jag har sett andra tjejer gå nerför en gata och gråta efter att jag sett henne göra det. Men hon, just hon, har stannat kvar. Kanske för att jag satt och skrev just då. Hon är inte längre en vindpust, hon har stannat på pappret.

Vad tänker jag när jag tänker på henne? Jag ser hennes ansikte. Den snörpta underläppen som höll inne den värsta gråten. Ögonbrynen som krökte sig över hennes ögon. Men jag tänker nog mest på varför hon grät. Man gråter ju när nåt speciellt har hänt. Om det inte vore så, skulle hela Hornschtull gråta hela tiden. Alla vi knegare i alla fall.

Skyfflare gråter nog aldrig. Om jag fick äta kött och dricka finmäsk varje dag skulle i alla fall inte jag gråta.

Men Anna Pelle var det. Vad fan, det kunde ha hänt vad som helst. Kanske hade hon blivit knullad av nån skyfflare, det händer ju hela tiden. Kanske hade hon kärat ner sig i nån som sket i henne. Kanske var det bara en oviktig grej.

Men jag kommer inte ifrån det. Jag undrar varför. Har jag kärat ner mig i henne? Jag har ju aldrig pratat med henne. Jag pratar ju inte med nån.

Just det, jag skulle ju skriva om min barndom. Det finns inte så mycket mer att säga egentligen, men det finns en sak jag ofta kommer att tänka på. Det är den där känslan av att veta, verkligen veta, att man inte får vara med. Inte att vilja vara med, men sen inte få vara med. Utan att verkligen *veta* att det inte finns en chans att jag är välkommen. Att alltid ha den där lilla tanken i huvudet – »det gäller inte dig« – när folk pratar om att göra det eller göra det. Kröka, dansa, dra och fiska.

Så var det när jag var barn, och jag lärde mig tidigt att alltid tänka så. Nu är jag vuxen, och har faktiskt några få vänner. Jag får vara med om jag vill. Men jag blir alltid glatt överraskad om nån frågar mig. Tacksam och smickrad.

Men jag är fortfarande ledsen.

Det är kallt nu, och ljuset börjar försvinna. Min hand gör ont av kramp. Måste sova.

***

Jag såg mig själv idag. Det är inte ofta. På ett flak utanför Draken hade nån av skyfflarna satt fast en spegel. De måste ha hittat den i högarna runt Draken, där det fortfarande finns massor av grejer som väntar på att grävas upp. Folk som gick förbi stannade och bara stirrade på den lilla skärvan av spegelglas.

Jag är ful. Om vi hade haft mer kött att äta skulle jag förmodligen varit tjock. Nu är jag mest plufsig. Man ser liksom att det finns en tjock innanför knotorna, som väntar på att få mat. Jag är blek, blekare än de flesta. Knappt nåt skägg. Håret är svart, men de gånger jag tvättat det har jag sett att det är lite ljusare. Mörkbrunt. Mina ögon är blå och små. Mina ögonbryn sitter fel, ser det ut som. De sitter för högt upp. Och så öronen. När jag var liten brukade jag linda ett snöre runt huvudet för att få dem att ligga tätare mot huvudet. De står rakt ut. Det händer fortfarande att nån, oftast Tompy, snärtar till dem med fingrarna när vi dricker mäsk. Det är det värsta jag vet. Det känns som om öronen är anledningen till att det aldrig blev nåt av mig. Ibland kan jag tänka, att hade jag bara haft öron som låg tätt intill huvudet så skulle jag fått en tjej, skaffat barn, fått fast lön som bärare eller byggare, kunnat betala för en egen lya och allt det där. Allt det där som jag inte har.

Och som jag aldrig kommer att få.

Det gör ont att läsa de orden. Men jag tror att det är sant. Jag kommer aldrig att få allt det där.

Men det är klart, det beror inte på öronen. Det beror på mig. På att jag aldrig slutar vänta på explosionen.

***

Kanske borde jag skriva mer om Hornschtull. Eller borde och borde, ingen kommer ju att läsa det här. Men jo, det känns som om jag borde. För min skull, för bokens skull.

Hornschtull börjar vid Sinken. Man brukar säga så här: Allt som ligger nedanför Ringvägen och till höger om Tantlunden är Hornschtull.

Vi kan gå på en promenad. Om vi börjar vid gränsen till Sinken, går vi nerför Hornschgatan. Där bor det lite folk, men inte så mycket. Husen på båda sidor gatan är nästan helt körda. När man kommer upp på krönet av Hornschgatan, ser man ner över två stora hus där det bor skitmycket folk. Till vänster Draken, till höger Plankan. Både Draken och Plankan har kvar nästan alla våningar. En del bor så högt som sjunde våningen. Stackars jävlar vad de måste svettas i trapporna när de bär upp potatissäckar.

Men det finns inte så mycket annat att se på när man står på krönet av Hornschgatan. Inga bodar med prylar, inga mäskställen. Inget sånt. Skyfflarna hittar asmycket prylar bakom Drakenhuset. Från början, på den gamla tiden, var det nog flera hus som var lika stora allihop. Nu står bara Drakenhuset kvar, och de andra husen är bara bråte. Det är där skyfflarna brukar gräva. De hittar speglar som sagt, men mest bräder, tegelstenar, spikar, papper och annat nödvändigt. Ibland en hel cykel, som de naturligtvis behåller själva. Ibland nån apparat som ingen längre vet vad den används till. Men sånt får vi nästan aldrig se, det måste lämnas till fullmäktige.

Om vi fortsätter nerför Hornschgatan och sen svänger av in på Varvsgatan, till höger, ser man genast lite grönska. Det är Högali. Där finns det träd, massor av träd och där kan man slå sig ner på rasterna i gräset. Några lyckliga jävlar har fått tillåtelse att odla lite mark där. De har det förspänt: gratis potatis och morötter. Som de kan sälja till oss vanliga knegare. I mitten av Högali ligger en skitstor hög med bråte som alla kallar för Kyrkan. Jag vet egentligen inte vad en kyrka är, men alla säger det med en ton av avsmak: »Kyrkan.« En del säger att det var dit man gick på den gamla tiden för att be till den gamla guden, han som inte längre finns. Eller förlåt, han har ju aldrig funnits.

En gång var det ett gäng gamla gubbar som fick dödsstraff för att de hade samlats vid kyrkan och typ bett eller sjungit till den gamla guden. Fullmäktige sa att de »konspirerat om vår undergång« och att de hade »sysslat med högst omoraliska saker«. Men de som hade sett dem hade bara sett att de, ja, typ sjungit och bett. Bara stått där. Jag fattar inte vad som var så farligt med det. Jag kommer ihåg att jag såg när de avrättades. En av dem ville inte dö trots att han hängde där under brofästet och dinglade i sitt rep. De andras nackar hade knäckts som grässtrån, men han envisades med att leva. Och trots att han väste som en skräckslagen råtta med snaran runt halsen fortsatte han sjunga den där sången de hade sjungit när de klev upp på scenen. Han väste fram den, det var svårt att höra orden men det lät som »ren blomsterfin nu håmmer«. Vad nu det ska betyda.

I alla fall. Fortsätter man längs Varvsgatan, med Högali på vänster hand, kommer man till Högaligatan och Bojsgatan. De går bredvid varandra. Mellan dem ligger bara en stor hög med bråte, för länge sen utgrävd av skyfflarna. Tar man sen vänster och går nerför Bojsgatan, kommer man till Pålsunnsgatan till höger. Där bor det lite folk, och där kan man köpa mäsk. Men om man fortsätter längs Bojsgatan kommer man till Långolmsgatan. Det är där det mesta händer, det är dit man går för att ragga kneg på morgnarna, det är där de flesta bodar med mat ligger. Ibland är det så mycket folk där att man knappt kan gå tre steg utan att stöta ihop med nån. Alla ansikten jag ser där har jag sett förr. Jag känner igen alla, kan namnet på säkert hälften av dem. Jag har bara varit utanför Hornschtull ett par gånger. Aldrig längre än till Kungsolmen eller Trekanten.

Kommer man ut på Långolmsgatan från Bojsgatan och vänder ansiktet åt vänster, ser man att det en gång gått en bro över gatan, från Högali till det alla kallar Skolan. Vänder man sig åt höger ser man att det en gång gått en bro till Kungsolmen. Ingen av broarna finns längre. De är bara stumpar som hänger ut i luften.

Går man sen över Långolmsgatan och girar lite åt vänster, kommer man till Verkstasgatan. Följer man den en liten bit och sen tar höger kommer man till min gata, där jag sitter och skriver det här, Spinnargatan. Här och på gatorna runt omkring bor det rätt mycket folk. Husen är ganska välbevarade, många har både tre och fyra våningar kvar. Några till och med fem. På vintrarna när det är mörkt, ser man hur innergårdarnas eldar lyser upp himlen. På somrarna, när det är så där varmt att man går omkring i svett hela tiden och det enda man kan tänka på är svalka, hör man hur folk lever innanför fönstren. När de tar bort plankorna hörs alla ljud ut på gatan. Man hör hur de äter, snarkar, grälar, slåss och knullar. Det är både vackert och fult på en gång.

Nedanför Spinnargatan, ner till höger, går vägen till Långolmen. Där bor rätt få människor. Men många har odlingsplättar. Och det finns en hel del träd och några stora gräsmattor där folk, inte jag, aldrig jag, brukar spela foppoll på somrarna och vårarna. Men den stora grejen med Långolmen är ju brofästet. Under bron som en gång – för hur länge sen? – gick ända till Kungsolmen, ligger den stora mötesplatsen. Det är där man träffas och dricker, pratar och slåss. Där nyförälskade par går hand i hand, där de som horar säljer sina tjänster. På sommarkvällar är det ett jävla liv där. Alltid nån som spelar trumma eller sjunger. Alltid nån fajt på ge. Alltid nåt ful- eller finknull i nån buske. Och när det är dags för fullmäktige att informera, är det alltid under brofästet hon gör det. Då samlas hela Hornschtull, verkligen alla, på ett och samma ställe. Jag vet inte hur många det är, men det är säkert tvåtusen pers. När alla hurrar på en gång känns det som om öronen ska sprängas.

En gång när knegare från Hornschtull mötte några skyfflare i en foppollsmatch trodde jag verkligen att jag skulle bli döv. Jag har aldrig hört ett så högt ljud. Skyfflarna hade tagit ledningen med 2-0, och alla var väl rätt inställda på att det var bra så. Inte så att knegarna lät dem vinna. Men de kanske inte skulle anstränga sig för mycket för att utjämna. Men sen fick knegarna ett slumpmål, skyfflarnas målis tappade bollen. Redan då jublades det rätt bra. Men när sen en av knegarna inte kunde motstå frestelsen att kruta på som satan när han såg en lucka och bollen satt i krysset – då skrek alla. Jag med.

2-2! Lika mot skyfflarna. Bättre kunde det inte bli. Inga onda känslor. Vi kunde gå hem och säga att vi nästan slog skyfflarna, de kunde gå hem och säga att de var snälla som nästan lät oss vinna.

Men. Det blev ju inte så. Vi i publiken anade att nåt var på ge när knegarlaget dröjde sig kvar extra länge och pratade med varandra i klungan. När de reste sig upp såg man en ny blick i deras ögon. En beslutsamhet. Publiken började förstå. Några gick hem, rädda för stryk och indragna löner. Men de som stannade kvar tittade på matchen med spända käkar. Det var inte många minuter kvar, och knegarlaget anföll besinningslöst. Skyfflarna skrek på domaren att han skulle blåsa av, men domaren, som var en av fullmäktiges skrivnissar, bara flinade. Han sket i vilket. Knegarnas anfall kom i våg efter våg: inlägg, dribblingar, snett inåt bakåt-pass, de hittade på grejer som man bara kunde drömma om. De hade fått nåt i kroppen, nåt vildsint och snyggt på en gång. De kunde inte göra fel.

Och sen målet. Inget snyggt mål, bara en röra framför målburen och ett knä (ingen vet riktigt vems knä det var, det kan till och med ha varit självmål) som tvingade in bollen i mål. Bollen låg verkligen i skyfflarnas målbur!

Hela Långolmen exploderade. Jag skrek högre än jag nånsin skrikit. Och jag fortsatte skrika. Jag blev omfamnad av folk jag knappt pratat med, av gubbar, brudar och gummor. Morsans polare Karry var där, och hon pussade mig på båda kinderna.

Sen gick det ju som det gick. Skyfflarna sänkte lönerna och höjde kraven. De bestraffade oss för skitsaker i säkert ett halvår efteråt. Men det var det värt. Ingen har nånsin talat illa om snubbarna i knegarnas lag (även om Tompy är sjukt bitter för att han var sjuk och inte kunde spela i laget den dagen).

Så kan det gå till på Långolmen, och min puls går upp bara jag tänker på den där dagen. Jag var hes i säkert en vecka efteråt.

Det finns många fler ställen – Stritstranden, Rejmers, Bergsunnsgatan, Tantlunden – men jag tror vi avslutar promenaden där. Jag orkar inte mer. Jag tror jag fick med det viktigaste ändå.

***

Det är nåt märkligt med hösten. Som om man väntar på en katastrof, och eftersom alla vet om att katastrofen kommer, ser man saker och ting mer klart. Som en lång, utdragen klarsyn i katastrofens skugga. Varje andetag av klar, hög höstluft är en insikt om att det snart, snart är dags för mörker och ännu mer kyla.

***

De sista två meningarna är tillagda. Förmodligen bättrade Toff på sin bok i efterhand. Så här i början av sitt skrivande, fortfarande okunnig och oskuldsfull i sitt relativa självömkande, är han knappast förmögen till så avancerade – för att inte säga högsvenskt litterära – formuleringar.

Muham Bentson

***

Jag såg Pelle Pelle idag. Anna Pelles farsa. Det är en elak jävel. Stor som ett hus. Langar tegel åt byggarna nere vid Stritstranden. Stark som en oxe så klart. Han dricker mer mäsk än nån annan jag sett. Och han har ett jävla humör. Jag har sett honom slå sin tjej, alltså Anna Pelles morsa, ibland. Hon är liten och tunn, precis som Anna. Fattar inte att hon överlever. Jag menar, alla slår ju sina tjejer. Min farsa slog morsan i stort sett varje vecka. Han var alltid full när han gjorde det, och nån har sagt nån gång att det bara är idioter som slår sina brudar nyktra. Är man full är man ju full. Ingen jävel vet vad man får för sig när man är busig på mäsk. Men är man nykter är det en annan femma. Då ska man inte slå sin brud. Det är då man råkar i trubbel. Det är då det går åt helvete.

Men Pelle Pelle slår hårt. Och ofta, verkar det som. Och han är sällan full sägs det. Jag har nog aldrig sett henne utan blåtira.

Slår han Anna Pelle? Vet inte. Jag har aldrig sett henne med blåtira. Kan han vara anledningen till att hon grät?

Skulle jag slå Anna om vi levde tillsammans? Det känns märkligt att ens tänka tanken att vi skulle dela ett liv. Men om jag – svita tanke – skulle bli hennes, skulle jag slå henne då? Jag har aldrig hört talas om nån snubbe som inte slår sin brud. Det verkar liksom ingå. Fast det kanske är sånt som folk ljuger om, precis som jag ljuger när jag säger att jag har knullat. Det skulle vara ungefär samma sak om man erkände att man inte slår sin brud, som att säga att man aldrig knullat vid min ålder. Förmodligen är det så. Jag skulle inte slå henne, men jag skulle säga att jag gjorde det.

Hittar nån det här pappret och skvallrar för Pelle Pelle kommer han att slå ihjäl mig. Eller i alla fall bryta armarna av mig. Och då dör jag. För morsan kan inte jobba ensam för att få ihop till vår mat. Då dör hon.

Jag kanske borde berätta mer om morsan. Hon har ett namn, Lejla, men det känns nästan märkligt att säga det. För mig är hon bara morsan. Vi pratar rätt sällan med varandra. Även om vi är i lägenheten samtidigt, kan vi vara tysta en hel dag. Det finns liksom ingenting att säga. Hon finns, hon är min morsa. Hon knegar precis som jag. Ibland bär hon grejer, ibland får hon städa hos nån skyfflare eller så. Oftast rensar hon jord.

Jag har förstått att vissa snackar en hel del med sina morsor. De snackar om hur dagen varit, planerar för kommande dagar, skrattar och har kul. Så har det aldrig varit med mig och min morsa. Aldrig, inte ens när farsan levde. Hon är väl bara inte en sån typ. Dessutom krökar hon rätt rejält. Jag känner på mig när det är dags för henne att ta sig en ärkebläcka, det är oftast dagen innan den lediga dagen. Då är hon borta i ett dygn eller så. Alltså inte borta från lägenheten, tvärtom. Hon sitter som ett sepe i lägenheten, galna hästar skulle inte kunna slita henne därifrån. Hon sitter på en stol och krökar. Mugg efter mugg med mäsk, tills hon är helt borta. Ibland har hon nån polare med sig, ibland inte. Jag ser alltid till att hålla mig borta då. Jag drar runt på stan. Inte för att hon blir arg eller börjar jiddra. Det är bara så jävla äckligt att behöva städa upp efter hennes spyor och piss. Om jag är borta tillräckligt länge gör hon det själv, när hon får det där ihåliga utseendet och bakfyllan gör henne ledsen och svag. Det är oftast då hon snackar som mest.

»Fan, Toffsingen, jag måste sluta med det här«, säger hon.

Jamen sluta då för helvete din jävla kärring, tänker jag. Men jag säger »mm« och sen berättar jag hur mycket käk jag dragit ihop under dan. Eller nåt liknande.

Men jag tycker om henne. Hon gör mig aldrig illa. Hon kallar mig aldrig elaka saker. Hon låter mig vara som jag är. Ibland skulle jag bara önska att hon blev mer. Att vi blev mer.

***

Kommen så här långt i sin bok, ser man tydligt att Toff har fått en rejäl skjuts framåt i sitt skrivande. I övrigt är dessa tre kapitel – som inom forskningen brukar kallas »Den introspektive Toff« – inte av nämnvärt historiskt intresse.

Muham Bentson

***

Jag skriver igen. Under de dagar som gått har jag sagt till mig själv, om och om igen, att jag måste sluta. Ändå så sitter jag här. Trots att jag kan få råspö om nån kommer på mig. Trots att jag borde gå ut, försöka prata med tjejer och smöra för nån för att få jobb. Det är andra söndagen i månaden idag. Då är vi lediga. Morsan är ute och går med Karry. För en gångs skull krökade hon inte ner sig totalt igår. Hon höll sig rätt sansad, trots att vi är lediga idag. Kanske har hon börjat skärpa sig. Kanske är det bara lugnet före stormen.

Jag är i alla fall ensam hela dagen. Och det finns morötter och mjölk och lite mäsk. Jag kunde inte hålla mig. Jag var tvungen att sätta mig med pennan.

Det är som om jag har fått en vän.

Jag gjorde en sjuk grej för några dagar sen. Jag följde efter Anna Pelle. Det borde jag inte gjort. Att se henne kånka potatis, sitta med sina polare på rasten och skratta, se henne medan hon ensam går hem mot Plankhuset där hon bor, hennes ansikte mot den kalla novembersolen – det är jobbigt.

För jag tror jag är nerkärad. Jag har varit det förut och jag hatar det. Det är en glädje som aldrig kommer ut, en glädje som kliar men som inte går att nå. Och det gör ont på en punkt långt, långt där inne.

Jag hörde henne prata med en polare, jag vet inte vad hon heter. De satt på en hög med ved på Plankanhusets innergård, medan två eldar sakta höll på att slockna en bit bort. De pratade. Brudar verkar vara mästare på att prata. Om sig själva, om sina problem och sin lycka. Jag förstår inte riktigt hur de gör. Hur de får orden att flyta så fint. Och hur de får det att verka så självklart att båda är lika intresserade av varandras lycka och olycka. Jag har aldrig upplevt det, och jag tror inte snubbar i allmänhet får uppleva det. När vi, eller i alla fall alla andra (jag pratar ju knappt ens med de jag kallar mina vänner), pratar med varandra, handlar det mer om att turas om att prata. När den ene är färdig, börjar den andre. Och det man säger behöver inte ha så jävla mycket att göra med vad den förre sa. Men när jag lyssnade på Anna och hennes polare var det som att höra en dans. Det var rytm, de föll in i varandras tal som två kära som dansar. De tog fjäderlätt på varandra. En hand på armen, pannan nuddar blixtsnabbt den andres axel, en lätt stöt i axeln.

Hennes polare undrade om hon skulle fortsätta. »Visst«, sa Anna, »klart jag ska fortsätta. Jag måste, jag har inget val.«

»Men tänk om han får reda på det«, fortsatte polaren.

»Då får det gå som det går«, svarade Anna. Sen tystnade de.

Jag kunde se hennes ansikte. Hon log. Fast inte så det syntes. Eller jo, det syntes. Fast inte på det där sättet som när man ler med ansiktet. Hon log inuti. Det var inte hennes ansikte som log. Det var hennes själ. Och jävlar vad glad jag blev. En stund.

Först undrade jag varför hon grät. Nu undrar jag varför hon log. Frågan är om inte det är värre.

Hon har en glädje utan mig.

***

Bara två timmar har gått, jag får det inte ur huvudet: vad var det hon skulle fortsätta med? Har hon en snubbe? Snälla Ordningen låt det inte vara så. Låt henne vara glad över vad som helst, precis vad som helst, men låt henne inte – INTE – vara glad över en snubbe. Då vet jag inte vad jag gör.

Det enda jag ser i huvudet när jag blundar är Anna. Men jag ser inte hennes ansikte. Bakom mina ögonlock finns inte en bild av Anna, där finns min känsla, min nerkärade hopplösa känsla.

Jag ser inte hennes ljusbruna, ganska tunna hår.

Jag ser inte hennes oväntat kraftiga ögonbryn, som är så mycket mörkare än håret.

Jag ser inte hennes mandelformade, grönbruna ögon som ligger djupt inne i ansiktet. Inte heller ser jag hennes raka näsa, som nästan skulle vara ful om det inte vore för kindknotorna som nästan alltid är lite röda av solen. De är höga och de gör att ansiktet ser så ... ja vad fan ska man kalla det? Förnämt? Tjusigt? Nåt sånt. Jag ser inte ens hennes mun, som har ett par läppar som nästan ser ut som en svart bruds läppar. Stora. Snygga.

Jag ser inget av det när jag blundar. Men hon är alltid glad att se mig. Hon vill alltid ha mig. Det ser jag.

Sen öppnar jag ögonen och ser ner på mina rostbruna händer, de spruckna fingertopparna som håller i pennan.

***

Här refererar Toff för första gången i sin bok till den enda gudom som var tillåten under den mörka tiden. Den gamla guden var förbjuden, och med honom alla kristna ritualer vilket väl om inte annat blir obehagligt tydligt i Toffs skildring av avrättningen av de tre gamla männen som utfört nåt så oskyldigt som en gudstjänst. Den nya guden var Ordningen.

Muham Bentson

***

Min enda riktige vän, förutom pennan, heter Tompy. Han är allt jag inte är. Han är stark och snygg. Tjejerna älskar honom, han har alltid en eller flera brudar på gång. Han vågar saker jag inte vågar.

Och en gång fick han mig alltså att gråta. Nu ska jag skriva om det. Det var sommar och varmt. Jag och Tompy har ju känt varandra hela livet egentligen, men det här var sommaren då vi blev polare på riktigt. Vuxna polare. Män som känner varandra. Vi kanske var arton nitton eller tjugo. Jag vet inte riktigt.

Vi stod i alla fall i solljuset nere på Långolmen, utan tröja och skottade jord för skyfflarna. Våta av svett. Plötsligt kom skyfflaren dit, en rätt okej snubbe som heter Saki. Det var rätt uppenbart vad han hade kommit dit för att göra. Dels kolla så vi grävde, dels visa sig stark inför de andra skyfflarna. Saki var rätt ung, och han hade börjat knega som skyfflare nyligen. Det var viktigt för honom att de andra skyfflarna respekterade honom, och skyfflare respekterar bara skyfflare som slår hårt. Så nån skulle åka på däng, det visste vi. Jag låg bra till. Alla andra som var där och grävde var starkare än jag. Att spöa på mig var det enklaste sättet för Saki att stiga i aktning.

Jag grävde mitt fortaste. Vilket inte var så snabbt. Just då såg jag hur Tompy, den starka, underbara Tompy, min vän, började gräva långsammare. Han stod framför mig, och för varje spadtag jag tog, såg han till att gräva lite långsammare än jag. Saki knäckte med fingrarna, såg ut över alla oss som grävde. Knäppte händerna bakom ryggen, spottade spelat nonchalant i marken. När ett leende visade sig i hans ansikte – inte ett spelat leende, utan ett ärligt leende – visste alla vad som skulle hända. Nu skulle nån få spö. Spö betyder ingen lön den här dan. Spö betyder att vara hungrig. Spö betyder att kanske inte kunna jobba de närmaste dagarna, vilket betyder ännu mer hunger. I vanliga fall skulle jag varit skitskraj. Men inte den här dan. Sakis ögon gled förbi mig och min sketna kropp och fastnade på Tompys pulserande ådror.

»Tompy! Kukis! Har du knullat för mycket eller?«

Tompy slutade inte gräva med en gång. Han saktade långsamt sina spadtag, och slutade gräva efter nån minut.

»Fan pysslar du med?«

»Gräver«, sa Tompy. Helt lugn.

»Du lökar. Din fula jävel.«

Vi andra grävde som idioter.
»Du lökar. Nu blir det spö. Ställ dig mot väggen.«
Saki lät nästan ledsen. Hade Tompy bara sagt nåt ursäktande, nåt om att han bad så hemskt mycket om förlåt men hans morsa var sjuk eller nån annan vals, så hade det nog fått passera med en lönesänkning. Men han var lugn, han bara tog sitt straff. Och jag visste att han gjorde det för min skull.
Men det var inte då jag grät. Och jag grät inte när jag såg piskan gräva djupa sår i Tompys rygg, eller när Saki måttade sina skyfflardojor mot Tompys revben. Jag grät på kvällen, när dagens första mäsk hade gjort mig lite mjukare. Och när ingen såg.
Sån är Tompy.
Och om jag älskar nån, älskar jag Tompy.
Det här hände för säkert fyra år sen. Jag har inte gråtit sen dess.

***

Vid alla studier i mörktidskunskap infinner sig förr eller senare frågan: Varför höll fullmäktige på så där? Varför förtryckte de sina undersåtar så? Varför förvägrade de dem alla former av kunskap, trygghet och välfärd? Borde de inte ha vunnit på att göra sig till vän med sina underlydande? Skulle inte det ha minskat spänningarna i samhället? Skulle inte det ha fördröjt det maktskifte som till sist blev oundvikligt?

Jo, brukar jag säga när frågan kommer upp på föreläsningar. Det är klart att det skulle varit så. Men det visste ju inte Hassa Billström. Eller Freddi Sederschöld. Eller Jompa Roberto. Eller någon annan fullmäktige. De gjorde bara exakt det som de trodde var det enda sättet. För dem fanns inget annat sätt, för dem var allt annat farligt. Förmodligen berodde det ytterst på vad som egentligen hände när den klassiska tiden tog slut – och där svävar vi ju fortfarande nära nog i total okunskap. Ingen vet egentligen hur illa det var de där okända åren när det gamla tog slut och det mörka började. Kanske var det fullständigt kaos. Kanske var det *Flugornas herre* fast med vuxna gånger femton. Kanske var en järnhand och fullkomligt envälde det som faktiskt räddade oss från totalt barbari. Och när sedan behovet av järnhand och envälde inte längre var så tydligt, hittade järnhanden själv olika sätt att motivera varför den skulle bestämma allt.

Det är i alla fall en teori som många skriver under på. För det är ju en allmän sanning att makt i sig själv attraherar, att makt för vissa är intrinsikalt gott. Att människor med makt gör snart sagt vad som helst för att behålla den, det är inte bara en allmän sanning – det är historiskt belagt. Varför var feodalherrarna i det medeltida Europa så grymma? För att de var rädda att bli av med makten. Varje reform var en spricka i deras månghundraåriga tradition av makt och privilegier. Varför höll de kommunistiska regimerna fast vid ett dödsdömt samhällssystem så länge? Varför förbjöd de alla former av opposition? Jo, för att de ville behålla makten. Och sina privilegier.

Jag tror att fullmäktige i Stockholm och över allt annars i Sverige resonerade exakt likadant. Om vi ger knegarna ett lillfinger tar de hela handen. Sen står vi där och kan inte äta kött och bli uppassade lika mycket längre. Vi vill fortsätta vara feta och glada.

Och helt ärligt: vem vill inte vara fet och glad? Det är klart att fullmäktige klamrade sig fast vid den makt de hade. Och det är klart att skyfflarna hjälpte dem – alternativet var att förlora i makt och därmed i livskvalitet. Och det kunde de ju inte tänka sig.

Sedan kan man naturligtvis fråga sig varför inte knegarna gjorde uppror. Varför enades de inte och krossade förtrycket en gång för alla? Vissa uppror finns belagda, och troligen ägde många fler rum. Men inget av dem verkar ha lyckats. Varför? Knegarna var ju många fler? Dels var skyfflare och fullmäktige materiellt överlägsna. De hade vapen (vissa källor antyder att de till och med hade tillgång till skjutvapen). De hade pilbågar, svärd, knivar och yxor. Knegarna fick nöja sig med nävarna, stenar och lösa plankor. Dels var de inte konstant utarbetade och halvsvultna.

Men det viktigaste var nog deras mentala övertag. De kunde alltid åberopa Ordningen. De kunde hänvisa till traditionen. Förmodligen kunde de skrämma en knegare till lydnad med ett ord och en blick.

Muham Bentson

***

Denna förbannade klåda.

Jag är så jävla kär att jag inte gör nåt annat än tänker på henne, runkar, tänker på henne, rodnar, tänker på henne, skäms, tänker på henne, får panik, tänker på henne, tänker på henne, skrattar.

Jag måste agera. Jag får inte låta den vanliga Toff bestämma. Jag måste våga.

Om en timme eller så kommer Tompy hem till mig. Men den här gången kommer jag inte att bara pumpa honom på porrdetaljer om hans senaste knull. Den här gången ska jag fråga honom. Snälla Ordningen gör så att jag vågar berätta för Tompy.

Ska jag säga som i sagan: »Hjälp mig Tompy-Tompy, du är mitt enda hopp«?

***

Toff sugger stora kukar. Toff har en väldigt litten kuk. Toff är ful. Och full.

***

Ovanstående fyra meningar kan med all sannolikhet tillskrivas Tompy. Dels är stavningen bristfällig, dels ser man i originalmanuskriptet hur handstilen skiljer sig markant från Toffs. Den är kantigare, grövre och ovan. Dessutom har någon ritat en överraskande naturtrogen hund efter inlägget. Hunden har enorma öron, men pekar besviket mot sitt skrev. I en pratbubbla säger hunden: »Stora örron, ingen kuk.« Även hunden är troligtvis ditritad av Tompy.

Muham Bentson

***

Å fy satan vad jag skäms. Helvetes skit och jävlar. Fuck.

Tompy höll på att skita på sig av skratt. När jag gick ut för att pissa hittade han mina papper och läste. De här pappren alltså. Min bok.

Han läste! Jävlar jävlar jävlar. Han läste!

När jag kom tillbaka satt han där, på huk i hörnet, böjd över mina papper. Hela hans stora kropp flämtade av skratt.

»Va fan är det här? Är du håmo? Jag har fan aldrig sett nåt så jävla ...«

Han var tvungen att ta en paus för att skratta mer. Han dunkade handen hårt i golvet så det skakade. Han skrattade utan att det lät, så det enda som hördes var hans hand som bankade i golvet. Och hans obehagliga, ljudlösa skratt, som man hörde även om det inte lät.

»Du är ju fan inte frisk din jävel. Har du fått ejds eller va fan ...« Och så började han frusta och banka igen. Så höll det på ett tag. Jag stod där och skämdes. Han frustade och bankade. Frustade och bankade.

Klart som fan han tyckte det var roligt. Eller det kanske inte är så klart, i alla fall om man inte känner mig och Tompy. Men grejen är den att vi växte upp ihop. Hans farsa och min farsa var polare. De brukade kröka i vårt kök, medan jag och Tompy lajade i rummet bredvid. Det slutade nästan alltid med att de somnade därinne, och jag och Tompy satt kvar i rummet. Jag kommer fortfarande ihåg lukten av spya, mäsk och fylla. Jag gillade det. Den lukten betydde att Tompy var tvungen att vara kvar tills hans farsa vaknade. Vilket brukade ta minst tio timmar. Då var Tompy min vän, i de tio timmarna. Sen, dagen efter, var han bara en av de andra. Som inte såg mig. Som snärtade mot mina stora öron, som såg till att lägga krokben för mig när jag bar mjölk till morsan för att sen tvinga mig att slicka upp det från den bajsiga rännstenen utanför vårt hus på Spinnargatan. Som såg till att varje dag påpeka att jag var en ful jävel. När min farsa sen dog fanns det ingen anledning för oss att ses.

Han blev stor och snygg. Jag blev jag. Vi gled isär.

När vi sen blev vuxna och båda våra farsor var döda, började vi träffas igen. Jag har aldrig riktigt fattat varför. Men en dag kom han fram till mig, det var en av alla de kvällar då jag satt och såg på hur de andra hade roligt under brofästet, och sa: »Tjao polarn. Skarunteha lite mäsk?« Och så bjöd han mig på en stor klunk jävligt fin mäsk (fan vet hur han fått tag på den). Han pratade, frågade, dunkade min rygg. Som om jag vore en av dem. Men istället för att lura mig, sparka ner mig eller göra nåt jag väntade mig, sa han bara »sijo« och drog. Nästa helgkväll under brofästet gjorde han samma sak: pratade med mig en liten stund. Sen blev det mer och mer, vi sågs oftare och oftare. Pratade gamla minnen, skrattade åt saker som hänt under dan. Han försökte hjälpa mig att bli mer av en, som han kallade det, knullare. Han ville mig väl. Till slut, efter säkert ett halvår, fattade jag att han menade allvar. Han var verkligen min vän.

Men det är inte så att vi lagt allt det gamla bakom oss. Vi är fortfarande den snygge och den fule. Den lyckade och den misslyckade. Tompy och Toff. Han pratar, jag lyssnar. Han frågar, jag svarar. Jag älskar det, herregud jag älskar ju Tompy. Men jag tror inte att han egentligen vet vem jag är. Han vill mest ha nån att berätta saker för. Nån att vara större än. Jag har aldrig berättat nåt viktigt om mig själv för honom. Anledningen är enkel: jag är ointressant. Inga tjejer. Inga slagsmål. Ingenting. Och jag blir nog aldrig av med känslan av att han är min vän för att bättra på sitt eget samvete. För allt det han såg andra göra mot mig, och för all del gjorde själv. För honom är jag ett kneg, ett kneg för att må lite bättre. Det händer att han mumlar nåt i stil med »... förlåt Toffsingen, men det var ju ... länge sen ...« när han är riktigt, riktigt full.

Ibland har jag sett honom sitta och stirra ut i luften, när han inte vet att jag tittar på honom. Då tänker jag att han är nåt mer, att han har nåt inom sig som inte kommer fram. Jag vill så gärna att Tompy, som är, eller var, min enda vän, ska vara lite mer än en skojig beskyddare. Men när jag frågar vad han tänker på, skiner han alltid upp och säger »Brudar!« eller »Mäsk!« eller »Foppoll!«. Egentligen tror jag inte att jag känner honom bättre än han känner mig.

Så när han hittade mina papper och läste, så var det ju som om jag blev nån helt ny för honom. Nån han aldrig träffat. Och dessutom: ingen pratar om sånt här. Att kära ner sig är jävligt bögigt. Och att gråta är bögigt. Bara att skriva är ju bögigt. Och jag kan inte ens tänka mig vad han tänkte när han läste att jag älskade honom. Jag är förvånad över att han inte sket på sig på riktigt.

När han hade lugnat ner sig lite försökte jag ta pappren ifrån honom. Men jag var rädd att jag skulle slita sönder dem. Han lämnade papprena på golvet, la dem överdrivet försiktigt i en prydlig hög och gjorde en poäng av att smeka dem innan han gick.

Det är två dar sen. Jag har inte träffat honom sen dess. Jag tror jag har förlorat min bästa vän som inte är tio centimeter lång och är fylld med bläck.

Kuken. Kuken kuken kuken.

***

Jag knegade häromdan. På lunchen, när jag hade ätit mina morötter och fått en klunk mjölk av Kim, en jävligt reko kille, satt jag för mig själv. Sakta började jag skriva hennes namn med en pinne i jorden.

Det var ett av de där sällsynta ögonblicken. Solen sken på mitt ansikte och jag tänkte på henne. Hennes leende den där dagen. Hennes kropp, som jag anat under kläderna. Hennes smak, som jag bara kunde anta smakade som socker och äpplen. Hur skulle hon annars smaka? Jag såg framför mig hur hon och jag formulerade ord som bara var våra, hur vi kände oss som en och samma människa, för alltid. Hur vi krympte världen till bara vi.

Då hörde jag ett kackel bakom axeln. Kim och några andra viskade till varandra. De var röda av skratt. När jag snabbt suddade ut hennes namn skrattade de ännu mer. Jag hörde orden »in his drims« och så visste jag att det var kört. Jag är fuckad. Nu kommer alla veta. Och det innebär att Anna Pelle vet. Såna nyheter är snabba.

Helvete vad jag är fuckad.

Innan Tompy var hemma hos mig och läste i boken och allt gick åt helvete, skrev jag att jag måste agera. Att jag inte fick låta den vanliga Toff bestämma. Jag måste fortsätta tänka så. Och jag måste tänka bort Tompy.

Anna Pelle. Anna Pelle.

Anna.

Pelle.

Kanske är detta explosionen.

***

Det har hänt! Jag hann inte ens göra nåt själv, det bara hände. Igår. En fulmulen dag. En dag som alla andra. Ryggen värkte, magen var hungrig. Jag gick nerför vår gata, Spinnargatan, på väg mot Rodri som gör mäsk. Jag gick över Långolmsgatan, upp på Billströmvägen. När jag svängde runt hörnet på Pålbacken stod hon där.

Jag såg det med en gång: hon visste. Hon log med ena mungipan. Jävlar vad söt hon var!

»Tja«, sa hon.

Och fortsatte le! Hon log!

»Du heter Toff, eller hur? Jag har hört lite grejer om dej.«

Mitt hjärta slog som det aldrig slagit förut. Allt vi sa är bara en röra i mitt huvud. Hon sa grejer om mig, hon vet vem jag är. Hon sa att jag verkar schyst, att jag ser reko ut, att vi kanske kunde träffas. Träffas!

Fatta: träffas! Bara hon och jag!

Det här är explosionen, det vet jag. Nu vänder det.

***

Denna kvinna, Anna Pelle, är för forskningen oerhört intressant. För det första är hon hittills den enda kvinna från den här tiden som blir en människa. Den gängse bilden av kvinnan under den mörka tiden är ju annars att hon levde ett oerhört hårt liv. Blev utnyttjad, våldtagen och dog i förtid. Vilket troligtvis inte är så långt från sanningen alls. Om livet för Toff var hårt, var det med all sannolikhet tio gånger hårdare för hans kvinnliga samtida. Så har det ju alltid sett ut; kvinnans umbäranden är alltid större än mannens. För det andra visar ovanstående kapitel på en självständighet bland kvinnor, som inte stämmer överens med de flestas uppfattning om mörktidskvinnan. Anna Pelle tar initiativet här, vilket visar på att kvinnor kanske inte var helt underkuvade ändå. Att på detta sätt bjuda in till vad som under den klassiska tiden skulle kallats för en »dejt« – och att det inte framstår som orimligt eller märkligt för Toff – tyder på att kvinnan under mörktiden ändå hade en viss självständighet. Hon var kanske inte enbart en barnafödande, tidvis prostituerad grovarbetare.

Muham Bentson

***

Det är kallt. Snart december och regnet har piskat oss i över en vecka nu. Detta förbannade regn. Av alla saker jag tror att jag saknar med den gamla tiden, verkar snön vara det mest spejsade. En vit matta av kallt pulver som lägger sig överallt. Det är svårt att föreställa sig. Jag har sett en bild på det en gång, som en skyfflare hade hittat på gränsen till Sinken. Det såg så mjukt ut, så stillsamt och lätt. Inte som det här regnet, som kastar sig mot marken. Ingenting är torrt, kylan finns överallt.

Jag knegar för att hålla mig varm och när jag inte knegar dricker jag. Men det finns en riktig värme i mitt liv, och jag ska träffa den om två dar. När Anna Pelle kom fram till mig, kom vi överens om att ses. Det var för två dar sen, och det är två dar kvar.

Dagarna går väldigt långsamt.

Hon föreslog att vi skulle ses under brofästet när vi knegat klart. Det är bra. Där är det torrt och där finns det eldar. Och man kan köpa mäsk av några snubbar. Ska jag ge henne nåt? Vadå? Det finns inga blommor så här års. Och man kan ju inte komma med en grankvist. Jag har sparat lite smör som jag kan handla mäsk för. Men jag har ingenting att ge henne. Det får ordna sig.

Sen ska vi knulla. Det är nog det som oroar mig mest. Jag har hört talas om att det kan gå åt helvete. Att man inte får upp den. Eller om idioter som inte vet hur man gör. Tompy har visat mig hur man gör. Han har ritat det i sanden några gånger och jag tror jag kommer ihåg det mesta.

Men det svåraste är att veta när man ska börja. Säger man bara »ska vi knulla?« och så tar man av sig kläderna? Eller säger man ingenting, och så gör man det bara?

För andra – skyfflare, de rika och så – är det här inget problem. De kan köpa knull när de vill. För att öva. Men jag har aldrig gjort det. Jag har inte haft råd. Eller, jo, det har jag i och för sig haft. Jag skulle nog kunna gå hungrig nån dag om jag bara fick doppa lite.

Kanske är jag rädd för att nån skulle skratta åt mig, min kropp och min kuk. Men det är nog inte det egentligen. Det känns larvigt att skriva det, men jag tror jag har sparat mig. Om jag nu har väntat så här länge, varför slösa en massa mat på nåt som jag kan göra själv på två minuter bakom några buskar?

Fast å andra sidan, om jag slösat lite mat på knull, så skulle jag veta hur man gör.

Nu är det som det är.

Jag väntar på övermorgon som en hungrig skyfflare väntar på en helstekt gris.

***

En dag kvar tills jag ska träffa henne. Jag har inte lyckats koncentrera mig på nånting annat. Allt känns så futtigt i jämförelse. Inte ens när jag såg att några snubbar och brudar hade slagit sig ner kring en eld för att berätta storys kändes det speciellt kul. Det brukar jag annars tycka. Jag gillar storys, speciellt när de handlar om den gamla tiden, och det gör de nästan alltid. När jag satte mig ner vid elden såg jag några jag brukar knega med. Vi nickade till varandra. Ganska snart hörde jag att hon som drog storyn, jag har hört henne förut, hon är rätt bra och heter Sana tror jag, hade ändrat på den. Det var sagan om Lok och Leja, men hon hade ändrat om den. Det är ganska vanligt att folk gör det, de tycker väl att det känns roligare då. Men jag tycker bara det blir fjantigt. Jag hör gärna samma story flera gånger. Speciellt Lok och Leja. Jag gillar Ringen också, och Harry. Men Lok och Leja är nog den bästa. Fast när Sana berättade den ikväll, orkade jag inte lyssna. Jag gick hem istället.

Här kan jag skriva den som jag tycker att den ska vara:

I ett land långt, långt borta för länge, länge sen, bodde en snubbe som hette Lok. Han levde med sina päron i ett litet hus. Det var ett varmt land, så varmt att ingenting växte där. På dagarna hjälpte han sin farsa med att skyffla skrot och sälja det till de små blattarna. I landet där han bodde fick alla skyffla skrot, och det fanns ingen fullmäktige.

En dag när de sålde sitt skrot till blattarna, fick de syn på en liten maskin. Den pep på ett roligt sätt, och eftersom det var Loks födelsedag köpte hans farsa den. Loks farsa var bra. Han söp inte, och han knegade varje dag. Lok döpte maskinen till Artodito.

En dag när han laja med den, kom han åt en knapp. Då öppnades en lucka och ut kom en lapp. Där stod: Jag heter Leja och är prinsessa. De kommer att döda mig. Hjälp mig Obiobi, du är mitt enda hopp. Lok blev jävligt pusslad. Leja, vem var det? Och vem var Obiobi? Han bestämde sig för att dra hemifrån och kolla upp det. När han var ute och letade efter Leja, hörde han skrik och bråk hemifrån. Det var Dom Onda som hade dödat både hans farsa och hans morsa. Lok blev så jävla sned! Han drog till stan som låg i närheten och söp ner sig helt. När han nyktrat till i en buske, kom en snubbe som hette Solo och frågade om han inte ville knega på hans båt, som skulle åka iväg och sälja grejer. Lok sa ja. Men så frågade han: Vet du vem prinsessan Leja är? Solo skrattade och sa: Det är klart. Hon är prinsessa i det landet dit vi ska, Tatoin. Så Lok tänkte att det väl var ett tecken. Han följde med Solo på skeppet. På skeppet fick han knega hårt, men det gjorde inget. Han visste att han var på väg mot landet där Leja var prinsessa, och han skulle rädda henne. Men vem var Obiobi? Det visste han fortfarande inte.

När de sen kom fram till Tatoin, gick han i land och frågade runt. Alla bara skakade på huvet och sa att han aldrig skulle få kunna träffa prinsessan. Hon satt i sitt slott och ingen fick komma in dit. Men Lok gav inte upp. Han frågade och frågade om det fanns något sätt. Till slut sa nån: Fråga Obiobi, han vet allt. Och han bor i en koja i skogen. Så Lok gick dit. Obiobi var liten, nästan som en dvärg. Med en gång när han såg Lok, sa han: Det är du som ska rädda prinsessan. Lok blev pusslad. Han visade den lilla dvärgen lappen från maskinen. Obiobi blev först arg och undrade varifrån han hade fått den lappen. Den var ju till för honom, Obiobi. Men när Lok förklarade, lugnade han ner sig. Till slut sa han: Eftersom du har kommit så långt ifrån med den här lappen, som egentligen var till för mig, måste det finnas en mening med allt det här. Det här är Ordningens verk.

Sen började de planera för hur de skulle rädda prinsessan. Obiobi visade Lok skitgamla sätt att slåss på, och så sa han till Lok: Känn kraften. Känn kraften. Om och om igen sa han det. Då kände Lok kraften, och när han kände kraften kunde han göra vad som helst.

När de gick till slottet för att rädda prinsessan, behövde han bara använda kraften så släppte de in honom. Och när de kom fram till prinsessan såg de att hon satt fastbunden nedanför en skitstor padda som hade henne som knulldocka. Lok blev skitarg, för Leja var precis lika snygg som han trott. Han spöade skiten ur den stora paddan och alla hans snubbar. Sen sa han till Leja: Ska vi bli ihop? Men då sa Leja: Jag har alltid vetat att du skulle komma. Du är min bror, för alla har alltid sagt att det är min bror som ska rädda mig.

Jäklar vilken smäll! Hennes bror! Han kunde inte fatta det. Men det var sant, Lok var hennes bror. Så Lok blev kung, han blev rikare än någon annan och kunde äta kött varenda dag.

Jag gillar den storyn, även om den inte är sann. Och jag antar att jag gillar den av samma anledning som alla andra. Tänk om man var Lok. Tänk om man egentligen var kung.

Nu måste jag sova. Imorgon är det dags.

Jag ska lägga mig ner och verkligen försöka, men jag vet att det är kört. Jag kommer inte att sova en sekund.

***

Snälla nån – vem som helst – ta bort skämmigheten.

Det har gått en vecka sen jag träffade Anna Pelle under brofästet. Och jag vet fortfarande inte om jag nånsin kommer att bli glad igen. Från magen kommer en iskyla, dubbelt så kall som kylan utanför vårt fönster. Jag ser människor gå omkring därnere. Några skrattar, några bara skyndar förbi. Jag såg ett par nyss, och de höll varandra i handen.

Allt är ett hån.

Jag har inte sovit, och trots att jag knegat som ett svin har jag knappt ätit nånting. Att ta upp pennan idag var jobbigare än att bära sten i motvind.

Jag hatar det här.

***

Tre dagar sen jag skrev senast. Fortfarande kallt, både i huvudet och utomhus.

Så här var det:

Vi sågs, hon var snygg som satan och jag köpte mäsk till oss. Hon såg förvånad ut, och om jag hade haft ett enda jävla gram vett i huvudet borde jag fattat redan då.

Men närå. Jag kände mig som värsta knullkungen och trodde hon verkligen var smickrad och glad. Över lite mäsk. Jag är en sån patetisk idiot.

Vi gick lite fram och tillbaka mellan eldarna. Hon frågade hur gammal jag var. Hon frågade om min morsa, om min farsa och om lite allt möjligt. Jag svarade och svamlade och stammade och en gång – och det kommer jag att minnas så länge jag lever – så såg jag in i hennes ögon. Jag trodde jag såg det då. Det där som inte behöver sägas, men som båda vet finns.

Hon frågade och jag svarade och jag insåg att shit, jag måste ju också fråga. Så jag frågade lite om hennes morsa och hennes farsa och vad hon gillar att göra och så där. Typ samma frågor som hon frågat mig.

En sak kommer jag ihåg. Jag frågade:

»Vad gillar du att göra?«

Hon sa en massa om att träffa sina polare, dansa och lyssna på historier. Och sen mumlade hon liksom, som om det inte var meningen att jag skulle höra det:

»Läsa.«

Jävligt märkligt. Jävligt *strejnch*.

Det var sen allt gick åt helvete. Jag blir skämsröd i fejan när jag skriver det, men jag måste nog. Det här måste ut, annars sprängs jag.

Hon drog mig åt sidan, till några buskar som låg rätt nära eldarna men ändå var i skymundan.

»Okej, ska vi göra det då?«

Mitt idiothjärta slog dubbla slag och jag stammade fram:

»Knulla?«

»Va fan tror du?« svarade hon, och stoppade ner handen i mina brallor.

Samtidigt som hennes hand fattade tag kring mitt paket, lutade hon sig fram och viskade i mitt öra. Hon sa att det skulle kosta ett kvarts kilo potatis, ett åttondels kilo smör eller en flaska mäsk. Hon lät lika saklig som om jag handlat mat hos vilken snubbe som helst på gatan.

Sen sa jag, som den ofattbara idiot jag är:

»Vadå? Är du här för att hora?«

Hon drog upp handen från mina brallor – jag var slak hela tiden – och stirrade på mig som om jag var en av de där riktiga idioterna som bor i ett skjul ute på Rejmers.

»Va fan trodde du? Att jag är här för att det är kul? Är du håmo? På riktigt? Som alla säjer?«

Och jag sa, naturligtvis, ingenting. Jag höll käft. Jag började inse vidden av min idioti. Långsamt.

Anna Pelle var inte där för att kära, hålla hand och finknulla. Hon trodde jag ville köpa knull – som alla andra. Jag vete fan vad jag stammade fram så småningom. Jag tror allt började med »ja trodde«.

»Ame ja trodde ...«

»Ja trodde ju att ...«

»Jag trodde du å ja...«

Hon bara drog. Hon vände sig om och visade mig dubbla kukfingrar. Tack för den.

Jag borde fan flytta ut till idioterna på Rejmers. Gå runt och dreggla och skita på mig och jobba åt skyfflarna för tre potatisar om dan. Jag är inte värd mer.

***

Följande passage är inklistrad i manuskriptet. Lappen är en vanlig papperslapp. Toff måste ha klistrat in den när han färdigställde sin bok. På baksidan av lappen finns en liten anteckning, med Annas handstil, där det står: »Toffs första brev!«, med en liten blomma bredvid.

Muham Bentson

***

Hej Anna.

Jag vet inte hur jag ska säga det här. Låt ingen annan läsa det här. Eller förresten, det spelar ingen roll. Hela Hornschtull vet ju ändå om vad som hänt.

Jag är inte håmo. Jag vet inte vad jag är. Jo, en sak vet jag: jag var en idiot när vi sågs. Jag trodde verkligen att du ville träffa mig. Jag är nog nerkärad i dig. Men glöm det, jag förstår om du aldrig mer vill träffa mig. Jag vet att jag är ful och ointressant. Jag skriver den här lappen till dig för att jag bara måste få det här sagt. Så att du vet. Så att du inte tror att jag trodde att man kan få knulla med dig gratis hur som helst.

Jag vågar inte säga det här till dig. Men jag gillar att skriva.

Och en sak till. Dina ögon är vackra.

Toff Janne

***

Nu är det tre dagar sen jag tryckte lappen i hennes hand när vi sågs på gatan. Jag sa ingenting, bara gick därifrån. Jag såg mig inte ens om. Jag brydde mig inte om nån såg oss, de får spöa mig hur mycket de vill för att jag skrev den där lappen. Hon såg förvånad ut, hennes ögon spärrades upp och jag tror hon försökte säga nåt. Men jag bara gick. Ingen idé att säga nåt förrän hon läst lappen.

Kylan i magen har börjat avta lite. Snubbarna på kneget har börjat lätta lite på mobbingen. Kanske kommer jag att överleva det här.

Vi hittade en bok på kneget idag. En riktig bok! Jag hade aldrig sett nån sån förut. Den var nästan helt blanksliten, och på omslaget kunde man ana bokstäver. Jag hann inte se vad det stod på den. Men när Tor, han som hittade den, gav den till närmaste skyfflare sneglade jag över hans axel och såg alla bokstäver i boken. Vad små de var! Och vilka raka rader de stod på! Jag hann inte riktigt läsa nåt, och jag vet inte om det gick att läsa heller. Det såg mest ut som siffror och bokstäver om vartannat. Men jag kan ha sett fel.

Det är dödsstraff på att inte lämna böcker till skyfflare eller fullmäktige. Alltså verkligen dödsstraff, på riktigt.

Undrar om Anna kommer att svara på min lapp.

***

Om böcker. Jag vill skriva lite om böcker. Jag skriver ju en bok. Men inte en *bok*. Såna är förbjudna. Hittar man en, och det händer som sagt att folk gör det, ska man genast ge den till antingen en skyfflare eller nån som jobbar för fullmäktige. Man får inte läsa i den. Så det är klart att det är tokförbjudet att skriva en bok – som jag gör nu.

Jag vet inte varför det är förbjudet med böcker. Jag har aldrig frågat rakt ut. Men det har så klart med den gamla tiden att göra. Alla böcker är ju från den gamla tiden. Fast å andra sidan får man ju använda en massa grejer från den gamla tiden. Redskap, maskiner (de som går att köra), hus, cyklar och så vidare. Bara man får tillåtelse av fullmäktige eller skyfflarna först så klart.

Men jag har tänkt på en sak, sen jag började skriva den här boken. Om böckerna från den gamla tiden är som min bok. Om de handlar om vad en människa tänker, vad som händer honom eller henne, vilka känslor de har och sånt. Om det är så, så måste jag läsa en bok. Jag måste faktiskt göra det. Jag har redan fuckat upp genom att skriva den här boken, så jag kan lika gärna fucka upp lite till. Tar de mig så tar de mig.

För grejen är den att jag vet rätt lite om den gamla tiden. Precis som alla andra. Och jag vill veta mer, precis som alla andra. Och vad vet jag? Jag vet det som alla vet. Att de inte hade nån moral. Att de gick nakna på gatorna. Att folk bara pratade hela tiden, så de fick aldrig nåt gjort. Att några hade alla pengar och att de köpte bögiga kläder för dem, männen också. Folk knegade inte, de fick bara bidrag och satt och kollade på bilder och filmer och läste böcker. Det var ingen ordning. Folk dansade när de skulle sova, de knullade när de skulle knega.

Men nu är det Ordning. Knegarna knegar. Skyfflarna skyfflar. Fullmäktige och hennes snubbar bestämmer. Vi har ledigt andra söndan i varje månad, och då slipper man jobba och får bara gå runt. På kvällarna sitter man hemma hos sig eller nån annan. Kanske med lite mäsk. Är man knegare kan man till slut få ett fast jobb, antingen hos skyfflarna eller hos fullmäktige. Har man riktig tur kan man få tillstånd att sälja nåt på gatan. Mäsk, smör eller potatis eller så. Men det får nästan ingen, de som gör det är antingen inflyttade från landet och kan få varorna från sina släktingar. Eller så har deras familj nån liten plätt som de fått hyra på Långolmen, där de odlar potatis, lök, morötter eller rovor.

Skyfflarna utövar sin demokratiska rättighet. Jag vet egentligen inte vad det betyder. Men de säger det hela tiden. De får skyffla och ta vara på vad de hittar. De fina grejerna säljer de till fullmäktige eller behåller själva. De mindre fina grejerna säljer de till oss, knegarna. Tar man nåt man hittar i eller bredvid en skyfflargrop och blir påkommen, får man duktigt med spö.

Och så fullmäktige. Hon bestämmer, och hennes snubbar ser till att vi gör som hon bestämmer. Hon är vår demokratiska ledare. Det är det de säger innan hon håller sina tal under brofästet: »Stå upp för Hassa Billström! Hylla er demokratiska ledare!« Då måste alla ställa sig upp och applådera tills Hassa ställt sig framför oss och höjt armarna tre gånger för att tysta oss. Hennes snubbar och alla skyfflare stirrar argt ut mot folket som applåderar. Ingen har hittills vågat sluta klappa händer innan det varit dags. Jag vet inte vad som skulle hända om nån gjorde det.

När Hassa dör, kommer hennes son, Stell, att bli fullmäktige. Och så kommer det alltid att fortsätta. I alla delar av Ståkkålm. Och i hela Svärje, antar jag. Så har det varit sen reformerna började. Jag tror det är typ tvåhundra år sen.

Varför skriver jag det här? Det här känner ju alla till. Jag vill nog bara få ner det. Berätta det för mig själv, sammanfatta det. Se det utifrån.

***

Just nu ser mitt liv ut så här:

Min bäste vän har jag inte sett eller hört nåt från på flera veckor. Han bröt ihop när han fick läsa vad jag skrivit, och han kan tydligen inte dila med det.

Bruden jag kärade ner mig i har förödmjukat mig så alla såg det. Jag har skrivit en lapp till henne, som hon inte har svarat på.

För bara några veckor sen kände jag hur livet för första gången blev lite spännande. Världen var mitt ostron. Nu har jag krupit tillbaka till mitt vanliga jag, fast värre. Ingen vän, ingen brud.

Jag såg en blödare idag. Alltid lika vidrigt. Han kom gående längs med Hornschgatan, med klädnypor i bröstvårtorna. Hela hans ena arm var ett stort, varande sår. Han ömsom mumlade, ömsom skrek samma sak om och om igen:

»Gör mig hel.«

Jag vill säga samma sak.

Gör mig hel.

***

Blödaren har slagit sig ner i hörnet av Stritstranden och Tantfältet. Han sitter där och mässar sitt »gör mig hel« på sin märkliga dialekt. Jag gick förbi flera gånger idag. Nyfikenheten är starkare än äcklet. Folk ger honom mat, viskar frågor i hans öra eller ställer sig framför honom för att visa respekt.

Jag tror jag fick syn på hans skrev under alla lager av skitigt tyg en gång. Det verkar vara som alla säger att det är. Det fanns inget där. Ingenting. Bara slät hud.

Jag är nog hel ändå. Jag har allt man ska ha.

Det gäller bara att använda det.

***

Märklig dag. Berättar mer imorgon. Orkar inte nu. Måste ta igen mig.

***

Var fan ska jag börja? Ibland tror man inte att man upplever det man upplever. Ibland blir verkligheten större. Vilken jävla dag det var igår. Vilken helvetes jävla dag.

Vaknade på morgonen som vanligt. Morsan låg och sov. Åt lite potatis från dagen innan. Drack en hand med vatten från hinken. Det var rätt så fräscht. När jag gick ut i hallen såg jag det som jag väntat på så länge: en lapp under dörren. Och ja, den var från Anna. Dubbla slag på hjärtat. Jag vågade inte läsa med en gång. Jag satt med den hopvikta lappen i händerna i ett litet skrymsle under trappan i säkert en halvtimme. Till slut vek jag upp den.

***

Här har Toff kopierat Annas brev och lagt in i boken.

Muham Bentson

***

Hej Toff,
tack för din lapp. Jag har tänkt på vad jag skulle svara. Det var svårt.

Förlåt för det som hände under bron. Jag har pratat med Tompy. Han säger att du är en bra kille och att du inte knullat förut. Nu förstår jag. Jag är inte nerkärad i dig. Sorry. Men om du vill prata så vore det kul. Vi kan ses hemma hos mig. Kom ikväll efter kneget. Tompy vill träffa dig.

Anna Pelle

***

Jag var helt förbryllad. Glad också, men mest pusslad. Tompy? Vad hade han med Anna att göra? Hon var inte hans typ av brud.

Hon var liten, platt, rätt blek. Han ville ha stora tuttar och botyarslen. Hur fan kände de varandra? Han hade aldrig sagt nåt om henne till mig. Aldrig.

Och vadå prata? Om vadå? Vad kunde hon ha att säga mig? Så vitt jag visste så föraktade hon bara mig: En patetisk snubbe som hade fått för sig att hon ville finknulla. Som var nerkärad och svag, och till råga på allt mycket fulare än vad hon skulle behöva nöja sig med.

Men det var klart att jag skulle gå dit. Jag hade ingenting att förlora. Så jag gick till kneget med en känsla av hopp igen, hopp om att allt kanske inte var förlorat. Att den där explosionen kanske skulle hända ändå. Det är en skön känsla: att inte veta.

Väl på kneget – jag skulle gräva grus åt skyfflarna på gränsen till Sinken – kom nästa grej. Tompy var där. Men han skulle inte knega. Han stod i en port och väntade på mig när jag hade min rast.

»Tjao«, sa han.

Som om ingenting hade hänt.

»Du, jag har bluddrat lite om dig med Anna.«

Följande visade sig: Tompy hade också varit rätt nere av det som hände hemma hos mig, när han såg mina papper. När han kom över chocken över att jag var en sån jävla mes, hade han börjat tänka, sa han.

Men det hade han i alla fall gjort. Han hade tänkt på mig och Anna Pelle och på att jag var ledsen.

»Kom igen kompis, du måste ju fan få dig lite pussy, du vet. Jag fattade inte hur jävla illa det var med dig.«

Han har ett rätt bra sätt att uttrycka det på, Tompy. Inte så snyggt, men bra. I alla fall. Tompy hade sökt upp Anna, snackat med henne om mig, förklarat vem jag var och varför det blev som det blev. För naturligtvis hade Tompy också hört talas om det som hände under bron. Och nu skulle han se till så allt blev bra igen.

Jag kunde inte annat än bli rätt rörd. Tompy, den stora, dumma, snälla Tompy som hade skrattat tills han nästan sket på sig när han läste mina papper, skulle se till så jag och Anna blev, tja, vänner. Och självklart hoppades han att vi i slutänden skulle knulla.

»Jag kan peja om det är det, kompis. Jag har rätt mycket stuff du kan få.«

Tack men nej tack, tänkte jag. Men jag sa inget. Att han gjort sig allt trubbel med Anna och sett till så vi skulle träffas ikväll – det var rätt stort. Jag ville inte låta otacksam. Så jag mumlade fram ett tack. Till slut bestämde vi att vi skulle ses utanför Annas port när jag var färdig med kneget. Tompy skulle följa med.

»Så det inte blir så jävla stelt du vet. Jag kan lätta upp det lite.«

Faktiskt en rätt bra idé. Jag hade ingen aning om vad jag skulle säga till Anna.

Timmarna gick sjukt långsamt. Jag fick några rapp för sölning mot slutet av dan. Men det var som om de inte ens kändes. Smärtan lindrades av tanken på vad som skulle hända sen. På det jag inte visste.

Till slut var det dags. Jag gick med ett pickande hjärta (och, det måste jag erkänna, en behaglig ilning i skrevet) mot Plankan, huset där Anna bor. Delar av huset har kvar fem våningar, men de flesta bor i de lägre våningarna. På innergården, som var gigantisk, låg högar av skräp, några skitgropar och två stora eldar. Precis som det ser ut överallt, med andra ord. Så ser det ut på min gård på Spinnargatan. Så ser det ut på alla gårdar jag varit på i hela Ståkkålm. Utom för de som fått bygga sina egna hus så klart. De har ibland till och med en skitgrop inomhus, de kallar den vese. De bygger den ovanför en skitbäck, så all skit rinner iväg med en gång. Några knegare som fått tillåtelse att sälja grejer på gatan har haft råd med det.

Jag vet inte varför jag skriver hur allt ser ut när alla ändå vet det. Kanske bara för att jag vill det.

Tompy visade mig i alla fall vägen till hennes lägenhet. Tack och lov var hon ensam hemma. Att ha hennes tjur till farsa i rummet bredvid skulle vara mer än jag står ut med.

Hon öppnade dörren och släppte in oss. Det var välstädat, och hon hade hämtat in lite glöd från gården som hon lagt på spisen. Hon bjöd på varmt sockervatten och rostade potatisskivor med salt. Vi satt i en liten ring: jag, Tompy och Anna. Ingen visste var vi skulle börja. Efter några minuters hemsk, verkligen hemsk, tystnad, började Tompy prata. Så klart. Han är jävligt bra på sånt.

»Nä, men va fan, så här kan vi ju inte ha det. Kom igen nu, spill. Spill för satan. Toff? Anna?«

Anna drog efter andan. Hennes ansikte fick en koncentrerad

min. Hon tittade ner lite i golvet och tog sats för att säga nåt. Det högg till i mig när jag insåg vad det betydde. Det här var viktigt för henne. Hon tog det på allvar.

»Toff, jag ville inte att det skulle bli som det blev. Jag är sorry. Jag trodde du var som alla andra. Jag visste inte att du ... du vet, att du var ...«

»Oknullad«, fyllde Tompy i.

Han har ett underbart sätt att ta ner grejer på jorden.

Anna nickade.

»Precis«, fortsatte hon. »Om jag hade vetat det, skulle jag aldrig ha gjort som jag gjorde.«

Jag insåg att jag förväntades säga nåt. Det här med hur man snackar har aldrig varit min starka sida. Vissa fattar ju direkt när man ska säga nåt och när man ska vara tyst. Det är först på senare år jag har börjat lära mig. Det är som en dans, eller som en sång. Man måste bara känna det. Jag drog efter andan.

»Jo, alltså. Jag vet inte. Det här känns rätt psykat. Grejen är ju den att jag trodde jag var nerkärad. Och ... och jag trodde nog att du var det med. I mig alltså. Men det är du ju inte. Och jag är jävligt ledsen om jag tog dig för ett gratis ... du vet vad jag menar. Jag är sorry jag med.«

»Det är soft«, sa hon.

Så blev det tyst igen. Jag kollade ner i golvet. Jag tror de andra gjorde det också. Till slut sa Tompy:

»Ey, bruden. Det var ju nåt mer du var inne på. Eller?«

Anna satt tyst. Samlade sig. Jag såg att det hon nu skulle säga, var nåt hon verkligen ville säga. Hon till och med rodnade. Jag fick henne att rodna. Fatta: *jag* fick *henne* att rodna. Fast jag hade ju ingen aning om vad det var hon skulle säga.

»Jo, alltså, Tompy sa att du höll på att ... skriva. Att det var så han fattade allt det här. Att du visade honom några papper du hade skrivit på. Och att du hade sagt att det var en ...«

Hon tog en paus som kändes som en evighet.

»... att det var en bok.«

Hon viskade när hon sa det sista ordet. Som om det vore det fulaste, mest hemliga man kunde tänka sig. Och det var det ju nästan också. Om nån hade hört oss, skulle vi nog fått spö alla tre. Bara för att vi satt här och snackade om en bok.

»Jo«, sa jag. »Så är det. Jag skriver en bok. Men bara om mig. Och jag ville inte att Tompy skulle läsa den. Alls. Den är bara för mig.«

»Jag vill läsa den«, sa Anna.

Det blev tyst igen. Tompy kollade ut genom ett hål i väggen och log. Jag tror han hade släppt vårt samtal för länge sen. Sånt här intresserade honom inte. Han ville bara göra så att det blev bra igen. Så att allt skulle bli som vanligt.

»Får jag läsa eller?« frågade Anna.

Jag tvekade. Det stod ju massor i min bok om just henne, saker jag rodnar av att bara tänka på. Saker om hennes ansikte, om hennes lukt (som jag inte har en aning om) och om mig. Men vad hade jag att förlora?

»Okej«, sa jag. »Du får läsa.«

Plötsligt vaknade Tompy från sitt stirrande och leende. Han hade hört det sista jag sa.

»Najs! Men va fan Anna, du hade ju nåt att ge Toffsingen också.«

Jag tittade frågande på henne.

»Skriver du också?«

»Nej«, sa hon. »Det tog mig ju flera dar att skriva den lappen till dig. Jag har nåt annat.«

Hon gick ut från rummet och började rota i en garderob. Det tog en stund. Det hon hade där inne verkade vara väl dolt. Under tiden passade Tompy på att knuffa mig i sidan och simulera kuksugning, ena handen fram och tillbaka framför munnen, tungan buktade ut kinden i samma takt. Jag log överseende.

Till slut hittade hon det hon sökte och kom ut i rummet med ett bylte. Nåt som var inlindat i några skitiga trasor.

»Här«, sa hon och la det i mitt knä.

Jag anade vad det var, men tog mig ändå tid att veckla upp det långsamt och försiktigt. När jag var färdig satt jag där. Med en bok. En riktig bok. En bok med en ofattbart massa bokstäver och sidor. Alla ord stod på raka linjer och var ditsatta på det där sättet jag hade sett i boken de hittade häromveckan. Som om de vore skrivna av en maskin. Omslagsbilden var helt bortnött, men när jag öppnade boken kunde jag läsa titeln: *Om en pojke*. Under den stod ett namn: Nick Hornby.

Orden var socker. Gott utan eftertanke.

De smakade av en annan värld, och jag visste att detta, precis detta, var explosionen.

***

Man tror ju att explosioner ska gå fort. En stor smäll, sen är det över. Men vissa explosioner går tydligen långsamt. Medan regnet föll utanför vårt fönster, läste jag. Och läste. Jag tog in orden som man äter god mat. Långsamt och värdigt för att inte missa nån smak. Jag gick tillbaka ibland, läste om stycken. Vissa delar av boken läste jag säkert tio gånger.

Att detta var möjligt. Att man kan göra så här. Det tog ett tag innan jag insåg att det inte var en bok som min bok, som ju handlar om mig och det som verkligen hänt. Det här hände aldrig, det inser jag nu. Will lärde aldrig känna en pojke som heter Marcus. Marcus mamma försökte aldrig begå självmord. För de fanns inte. De har aldrig funnits. De är bara påhitt. Hela *Om en pojke* är bara en story. Men vilken jävla story. Inte ens i samma bollpark som Lok och Leja.

Orden som Nick Hornby använder är svåra. Meningarna är krångliga, det är inte som när folk pratar. Men läser jag tillräckligt långsamt och noggrant, förstår jag allting.

Jag kände en klump i halsen när Marcus blir kär i Ellie och när Will inser att han måste fylla sitt liv med nåt mer än öl (måste vara som vår mäsk) och hasch (vet jag inte vad det är) och tv (som ju bara är en saga egentligen).

För jag är ju som Marcus. Det är nästan löjligt hur lika vi är. Som om jag fått en trehundra år gammal vän. Han får spö, de kastar

»smarties« på honom. Jag vet inte vad det är, men det verkar inte vara bra att kasta det på folk. De tar hans nya skor, de skrattar åt hans sätt. Han måste ta hand om sin morsa – precis som jag. Okej, min morsa har inte försökt ta livet av sig. Men frågan är om hon inte försöker göra det, fast långsamt. Med mäsk. Jag ser ju hur livet blir svagare i henne för varje fylla.

Marcus är så lik mig att det nästan blir tråkigt att läsa om honom. Till slut blir man ju trött på sin egen spegelbild, speciellt om den är som Marcus eller mig. Vi är fjantar. Bögar. Mesar. Fast varje gång jag läser om hur han sjunger högt utan att tänka på det, hur han bara säger vad han har i huvudet utan att tänka sig för – varje gång jag läser det, blir jag ... så jävla glad. För just där är vi inte lika. Det är befriande att man kan vara konstig på fler sätt än mitt. Jag är ju mer som Will när Marcus sjunger den där sången med sin mamma och blundar. Jag vet precis hur hemskt det kan vara att se på när andra sjunger som om de verkligen menar det. Det är som om de vill visa mig hur liten jag är, hur små mina känslor är, som om det är asviktigt för dem att säga: »Se här, mina känslor är så mycket mer, så mycket större än dina, se hur mycket jag känner.«

Och så det där med hans farsa. Jag blev nästan arg för att jag kände så mycket när jag läste det. Det var ju inte min farsa det handlade om. Och min farsa har verkligen inte gjort så jag slipper knega. Men de få saker Nick Hornby skriver om Wills farsa stannade kvar: Han söp, han var inte att lita på. Han var sur, han var bitter. Allt går in i mig, för min farsa var ju faktiskt sån. Han söp, han var sur, han var bitter. Bitter för att nån annan fått en bättre dil med skyfflarna, eller för att han fått spö för nåt han inte gjort. Eller för att mäsken var slut hos Rodri. Eller för nåt annat. Och när farsan var bitter fick vi spö, både jag och morsan. Jag blir lite förbannad på Nick Hornby för att Will aldrig får spö. Inte för att jag vill att han ska få det. Men om ens farsa inte ger en spö, hur kan man då vara så missnöjd med honom? Det är det bästa man kan säga om en farsa i Hornschtull: Han har aldrig spöat mig, hur full han än varit.

Dessutom har jag sugit i mig allt runt omkring Marcus. Bilar. Flygplan. Tv, video, cd, rock, pop, hiphop, radio.

Man känner ju igen en del av orden, det gör nog alla. Men att se dem så här, använda på den tiden de verkligen betydde nånting, är nästan magiskt.

Jag påstår inte att alla de där sakerna verkligen fanns. Om han hittat på hela historien om Will och Marcus, måste han ju ha hittat på mycket annat också. Men att de, människorna på den tiden, verkligen använde de där orden (och vissa av de där sakerna kanske verkligen fanns, vem vet?), gör att den gamla tiden plötsligt känns så mycket mer levande.

Jag menar en tv – hur skulle det ha gått till? Levande bilder på en platt skärm? Jag har hört talas om att folk hos nån fullmäktige, ibland säger folk i Jöteborg, ibland säger de Västerås, har lyckats koppla ihop nån grej med nån annan grej så det kom rörliga bilder på en vägg. Men om jag fattat den saken rätt så hade man hittat nån sorts remsa med en massa bilder på, och när man sen lät en gaslampa lysa genom ett litet hål på remsan, samtidigt som man drog den skitfort, så såg det ut som om folk rörde sig. Men det kan inte ha varit tv. Det vi kallar tv är stora grejer, med en blank yta. Skyfflarna hittar ibland såna som är nästan oskadda. Det sägs att man ibland har lyckats stoppa in elektricitet i dem, och då sprakar det och på skärmen syns ett virrvarr av prickar. Men det är bara rykten. Jag har aldrig hört talas om att nån har fått bilder att komma fram på en tv. Än mindre levande bilder.

Och video. Det är ju nåt farligt, nåt syndigt, nåt som man använde för att knulla på arbetstid. Det vet alla. Men i boken verkar det vara nåt man använde tillsammans med tv:n. Nåt man hyrde och såg på.

Sen finns det ju grejer han helt uppenbart bara stoppat dit för att göra saker och ting mer fantastiska, sagolika. Flygplan till exempel. De har aldrig funnits.

Men vad vet jag? Jag är ingen expert på den gamla tiden. Jag vet bara vad vi brukar säga, men det är allt.

Jag är glad att jag lever idag och inte då. Nu är det ordning och reda. I boken verkar alla umgås med alla, och man verkade kunna leva utan att knega. Will gör det, eftersom hans farsa skrivit en låt som han sen får pengar för. Det är omoraliskt. Alla måste knega. Men återigen. Nick Hornby kan ha hittat på en hel del som jag inte fattar.

Mörkret kommer nu, och jag kan inte skriva länge till. Magen värker av hunger, men det gör inte så mycket. Jag vet vad jag måste fortsätta att göra: läsa fler böcker. Jag vet att det är farligt, men jag har redan gått över gränsen. De kan inte mer än döda mig. Och jag kan inte mer än dö.

***

Dessa kapitel är naturligtvis bärande för *Toffs bok*. Här kommer han för första gången i kontakt med böcker, och med dem den gamla tiden. Han börjar så smått att omvärdera den historieförfalskning som var legio under den mörka tiden. Som vanligt i totalitära samhällen, var kunskap farligt, och ju mer kunskap man hade, desto farligare var man.

Men mest fascinerande är det naturligtvis att försöka sätta sig in i hur det känns för en människa som aldrig läst en bok att göra just det. Hur liten var Toffs föreställningsvärld innan han läste ut *Om en pojke*? Jämfört med den genomsnittliga stockholmaren på det tidiga 2000-talet var den minimal. För att inte säga dvärgväxt. Och vilket intellektuellt jättekliv tar han inte genom att traggla sig genom en bok som kanske inte var någon milstolpe i litteraturens historia, men som var omåttligt populär under den klassiska tiden? Som i ett trollslag förstår han att fiktionen är oändlig, att man faktiskt kan skriva vad som helst. Och som genom ytterligare ett trollslag förstår han att den klassiska tiden inte alls var den omoraliska, lättjefulla tid han dittills trott, utan att det tvärtom var en tid av frihet och glädje. För Toff är läsningen av *Om en pojke* ingenting annat än det som på klassisk engelska – om ni ursäktar mig mitt högtravande sätt – kallades för »mindfuck«. Det vill säga en upplevelse som grundligen skakar om en, och som förändrar hela ens sätt att se på livet och sig själv. Förmodligen är det omöjligt för en utomstående att fullt ut förstå den omvälvning av tankemönster som läsningen betydde för Toff. Helt plötsligt blir han mentalt fri, efter att ha bott i en intellektuell källarskrubb hela livet. På bara några dagar ser han hela sitt liv i all sin torftighet och på samma gång alla de möjligheter som finns i ett rörligt sinne. Han måste ha blivit såväl jublande lycklig som livrädd och bitter. Av allt detta märks ganska lite i hans egen bok. Han gör tappra försök, men når inte hela vägen fram. Och egentligen kan man väl inte klandra honom för det.

Intressant är också att Toff refererar till elektricitet, som vore det en realitet. Tydligen hade man återupptäckt den. Men den kan inte ha varit i var mans ägo. Vissa intresserade fullmäktige höll sig med en eller flera experter på den gamla tiden. De hade tillgång till de bibliotek och arkiv som fanns hos dessa, mer progressiva, fullmäktige. Med de ledtrådar de hittade där, försökte de återskapa de saker som deras fullmäktige var intresserad av. Detta finns belagt i annan litteratur. Naturligtvis låg fokus på tekniska saker som antingen kunde underlätta produktiviteten, eller på underhållande saker, som den filmvisning Toff nämner. Att återskapa lärdom, humanitet och välfärd var dels ointressant för fullmäktige, dels skulle det inte ses med blida ögon om det framkom när regionens fullmäktige träffades varje år, på den så kallade valrörelsen. Då röstade man fram riktlinjer och restriktioner om allehanda saker, däribland vilken kunskap som fick spridas och efterforskas.

Muham Bentson

***

Nu när jag läser vad jag skrivit, slås jag av att det blir bättre. I början av min bok kryper språket fram. Jag vågar inte använda orden. Men när jag läser det jag skrev igår, ser jag att jag vågar mer. Jag använder svårare ord, ord jag bara hört men aldrig sagt. Och jag ser att det blir lättare och vackrare att läsa. Långt ifrån som boken jag läser, men i alla fall. När – om – nån läser det här kommer han eller hon kanske att ha utbyte av det.

Se där till exempel: »utbyte« – det är ett ord jag aldrig sagt. Jag har hört det nån gång, helt klart. Förmodligen från nån av fullmäktiges snubbar.

Jag måste få tag i en bok till.

***

Nu börjar det hända grejer på allvar. Jag var hos Anna idag igen. Ensam. Förra gången kom vi överens om att ses igen för att, som Anna uttryckte det, »diskutera«. Men när jag kom dit var bara hennes morsa hemma. Hon var väldigt trevlig. Helt annorlunda än min morsa. Annas morsa tog mig i hand, gav mig en liten kopp mäsk och visade mig in i deras rum. Hon hade en stor blåtira runt ena ögat. Jag frågade inget om den.

»Anna har pratat om dig«, sa hon.

Hon satte sig framför mig, som om vi var kompisar. Det kändes märkligt. Hon tittade på mig.

»Hur går det med boken?«

Mäsken fastnade i min torra hals. Jag skakade. Vad var det här? Golade Annas egen morsa på henne till fullmäktige?

»Boken?« stammade jag. »Jag vet inget om nån bok.«

»Jag vet att du och Anna läser. Det var jag som gav Anna boken. Och det var jag som sa till henne att ge den till dig. Vi behöver få med alla vi kan.«

Jag visste inte vad jag skulle tro. Hon kunde fortfarande ljuga, allt kunde vara en enda stor list för att få mig att erkänna. Fullmäktigesnubbarna kunde stå utanför dörren med handfängsel och påkar. Annas morsa, Lai heter hon visst, såg lugnt på mig. Hon måste ha förstått vad jag tänkte, för hon öppnade dörren ut mot trappan och tog ner skivan för fönstret så att den kalla luften sköljde in över rummet.

»Kolla«, sa hon. »Ingen här. Ingen där. Det är bara du och jag, Toff, och du kan lita på mig. Jag kan inte bevisa det till hundra procent, men du kan lita på mig som du litar på Anna. Hon kunde ju ha gett dig boken som en fälla, eller hur?«

Jag nickade instämmande. Och hade det varit en fälla, skulle de kommit och tagit mig för länge sen. Anna golade uppenbarligen inte.

»Om du vill kan vi vänta på att Anna kommer hem. Hon kommer snart. Om hon intygar att jag inte golar, kan du lita på mig då?«

Jag nickade igen. Hon reste sig upp och satte fast skivan för fönstret och stängde dörren. Kylan och ljuset försvann. Mörkret och värmen kom tillbaka.

»Bra. Då vill jag berätta nåt för dig. Det jag kommer att säga innebär dödsstraff för dig och mig om det kommer ut. Din morsa kommer också att råka illa ut. Så du håller käften. Okej?«

Jag ville titta på henne med en uppriktig blick och säga »ja« med vuxen och pålitlig röst. Men jag kunde inte förmå mig att göra nåt annat än att nicka. Igen. Lai drog efter andan.

»Du måste fortsätta leta efter böcker. Läs så många du kan. Och skriv din bok. Fortsätt med det, det är viktigt. Och säg inget till nån. Vi kan inte lita på andra än oss själva. Men det blir nog inget problem för dig, du säger ju inte så mycket till nån eller hur?«

Hon log. Jag log också, generat. Hon reste sig, gick ut mot köket och klappade mig på axeln.

»Då så. Det är allt jag tänker säga nu. Sitt du här och vänta på Anna.«

Och där satt jag, häpen. Jag drack det sista ur min kopp. Och hade precis börjat andas normalt när Anna kom in genom dörren. Jag vet att det inte blir nåt mellan oss, jag vet att hennes ansikte aldrig kommer att vara nära mitt och jag vet att jag borde vara tacksam för att hon förlåtit mig för det jag gjorde under bron. Men ändå. Det är ändå som i den där gamla visan: »Varje gång jag ser dig, är det som om allting stannar till, jag vet inte varför.«

Det kommer att dröja väldigt länge innan jag kan komma över det. Hon kom in och log, log som den där gången jag såg henne med hennes polare. Jag öppnade med ett: »Vad du ser glad ut«, men hon slog bort det med ett: »Äsch, inget speciellt.« Och fortsatte att le.

Hon undrade om jag hade läst boken, och jag sa att ja, det har jag. Och jag älskar den mer än nåt annat. Och så pratade vi om den.

Att man kan prata så mycket om en bok! Jag berättade om allt jag gillade med den, om Will och Marcus och tv, video och cd. Om hur man inte kan veta vad som är påhitt och inte. Och hon berättade om vad hon älskade med den.

»Fiona«, sa hon. »Fiona är så sorglig. Jag tänker på min moster när jag läser om henne.«

Sen berättade hon i ett svep om sin moster, som hade bott nånstans runt Slussen – med allt vad det innebär – och som hade tagit livet av sig. Hennes snubbe hade slagit ihjäl deras dotter. Hon hade använt det hon fått när hon horade för att köpa en tröja, och han hade varit galen av mäsken och bara bultat ihjäl henne.

Såna grejer står det inget om i *Om en pojke*. Men jag antar att det måste ha hänt. Horat har ju folk alltid gjort. Inget konstigt med det. När jag sa det till Anna tittade hon ner och sa:

»Jag vet inte om jag är så säker på det.«

Som om jag sagt nåt fel.

***

Jag ser på det sista jag skrev igår: »Som om jag sagt nåt fel.« Det var faktiskt så det kändes, inte bara när jag sa det där om att hora. Under hela samtalet hade jag en känsla av att vara förhörd. Visst hade vi trevligt, jag har nog aldrig pratat så mycket med nån, framför allt inte en brud. Och om jag pratat så mycket med nån, har jag varit full. Men när jag tänker efter, så var det hela tiden hon som ställde frågorna. Och liksom letade efter saker jag sa, som hon sen drog i ännu mer.

Som när hon frågade vad det var jag gillade, förutom allt det där om tv och video. Hon frågade om det var för att min farsa dött så tidigt, och jag svarade att visst, det kanske berodde på det. Jag gillar att hon ser såna saker, ser samband mellan saker man känner och saker man varit med om. Jag har aldrig funderat så mycket på sånt förut.

Sen var hon tyst en lång stund och till slut frågade hon:

»Gillar du nåt som inte finns i boken?«

Jag fattade inte vad hon menade. Men istället för att säga det, tvekade jag och svarade bara:

»Nej.«

Jag tror hon blev besviken. Hon hade väntat sig nåt mer. En mer avancerad tanke, ett längre svar. En smartare snubbe. Men när jag skulle gå sa hon:

»Vi behöver fler som du, Toff. Det gör vi verkligen.«

Vi?

***

Jag har nu läst *Om en pojke* säkert tre gånger, från början till slut. Det känns inte exakt lika mycket när jag läser om Marcus nu, om hur han sjunger för sin mamma och hur Wills pappa super. Men jag har gjort sidorna och orden till mina. Jag börjar kunna långa stycken utantill. Jag kan bläddra fram och tillbaka i boken i huvudet och liksom hänga med Will och Marcus. När jag öppnar boken vet mina händer var det och det står. Jag har gjort boken till en del av mig. Jag har blivit större, mitt huvud rymmer mer än jag trodde var möjligt. Och då har jag bara läst en enda bok.

Om varje bok jag läser kan få mig att känna så här, så kommer jag aldrig vilja göra annat än att läsa. Jag har inte tagit upp det med Anna, men vi har bestämt att vi ska ses om nån dag eller så. Dessutom måste ju hon få läsa det här, min bok, som jag lovat henne. Men jag är rädd för att låta henne läsa. Den enda som läst detta höll ju bokstavligen på att skratta ihjäl sig. Men jag har lovat, och Anna är ju inte Tompy (verkligen inte). Jag ska göra det.

Några andra grejer som hänt:

Blev rätt full i förrgår, och var så jävla nära att spilla om boken. Jag fick bita mig i tungan när Tompy och några av hans polare började jiddra. De bluddrade på, som knegare alltid gör efter några glas mäsk. Om brudar, om var man kan skåra bra mäsk, om vilka skyfflare som ger en bra pröjs. Och så vidare. Inget konstigt med det. Jag hummade med, skrattade på rätt ställen och sa några, rätt ointressanta grejer som de mer eller mindre sket i att svara på. Men sen började de jiddra om förbjudna grejer. Om vad man kan använda olika saker till, saker som bara skyfflarna och fullmäktige får ta från groparna. De där grejerna som de använder för att sätta fast lappar på anslagstavlan vid brofästet, till exempel, de kan man trycka mot nåns röv och skjuta av. Det gör ont som i helvete. Och nån berättade om en flaska med en brun vätska i, som man blev full på en gång av. Man behövde bara ta tre klunkar så var man full som en jävla kastrull, berättade han. Alla skrattade. Sen sa en av dem, han heter Ron, att han hade sett en skyfflare spöa skiten ur en tjej som hade tvekat att ge honom en bok. En bok! Vad fan var det att tveka om? Och vad fan var det att bli så jävla sur för? Man kan ju förstå att man vill ha en flaska med nåt som gör en full på ingen tid alls, men vad i helvete ska man med en sketen bok till? Det är ju bara bokstäver? Alla skrattade igen, på det sättet som bara fulla snubbar kan skratta när de är helt överens om att nåt är helt åt helvete jävla urkukat. Naturligtvis borde jag hållit käften. Jag är ju bäst i världen på att hålla käften. Men jag hörde mig själv säga, med lite för hög röst, och med lite för mycket känsla bakom orden:

»Hon kanske ville läsa den.«

Ännu högre skratt. Lite för hårda boxningar i min axel. En enad åsikt om att den där Toff, han är en konstig jävel. Klart som fan att hon ville läsa den, vad ska man annars med böcker till, menade Ron. Men vad är det för jävla fjollerier, att bara sitta och läsa? Inte för han fattade var som var så farligt med det, men det var ju så jävla fjantigt att det förmodligen var därför det var förbjudet. Han utförde en liten charad och drog upp benen i skräddarställning, låtsades läsa och gjorde ansiktet mongo. Kvällens högsta skratt följde. Jag sneglade på Tompy, men han garvade bara med.

Jag måste vara försiktig. Vem som helst av de här snubbarna kunde varit golare åt skyfflarna, fullmäktige eller båda två.

Dessutom har det varit Information. Det är det en dag varannan månad. Alla i hela Hornschtull är tvungna att komma till brofästet för att lyssna när Hassa Billström håller tal. Jag skulle inte skrivit nåt om det i vanliga fall, men den här gången var det extra intressant. Det började som vanligt. Hennes närmaste snubbar, de kallas dörrvakterna och har var sin blank stjärna på bröstet, står i en rad på den lilla scenen. De står så där överdrivet, med bröstkorgarna utspända och blickarna långt borta. De har inget hår på huvudet nån av dem och alla tio är stora som hus. De står så en stund. Sen brukar det komma nån sorts musik. Ibland är det en trumma som slår fortare och fortare. Ibland är det en trumpet som smattrar. Ibland slår nån på en sån där stor metallgrej, som ser ut som ett lock som hänger från en ställning. Jag har glömt bort vad det heter.

Den här gången var det en det en trumma som började långsamt men som sen slog snabbare och snabbare. Till slut hörde man inte slagen, det var bara som ett surrande. Sen, som om nån knackat dem på axeln samtidigt, gled dörrvakterna åt sidan så alla kunde se den lilla backen som sluttade ner mot scenen. Alla visste vad som skulle hända sen, det är samma sak varje gång, men det är ändå alltid lika spännande.

Uppe på krönet av den lilla backen satt Hassa i sin röda, blanka och taklösa bil. Bakom den stod en av hennes snubbar. När hon väntat så en stund – hon ville vara säker på att alla såg henne – gav snubben bakom henne bilen en liten knuff. Sen susade hon nerför backen och stannade precis bredvid trappan till scenen. En av dörrvakterna öppnade bildörren. Det är den enda bil som finns i Hornschtull. Sen gick hon upp på scenen och tittade på alla som bor i hela Hornschtull.

Hon såg ut som vanligt. Kläder som var renare och mer färgglada än nåt jag tidigare sett. Ingen jag känner har några kläder som har färger. Alla har ungefär samma sak på sig, grå, bruna eller svarta kläder. En tröja, ett par brallor. Allt är lappat, lagat och hopsytt. Ibland kan brudarna få för sig att man ska ha tröjan på ett visst sätt, eller vika upp brallorna på ett annat. Då har alla det så i några veckor. Sen kommer de på nåt nytt.

Hassas hår var lika blankt och hårt som vanligt, det låg som klistrat mot huvudet på henne. I ansiktet hade hon sina brillor, som hon var känd för. Hon är den enda jag nånsin sett som har brillor. Om man ska varna nån för att en fullmäktigesnubbe är i närheten, behöver man bara göra ringar av fingrarna och sätta dem för ögonen. Brillorna är Hassa Billström. Jag vet inte hur hon ser ut utan dem. De är helt svarta och en del säger att det bara är hon som kan se igenom dem, att hon kan se saker genom väggar och att hon skulle se om nån hade gömt en kniv eller nåt innanför sina kläder. Andra säger att hon är blind, och att det är därför hon har sina brillor. Och så finns det de som säger att hon bara har dem för att hon ser i kors. Men det är en sån där grej som man bara säger hemma hos nån man känner efter rätt ordentligt många koppar mäsk.

Sen drog hon igång: Vi ska vara tacksamma för att vi har det så bra. Hon är tacksam för att vi är såna bra medborgare och så bra på att knega. Hon ska själv bli bättre på att se »det allmänna bästa« – vad nu det betyder – och hon hoppas att vi ska göra samma sak. Det vill säga knega hårdare, supa mindre, vara mer lydiga. Hon fortsatte med att säga att vi har ordning, mer ordnat än i både Sinken och Maria. Men i Sity och på ett ställe utanför Ståkkålm som heter Teby, där knegar de hårdare än oss. Där är det mer ordning, och där finns ingen olydnad. Och som vanligt skulle en av oss få chansen att resa till nåt av ställena, för att få se hur fantastiskt det är där. Det säger hon alltid, och hon väljer ut nån eller några varje år som får följa med på den resan. De kommer tillbaka och säger att det är fantastiskt där, och att vi verkligen måste bli som de. Ibland kommer det nån utifrån hit också, och då måste vi alla skärpa oss och visa hur bra vi är. Det är de värsta dagarna på året. Då tillåter de inte en rast, inte en sölning, inte en högljudd fest på flera dar.

Så långt inget nytt. Jag hade hört allt förut, och det hade alla andra också. Alla applåderade på rätt ställe, alla buade när de skulle. Men sen blev hon tyst, så tyst som hon alltid blir innan hon ska säga nåt allvarligt. Hon satte händerna i sidorna och lät blicken vandra fram och tillbaka över alla människor. Som om hon letade efter nån speciell. Jag försökte göra mig så osynlig som möjligt där jag stod. Jag står alltid rätt långt bak.

»Det har kommit till vår kännedom att det finns en hemlig klubb i Hornschtull. En klubb som träffas i hemlighet. Men inte för nåt så simpelt som att dricka mäsk och dansa. Det hade vi kunnat tolerera, eftersom vi är en tillåtande och generös fullmäktige. Men den här klubben sysslar med nåt betydligt mer farligt och omoraliskt. De planerar för vår undergång. De sitter i mörka hörn och pratar om omoral. Om att bryta mot lagen. Och de finns mitt ibland oss. Man kan inte känna igen dem, de har inga kännetecken. De blir fler och fler för varje dag. Vi har hört från andra ställen – Dandryd, Norrtull, så långt borta som Jöteborg och så nära som Kungsolmen – att de kan orsaka stor skada på våra ordningsamma samhällen. Jag uppmanar er att hålla ögon och öron öppna. De som golar på dessa förbrytare kommer att belönas.«

Jag stelnade till. Kunde hon mena såna som oss? Som Anna och Tompy och jag? Under några sekunder blundade jag och såg framför mig hur hela det församlade Hornschtull skulle stå vänt mot mig när jag öppnade ögonen. Hur det syntes på mig att jag hade läst en bok, att jag *skrev* en bok. Så var det naturligtvis inte. När jag öppnade ögonen såg jag samma sak som innan: några tusen människor i skitiga kläder. Vissa nickade allvarligt. Andra såg tomt framför sig.

Anna hade sagt att »*vi* behöver fler som du«. Vad menade hon med det? Var *vi* en klubb? Och var jag med i den klubben nu?

***

Vi är en klubb. Jag skriver det här mitt i natten, min sista natt i Hornschtull. Jag har ingen aning om hur detta kommer att sluta, eller om jag ens lever innan ljuset kommer. Jag hann aldrig hem till Anna igår, hon får läsa min bok en annan gång. Lai mötte mig på vägen dit och ledde mig till ett buskage i Lundaparken, där hon sa till mig att låtsas att vi skulle knulla. Det kändes rätt pinigt att gå arm i arm med nån som var gammal nog att vara min morsa, och som inte var direkt snygg. Men ingen tycktes bry sig. När vi kom in i buskarna, tittade hon på mig med ett snett leende och sa:

»Välkommen till klubben.«

Då visste jag att det var allvar. Lai rabblade det som en inövad läxa. Antingen var jag med dem eller så skulle jag aldrig mer få träffa dem, sa hon. Hon skulle komma med ett erbjudande. Om jag sa ja, skulle jag få se saker jag aldrig drömt om. Sa jag nej, kunde jag gå tillbaka till mitt vanliga liv, och aldrig behöva bekymra mig om klubben, böcker eller Anna mer. Precis som i den där storyn en del aldrig får nog av, Matrix.

Utan att tveka sa jag ja. Det var inget svårt val. »Bra«, sa hon. Jag skulle packa de grejer jag behövde och möta dem – hon sa inte vilka men jag visste att det innefattade Anna och det var det viktiga – vid Stritstranden strax före gryningen. Och vart skulle vi? Det sa hon inte heller.

»Du kommer att få veta allt, snart. Gör bara som jag säger nu.«

Sen gav vi oss iväg åt var sitt håll. Precis som om jag just köpt ett litet vardagsknull. Det var över på två minuter.

Och nu sitter jag här och skriver. Jag är på väg härifrån, och jag kommer nog aldrig tillbaka. Jag har inte sagt nåt till morsan. Hon har varit rätt full de senaste dagarna, fullmäktiges prat om klubben gjorde henne rädd, säger hon. Och då måste hon dricka. Det är naturligtvis bara skitsnack, hon skulle hitta på vad som helst för att få dricka.

Jag kommer ändå att sakna henne. Vi har aldrig pratat speciellt mycket, men hon har alltid sett till att ge mig mat. Kanske blir hon till och med glad över att jag försvinner på det här sättet. Hon har väl haft på känn att jag inte skulle greja nåt fast jobb, och hon har inte gjort nån hemlighet av att hon varit besviken på mig. En morsa vill ju se sin son bli stark, skaffa en brud och barn, knega hårt och vara, tja, man. Det har jag aldrig varit. Så kanske är det bäst att jag drar som jag nu tänker göra. Men det grämer mig att jag inte ens kommer att kunna skriva en lapp till henne. Om nån fick se den skulle det genast dra misstankar till henne, och då skulle hon råka i trubbel. Bättre att hon får tro att jag bara dragit. Till Sinken, Maria, Slussen eller Danvik för att ragga kneg. Folk gör så ibland, även om det kan vara ett jävla strul med att gå över alla gränser.

Jag kommer att sakna Hornschtull, jag har ju knappt sett nåt annat i hela mitt liv. Jag kommer att sakna de välbekanta kvarteren, gatorna och alla jag hälsar på. Jag kommer att sakna alla de platser jag har minnen från. Alla fylleslagen jag varit med på utan att egentligen delta, arbetsplatserna där Tompy räddat mig från spö så många gånger. Spinnargatan, där jag växte upp, och där jag första gången satte pennan till pappret, och där jag för första gången såg Anna komma gråtandes nerför gatan. (Fatta att det bara var två månader sen!) Men samtidigt är jag glad att få ge mig av. Nu börjar nåt nytt. Jag har aldrig varit med om nåt nytt.

Var det så här Marcus kände sig innan han skulle gå in på scen och sjunga »Killing me softly« (herregud vad jag skulle vilja höra den låten) inför hela sin skola? Jag skulle tro det. Han vet att han måste göra det. För sin mammas skull, för sin skull och för, alltings skull. Det är bara så det är. Och så är det nu också. Jag måste göra det här. Jag har inget val.

Det är bara en liten stund tills ljuset kommer. Jag packar ner de kläder jag har, mina papper och boken. Innan jag går tänker jag gå in till morsan och pussa henne på pannan. Det blir det sista jag gör.

Min älskade mamma. Kanske viskar jag det i hennes öra. Det känns som om man borde det.

***

Här börjar alltså det äventyr, den resa som de flesta förknippar med *Toffs bok*. Även om det inte är den allra mest intressanta delen av boken ur en rent vetenskaplig synvinkel, är det absolut den mest läsvärda. Toff har, genom att dels skriva ett slags dagbok, dels genom att läsa boken *Om en pojke*, tillskansat sig ett språk och en berättarförmåga som vida överträffar vad man kunde vänta sig från en fattig, utarbetad mörktidsmänniska. Han är utan tvivel en begåvad författare, och man kan bara spekulera i vad han skulle kunnat åstadkomma om han levt några århundraden senare eller tidigare. Om han fått en riktig utbildning och ekonomiska möjligheter att skriva.

Angående kapitlen här ovan. I skildringen av sin rädsla för att bli golad på, ger Toff oss en insikt i hur väl utvecklat angiverisystemet var. Uppenbarligen hade både fullmäktige och skyfflarna en mängd angivare, som mot en ringa belöning hela tiden rapporterade om misstänkta personer och företeelser. En jämförelse med det antika riket Sovjetunionen är inte alls felaktig, även om stadsstaterna under den mörka tiden naturligtvis inte hade all den teknologi och utbildning som de gamla kommunisterna hade. Än idag är vi ju långt ifrån att ens vara i närheten av alla de resurser som den gamla tidens regimer hade till sitt förfogande.

Muham Bentson

***

Äntligen lever jag.

Det har gått en hel vecka sen jag skrev sist. Det är inte lätt att få tillfälle när man hela tiden är på resande fot. Jag har fått stränga order av Lai att skriva så mycket som det bara är möjligt, så i fortsättningen kommer jag att skriva längre stycken, men mer sällan. Lai verkar inte ha några önskemål om vad jag ska skriva, så jag fortsätter som förut. Det händer så mycket som är nytt för mig, att jag inte kan tänka mig att skriva om nåt annat ändå.

Jag pussade min mamma på pannan när jag gick, men jag viskade ingenting i hennes öra. Jag tog sats för att göra det, men så insåg jag att hon faktiskt aldrig sagt det till mig. Redan när jag stängde dörren hade jag ångrat mig. För jag älskar ju henne. Man älskar sin mamma. Och man vet aldrig – aldrig – vad som gjort henne till den hon är.

I mitt knyte låg *Om en pojke*, de kläder jag äger, mina papper och min penna. Inget mer. När jag gick nerför trapporna till Spinnargatan, vällde tårarna upp ur ögonen. Det var tårar som bara rann, inga hulkningar behövdes, de första tårar jag grätit sen Tompy räddade mig från spö på Långolmen för fyra år sen. De fortsatte att rinna nerför Verkstasgatan, längs Bergsunnsgatan och hela Stritstranden där vi skulle ses. De rann för mig, för livet jag egentligen aldrig fick i Hornschtull, för morsan som jag aldrig kände, för farsan som aldrig fanns, för Anna, för Tompy, för allt det jag alltid stått vid sidan av. Ju närmare hörnet av Stritstranden och Tantparken jag kom, desto färre blev tårarna. Och ju färre tårarna blev, desto närmare mitten stod jag. Mitten av livet, mitten av allt. Som jag sa: »Äntligen lever jag.«

Jag var först till Stritstranden. I vanliga fall skulle jag nojat som en tokig om att jag missat nåt, om att de bara lurat mig, att det skulle stå snubbar med påkar där och att allt naturligtvis bara var ett stort skämt. Men jag var förvånansvärt lugn. Jag visste att de skulle komma. Jag visste att jag kunde lite på Lai och Anna. På klubben.

Jag stod ensam vid stranden. Ljuset hade inte kommit ännu, men jag kunde ana Lilljolmen på andra sidan vattnet. Där hade jag varit en gång när jag var rätt liten. Morsan tog med mig dit, det var helgdag och vi hade fått tillåtelse att gå dit. Det var vackert där. Vi gick till ett ställe som hette Trekanten, en sjö där man kunde bada. Jag minns att jag sa: »Kan vi inte bo här?« till morsan. Hon log snett och sa nåt om att det var samma visa här, det var ingen skillnad. Och det hade hon väl rätt i. Det var samma visa på Lilljolmen som det är överallt, fullmäktige, skyfflare, kneg, mäsk och skitgropar på gården.

Jag hade inte börjat tänka på vad som skulle vänta mig när de andra kom, men jag antog att de, Lai och Anna, hade nån sorts plan. En liten ilning av oro började krypa upp längs ryggraden. Hade de grejat en båt? Det fanns ju ingen is att gå på. Det sägs att det fanns det en gång i tiden på vintrarna. En del säger att det hände en gång för typ tio år sen, men att det bara varade en natt. Men jag vet inte om det är sant. Ibland flyter det isflak på vattnet, men mer än så har jag aldrig sett. Vi skulle behöva en båt för att komma över. Var var den? Och var var Anna och Lai? Och hur skulle allt gå egentligen? Nojorna tog över för en stund.

Men jag slog det ur huvudet. Även om jag skulle dö de närmaste timmarna, hade jag i alla fall tagit steget. Jag hade börjat leva.

Jag dog inte, annars skulle jag ju inte skriva det här. Lai och Anna dök upp. De sa ingenting, de gav mig bara var sin klapp på axeln. Sen ställde vi oss och blickade ut mot vattnet. Jag antog att vi väntade på en båt.

Men det kom ingen båt. Istället kom – hör och häpna – Tompy.

»Kompis!« halvskrek han och boxade mig, alldeles för hårt, på axeln.

Lai och Anna vände sig om. Deras reaktion var tydlig: håll käften. Tompy gjorde en hoppsan-min och gav mig ett menande ögonkast. Som om han ville säga att jävlar vad de var stiffa då.

Efter en lång stunds tystnad, då alla fyra stod som fastfrusna (och det var vi nästan också, det var förbannat kallt) såg vi en båt. Det var en liten båt, en sån träbåt som en del använde för just kortare transporter eller för att fiska. Båten kom långsamt närmare. Till slut fick jag en skymt av snubben som rodde. Han var kort, så kort man kan vara utan att vara dvärg. Hans hår var stort och krulligt. Hans hud var lika blek som min. När han lagt till, hoppade han i land och hjälpte oss i, utan att säga ett ord. Vi trängde oss ner i båten, och han satte sig vid årorna. Tompy drog samma slutsats som jag. Den här lilla killen skulle få svårt att orka med alla fem i båten hela vägen. Men när Tompy med ivrigt viskande röst erbjöd sig att ro, fick han bara ett höttande finger som svar. Den lilla snubben ville ro själv. Och det gjorde han riktigt bra. Efter en stund kom vi fram till stranden på Lilljolmen.

Under tystnad visade den lille snubben oss vägen till ett skjul på andra sidan den stora fabriken. Mitt i skogen. När vi kom in, sa han helt kort:

»Hej. Jag vill inte veta era namn. Ät lite mat här, men stanna inte för länge. På andra sidan berget finns det ett likadant skjul. Gå bara rakt fram så hittar ni det. Där finns lite mat. Sen går ni genom skogen, tills ni ser stora hus. Det är Åschta. Stanna utanför gränsen tills mörkret kommer. När ni ser en lykta i ett av fönstren ska ni gå rakt mot lyktan. I den lägenheten finns en brud som hjälper er vidare.«

Sen gick han.

Så har det fortsatt. Vi går enligt de anvisningar vi får av folk på vägen. Ingen berättar vad de heter. Det är lite olika hur det går till, men allting är jävligt bra uttänkt. Ibland följer vi en lykta vi ser långt borta. Ibland går vi i tunnlar som klubben har byggt. Ibland får vi lösenord och falska namn för att kunna ta oss genom tullarna. Det går inte fort. Nu sitter jag på ett ställe som heter Fleming.

Lai har varit med i klubben länge. Anna också. Men Pelle, Lais snubbe och Annas pappa, har aldrig varit med. Han vägrar. Men han kan inte gola på dem, för då ryker han själv. Så fort de fattar att man är med, tar de hela ens familj också. Så istället för att gola, spöade han Lai. Nästan varje dag. När jag frågade Lai varför han egentligen gjorde det, svarade hon med ett ord jag aldrig hört: vanmakt. Hon kunde inte förklara det bättre än att vanmakt innebär att man inte ser nån utväg, att man inte har nån makt över sitt liv, att man till slut bara blir desperat. Så har det varit hela mitt liv, tänkte jag, men jag har inte slagit nån för det. Inte sen jag var tolv och jag slogs mot Tompy eller nån annan som pestade mig. De vann alltid, så klart. Jag sa inte det till Lai. Det skulle känts som om jag avfärdade alla hennes år av spö. Och det gör jag ju inte. Jag förstår bara inte hur man kan slå nån man lever med så mycket, och ändå stå ut med sig själv. Och jag förstår inte hur hon kan prata om det så lugnt, utan nån bitterhet alls verkar det som.

Hon är stark, Lai. Jag har nog aldrig träffat nån som är så stark. Hennes ansikte är alltid lugnt, hon höjer aldrig rösten och hon verkar ha svaret på allt. Hur hon stod ut med så mycket spö i så många år är mer än jag förstår. Hon säger att hon brukade läsa som tröst. Jag undrade om hon aldrig blev sugen på att läsa fler böcker. *Om en pojke* är ju den enda bok de har. »Jo«, svarade hon, »men man lär sig att se nya saker med den bok man har. Man ser nya nivåer i den. Man läser samma sak om och om igen, och till slut ser man vad Nick Hornby *egentligen* menade.«

Lai säger att man slutar läsa och börjar studera. Men jag vet inte om jag orkar studera *Om en pojke*. Jag är nog inte lagd åt det hållet. Jag har läst den om och om igen. Jag kan historien, jag känner de som är med (*karaktärerna* säger Lai och Anna). Nu föredrar jag att ha den i mitt huvud. Då kan jag bara plocka fram en del av den när som helst och tänka på den. Just nu plockar jag oftast fram det där avsnittet om när Will till slut blir ihop med Rachel, och hur han inser att han måste släppa in henne i sig själv och vara ärlig. Först då kan man bli lycklig, säger boken. När man vågar göra det osäkra, det man är rädd för.

Och så är det väl. Kanske är jag nu på väg mot det. Inte bara mot klubben, utan mot lyckan. För jag har släppt in människor, eller hur? Jag är ärlig. Framför allt mot mig själv, men också mot de andra. Snart ska Anna få läsa min bok.

Klubben handlar om böcker, så mycket har jag förstått. Lai och Anna säger inte så mycket om vad klubben egentligen är. Det ska vara så, förklarar de. Ju mindre man vet, desto mindre säger man om man blir fast. Kanske vet inte ens Lai vad klubben egentligen är.

»Klubben är hoppet«, säger hon.

Om och om igen, säger hon det.

Tompy har inte läst nån bok. Han kommer nog aldrig att läsa en bok. Men jag antar att han är med i klubben ändå. Han hade hört för mycket, och Lai frågade om han ville följa med. Jag vet inte varför han följde med egentligen. Han hade det ju rätt bra hemma i Hornschtull. Om jag frågar honom säger han att han inte ville låta mig åka »ensam med två brudar«. Jag behöver nån som ser efter mig, menar han. Men jag är rätt säker på att det inte är därför han är med. Han vill nåt annat. Ibland ser jag honom sitta med nedböjt huvud, nästan som i dvala. Andra gånger sitter han tyst långa stunder, trots att det funnits gott om tillfällen att dra ett dåligt skämt eller säga nåt om fittor. En gång fick jag känslan av att han brottas med nåt. Ett beslut, ett stort beslut. Fast kanske längtar han bara hem. Kanske är han rädd, även om jag aldrig nånsin sett Tompy rädd. Inte ens när han vet att han ska få så mycket spö att han inte kan stå har han varit rädd. I alla fall har han inte visat det.

Vad har jag sett på resan? Mest mörker och insidan av små skjul, kojor och källare. De som hjälper oss säger nästan ingenting, eftersom vi ska få veta så lite som möjligt. Men det lilla jag sett av ställena vi passerat är inte så spännande. Det mesta ser ut som hemma. Husen är lite annorlunda, mest såna hus som i Draken eller Plankan. Men människorna ser likadana ut, de pratar ungefär som vi och de äter samma saker. Vi brukar få potatis, morötter och smör dit vi kommer. Precis som hemma. I och för sig har vi inte gått så länge ännu, bara några dagar, och det finns nog mycket kvar att se. Plötsligt slår det mig. Jag ska få se Svärje! Hela landet! Det är inte många som ser mycket mer än stället där de bor och kanske stället bredvid. Jag hade aldrig varit längre bort än Trekanten innan det här. Kanske kommer jag att få se riktiga skogar, med älgar och björnar. Kanske städer som jag inte ens visste fanns. Kanske får jag se havet. Alltså det riktiga havet, som en del brukar prata om. Det som luktar salt och där det finns fiskar större än en fullvuxen knegare.

Men vart är vi på väg? Lai är den enda som vet. Och hon vägrar att berätta. Vi ska, som hon uttrycker det, »sväva i okunskap«, för säkerhets skull. Jag har frågat hur långt det är kvar, men hon skakar bara på huvudet. Är det farligt dit vi ska? Vad ska vi göra där? Kommer det att finnas fler böcker där? Varför var vi tvungna att dra så snabbt från Hornschtull? Hur vet hon vart vi ska? Vem har planerat allt?

Lai bara skakar på huvudet. Hon tänker inte säga nåt.

När jag skrivit det här, kommer jag att ge boken till Anna. Jag har slutat vara rädd för vad hon ska säga om den. Hon måste få läsa. Dels har jag lovat, dels känns det som om det är det enda sättet att egentligen lära känna mig. Jag vill inget hellre än att Anna ska lära känna mig.

***

Följande stycke är skrivet direkt i boken av Anna. Handstilen är prydlig och ornamenterad. Stycket avslutas med en liten blomma.

Muham Bentson

***

Jag visste inte att snubbar kunde säga såna ord. Du är speciell. Önskar att saker och ting hade varit annorlunda. Kanske blir de det. Man vet aldrig. Jag är glad att du är med oss, Toffsingen.

Anna

***

Så var det gjort. Anna har läst min bok. Hon lämnade tillbaka den efter en övernattning i en koja i skogen utanför ett ställe som heter Sötälje. Jävla märkligt ställe. Hela stan är uppdelad i två delar, och de hatar varandra. Inte som Hornschtull och Sinken hatar varandra, det är ju mest på skoj. Här avskyr de verkligen varandra. Ingen i Rånna har varit i Kringelstan. Och ingen i Kringelstan skulle ens våga gå över gränsen till Rånna. De i Rånna ser till och med annorlunda ut, de är mörkare. Och alla vi snackade med i Kringelstan sa hela tiden att rånnaborna inte var svenskar. Fast de från Rånna vi mötte snackade visst svenska, och var precis som vi. De kallade folk från Kringelstan för demokrater. Ingen kunde förklara varför det var så, och alla blev nästan förbannade när vi frågade. Ändå fanns det folk på båda sidor som hjälpte oss och som var med i klubben.

Men i alla fall. Anna har alltså läst min bok. Hon sa ingenting, men det hon skrev räcker. Bara att nån läst det här, och inte nära-på dött skrattdöden, betyder mycket. Jag kommer aldrig mer att skämmas när jag skriver om saker jag inte vågar säga.

Jag ska försöka att inte tänka på de orden: »Man vet aldrig.« Jag ska inte hoppas på nåt alls. Varje dag säger jag till mig själv att vi bara är vänner och att jag vill ha det så. Men jag är svår att övertyga. Nu sover hon, bara nån meter från mig. Kan jag titta på hennes ansikte utan att börja tänka nåt annat?

Nej. Det gick inte. Jag ser fortfarande den släta pannan och linjen från hennes haka, som mjukt, mjukt övergår till att bli en ännu slätare kind. Jag ser fortfarande hennes bröstkorg häva sig upp och ner, och jag KAN inte sluta tänka på hur den ser ut utan hennes bruna klädestyg. Jag ser munnen, som öppnats lite i sömnen, och jag vet vet vet att jag inte får tänka det men herregud jag vill inget annat än att kyssa den. Till och med den lilla rännilen av spott som sakta söker sig nerför hennes mungipa tilltalar mig.

Sluta nu, Toff. Sluta nu. Du bara plågar dig. Slå det ur huvudet. Koncentrera dig på annat. Skriv gärna, men sluta skriv om Anna. Det gör det bara värre.

Okej då, det är ett löfte. Jag ska inte skriva mer om mina känslor för Anna.

Jag måste låta förnuftet förstöra det vackra. Det gör för ont annars.

***

Igår höll det på att gå åt helvete. Vi börjar få rutin på det här, och det var kanske just därför det höll på att gå så jävla illa. Vi hade sovit i en källare utanför ett lite större ställe som heter Nytjöpi. Där är det skog överallt, bara skog, skog, skog. Det är nästan som om skogen håller på att ta över stan, som om de som bor där får kämpa för att inte bli uppätna av träden. Man ser knappt stan förrän man är mitt inne i den, vilket var lite läskigt. Vi skulle ju smyga in utan att bli sedda.

Men allt var under kontroll, vi hade fått instruktioner: Gå till grannhuset, bredvid den stora vägen. Knacka på dörren.

Så gjorde vi. Han som öppnade var en snubbe i fyrtioårsåldern som såg ut som om han verkligen hade ont i håret. Några glas mäsk för mycket dagen innan, helt klart. Han sa ingenting, bara pekade på en lucka i golvet. Vi öppnade den, och befann oss plötsligt i en tunnel som vi följde dubbelvikta. Långt bort såg vi en liten ljus prick som sakta blev större och större. Råttor sprang vid fötterna på oss, spindelväven fastnade i håret och i ansiktet. När vi bara var några meter från öppningen, tvärstannade Anna. Hon hyschade oss. Vi lyssnade. Hon gjorde tecknet för skyfflare – en tänkt spade i händerna som sätts ner i marken – och vi lyssnade intensivt.

Jodå. Utanför öppningen hördes röster. Och spadtag. Antagligen ett arbetslag, med minst två skyfflare som övervakare. Vi kunde inte göra annat än vänta.

Minuterna gick. En timme passerade. Spadtagen utanför den runda öppningen fortsatte i en takt som både jag och Tompy kände igen. Jag mindes svetten, värken, hetsen och rädslan. Så oändligt skönt att slippa det. Plötsligt hördes nåt. Nån ropade, vi hörde inte vad, men spadtagen tystnade och ljudliga suckar hördes. Rast. Dags för ömma leder att vila. Dags för en mun vatten, kanske nåt litet att äta. Dags att pissa.

Just som jag tänkte det, syntes en figur i tunnelns öppning. En skyfflare, helt klart. Tunneln var inte mer än en dryg meter hög, men man kunde ändå se att detta var underkroppen på en skyfflare. Byxorna var hela och rena. Skorna var nästan blanka. Inom bara nån sekund blev det uppenbart vad han skulle göra. Händerna sökte sig vant innanför byxlinningen, han böjde lite på knäna, och efter nån sekund hördes en djup suck av lättnad och ett tydligt stril av vätska mot betongtunnelns golv.

Naturligtvis kollade vi alla på den pissande underkroppen. Mest av rädsla. Om han skulle få för sig att titta in tunneln var vi rökta. Han tog tid på sig. Så lång tid att Tompy hann göra det som nästan avslöjade oss. Efter nästan två veckor utan fylleslag, brudar eller nånting roligt alls, kunde han inte hålla sig. Han tittade på skyfflarens skrev, flyttade sen blicken till Anna med ett snett leende och gjorde en av sina berömda gester, lillfingret i luften. Betydelsen var uppenbar: liten kuk.

Anna tittade på Tompys finger, växlade sen till skyfflaren, som fortsatte att tömma blåsan i vad som verkade vara en evighet. Jag gjorde samma sak, och Tompy hade rätt. Skyfflarens kuk var oerhört liten. En liten stump, knappt synbar under en krullig buske av smutsigt, rödblont hår.

Sen hände det. Anna bröt ihop. Hon blev högröd i ansiktet, hennes kropp skakade och det kom små frustanden av återhållet garv. Hon insåg faran, men det var för sent. Skrattets portar hade öppnats, det fanns ingen återvändo. Tompy fattade också, om än kanske lite sent. När Anna bara var sekunder från att antingen dö av skratt eller avslöja oss för skyfflarna, sträckte han sig mot henne, lade sin hand över hennes mun och mimade: »Bit.«

Hon bet. Tompys ögon tårades, jag vet inte om det var av återhållen smärta eller skratt eller både och. Anna blev tyst. När hon släppte bettet om handen, fanns det blod på hennes läppar. Tompy virade försiktigt in handen i en trasa. Just då ville jag inget hellre än att Anna skulle bita sönder min hand.

Nu gjorde jag det igen; skrev om mina känslor för Anna. Skärpning.

Till slut var skyfflaren klar. Han halade in den lilla lemmen som orsakat sån livsfarlig glädje, och återgick till att plåga sina arbetare. Vi satt kvar i säkert tre timmar, tills de var klara med sin arbetsdag. När vi kom ut i mörkret kunde vi inte gå. Vi kröp till ett skogsbryn och väntade på att vi skulle få tillbaka känseln i våra ben.

Förutom det har det varit ännu en vecka på resande fot. Från den ena kojan till den andra tunneln. In och ut ur städer och orter som bara blir mindre och mindre. Hjälpta av människor som inte säger ett dugg, som bara ger oss instruktioner och sen drar. Vi äter den mat de lämnar till oss, dricker den mäsk och det vatten de ger oss. Jag vet fortfarande ingenting om vilka de är, vad de heter eller ens vart vi ska. Hemligheterna ligger i Lais huvud, och vi kan inte göra annat än att följa med.

Vi ser mindre och mindre skog och mer och mer fält. Och åkrar, eller i alla fall det som en gång varit åkrar. På en del av dem odlas det fortfarande saker. Men de flesta av åkrarna är igenväxta.

Det är vackert här, trots att det ännu är vinter. Vackert på ett sätt jag aldrig upplevt förut. Ståkkålm är ju inte vackert på samma sätt, Ståkkålm kan vara vackert för att man vill att det ska vara det. Som när solen sakta går ner över Långolmen en sommarkväll och mäsket precis har börjat verka i kroppen. Det ser ju egentligen inte vackert ut, det bara känns så. Men här, på landet, är det verkligen vackert. Nu förstår jag vad alla sånger och storys om landet verkligen har betytt. Alla ord om fåglar som flyger, gräset under kroppen, det svala sommarregnet i ansiktet en varm dag eller blommor som slår ut i en backe på våren. Allt det där har jag knappt ens tänkt på. Men nu förstår jag att det måste vara sjukt vackert här på landet när det blir vår och sommar.

Jag tror det är februari eller mars. Kvällarna blir ljusare och luften blir varmare. Vinterregnen har slutat. Ibland är marken till och med torr. Jag hörde en fågel sjunga igår. Kanske är det bättre att bo på landet än att bo i stan. Folket här ute ser fetare ut, inte lika tärda som vi. De har börjat prata konstigt också. När de säger ö släpper de ner underkäken och bara liksom stönar, som om de öppnar hela kroppen i ett enda ljud. Första gången jag hörde det trodde jag att de skämtade.

Tompy lider. Han har aldrig haft det så tråkigt säger han. Ibland är vi tvungna att sitta tysta i ett skjul i flera timmar, i väntan på att mörkret ska komma. Andra stunder får vi ligga blick stilla i ett skogsbryn och vänta på att en lampa ska tändas i ett fönster. Värst hittills var när vi satt i en kolsvart källarhåla som nån grävt ut i marken, utan mat och vatten, i vad som kändes som en evighet.

Vi andra lider också, men för Tompy är det extra illa. De gånger vi kan prata fritt, när vi är på ett säkert ställe, får han fullständigt frispel. Han skriker, sjunger och far runt som en femåring. Han dansar med Anna och Lai, han vill brottas med mig, han jiddrar om att han måste bli full, kröka som satan. Och han tjatar på Lai tills hon får den där trötta blicken: »När kommer vi fram, finns det mäsk där, finns det nån som kan sjunga en bra låt, kan man dansa där.« Och så vidare. Och så vidare. Jag tror detta är enda gången jag har varit starkare än Tompy.

Älskade Tompy. Älskade korkade, jobbiga, snälla, starka, otåliga och irriterande Tompy. Jag är glad att han följde med. Men det tror jag inte att han är.

***

Vi ska precis packa ihop och gå nu, men jag hinner ändå skriva en kort grej. En märklig grej. När vi hade lagt oss för natten igår, i en håla som alla andra hålor, på ett lika hårt golv som vanligt, hade jag svårt att somna. Jag vred mig. Jag stirrade upp i taket. Pigghetsjäveln hade flugit i mig och det bara gick inte. Det blir så ibland. Ändå har jag sovit bättre sen vi startade. Hemma i Hornschtull kunde det går veckor utan att jag sov en hel natt, även om jag knegat skiten ur mig varenda dag. Hur som helst. Jag kunde inte sova.

Men precis när jag trodde att det ändå skulle ordna sig, när tanken började flyga och tyngden kändes i kroppen. Precis då såg jag två öppna ögon. Tompys ögon, och de var lika vakna som mina. Han såg på mig genom mörkret, och plötsligt kände jag hans grova hand på min kind. Han bara la den där, som om han ville vila den på nåt. Hans fingerspetsar rafsade lite i håret på min tinning.

Sen blundade han.

Och sen somnade jag.

När jag vaknade, var min kind fortfarande varm av hans hand.

***

Två dagar sen jag senast skrev. Vi sitter och väntar på övervåningen i ett hus. Taket är borta, men väggarna är kvar. Nästan som att vara utomhus, bara det att ingen kan se oss. Förmodligen blir vi sittande här tills mörkret kommer. Det brukar vara så. Jag har ingen aning om vad det här stället heter. Folk pratar lite annorlunda, lite släpigare, gnälligare och mer gammeldags. Det där konstiga ö-ljudet är borta. Istället skiter de i att säga r. Samtidigt som det låter bonnigt och konstigt, så låter det nästan som om det var en fullmäktige som pratade. Även om det är en knegare som precis öppnat käften.

Och ännu konstigare: här är alla som är med i klubben »kristna«. De tror på den gamla guden alltså, och det är därför de är med i klubben. Jag kan inte riktigt förstå det där. Det finns ju en jävla massa andra anledningar att vilja vara med i klubben. Att slippa få spö hela tiden till exempel. Men för dem vi träffat här är det tydligen sjukt viktigt att det ska vara lagligt att träffas och sjunga sånger och be till den gamla guden. Vi var med på ett sånt där möte de har en gång, i en liten källare. De sjöng, mumlade för sig själva och sjöng igen. Och igen. Till slut började de skrika lite och prata på låtsasspråk. Jag tyckte det var pinsamt. Jag ville bara gå därifrån, men de la sina händer på oss och skrek att vi skulle »axeptera yesus«. Vad nu det betydde. Till slut spelade vi med för att de skulle sluta. »Fallelulja!« skrek jag. För det hade jag hört att de också skrek. Då blev de glada.

Över huvud taget har jag slutat att bry mig om vad ställena heter. Den ena byn är den andra lik, den ena kojan är den andra källaren lik och maten och mörkret är samma vart vi än kommer. Jag tror inte ens Lai vet var vi är.

Igår gick vi genom skogen precis när det började skymma. Plötsligt hörde vi ett ljud. Prasslande buskar, pinnar som knäcktes av tyngd mot marken. Alla stelnade samtidigt. Ljud är sällan bra. Vi stirrade åt var sitt håll medan ljuset sakta försvann. Efter en stund såg jag vad det var. Ett rådjur. Det betade kanske femtio meter från oss, helt obekymrat. Jag skulle sagt till de andra att det inte var nån fara så vi kunde fortsätta gå. Men jag fortsatte titta på rådjuret.

I Ståkkålm finns inga rådjur, jag hade aldrig sett nåt förut. Men jag har hört talas om dem, och jag är säker på att det var ett rådjur. Jag såg ögonen, de stora vackra ögonen. Den rädda kroppen, som såg ut som om den kunde gå sönder vilken sekund som helst. Samtidigt som den såg stark ut. Smidig.

Det är märkligt det där med naturen. Den bara funkar. Djuren äter det som finns, behöver inga hus och sover på marken. Jag har inte riktigt tänkt på det förut, för i Ståkkålm finns det ju inte så mycket sånt. Vi bor i våra hus och det närmaste vi kommer natur är Långolmen. De största djur med päls jag sett är väl hundar, och det räknas ju inte.

Rådjuret bor verkligen här i skogen, tänkte jag när jag såg det. Den (jag har ingen aning om det var en hane eller en hona) är gjord för att bo här. Den behöver inget annat än det här. Har jag en sån plats? Inte fan är det Hornschtull i alla fall. Och inte är det skogen heller. Jag är alltid blöt om fötterna här, jag fryser och de gånger vi har varit tvungna att sova utomhus har jag knappt fått en blund i ögonen. Jag hoppas att stället vi är på väg till är bättre än både Hornschtull och naturen. Att det är en plats där jag och såna som jag kan finnas utan att tillvaron skaver så jävla mycket. I *Om en pojke* bor alla i London, som verkar vara en stad i England. Jag föreställer mig att den ser ut som Ståkkålm ungefär, men inte lika trasig. Kanske till och med vacker. Folk verkar trivas där. De fryser inte, de slavar inte, de är inte blöta, de hostar inte. I alla fall skriver inte Nick Hornby det. Det spelar nog ingen roll om man bor på landet eller i stan. Det är nåt annat som skaver. Hela vår tid skaver.

Hur som helst. Jag måste skriva lite om Anna. Inte om mina känslor för henne (Fy! Fy! Fy!). Men om henne, och om oss. För det finns ju ett »oss« nu. Inte som i att vi knullar och nojsar när ingen ser på, men som i att vi har lärt känna varandra. Jag har ju aldrig varit närmare henne än nu. Jag har aldrig varit så här nära en brud nånsin. Jag sover bredvid henne, äter med henne, vandrar med henne och skrattar med henne. Jag vet allt om hennes barndom, om hennes uppväxt och hennes familj. Jag vet att hennes farsa, Pelle Pelle, inte rört henne en enda gång. Trots att han dunkade på Lai nästan varje dag. Jag undrade hur det fick henne att må, och hon svarade att visst avskyr hon honom för det han gjort med Lai. Men samtidigt älskar hon honom och saknar honom. De brukade gå ner till Pålsunnet för att fiska, berättade hon. Han hade tumme med skyfflarna där, så det gick bra så länge de inte fick för stora fiskar. Hon saknar de morgnarna, när de satt i gryningen med var sitt spö under tystnad.

När vi stannade till vid en liten sjö häromdan, satt vi likadant. Det var helt tyst och stilla, bara nån timme innan det skulle bli mörkt. Anna och jag satt med var sin pinne i händerna, med revar i vattnet, helt tysta, sida vid sida. Hon stötte sin arm i min sida när det ryckte lite i linan, vi fnissade när fisken släppte. Jag la en handfallen hand på hennes axel när hon drog upp en borre som skulle dryga ut middagen rejält.

Var var jag?

Jo, Annas pappa.

Hon saknade hans sånger om den gamla tiden. Han kunde till och med några på engelska, och hon sa att hon aldrig hört nåt så vackert, trots att ingen egentligen förstod orden. Och hon sjöng för mig: »Yesterday, all my troubles seemed so far away, now it looks as though they're here to stay, oh I believe in yesterday.« [2]

Jag höll med, det var vackert. Trots att jag inte förstod ett ord.

Och hon saknar sin polare, Beja, som hon berättar allt för och som berättar allt för henne. När hon sa det, insåg jag att det måste varit Beja jag såg henne med den där gången. När jag såg henne le utan att le, när jag insåg att hon hade en glädje utan mig.

Och nu, precis nu när jag skriver det här, fattar jag att det inte var en snubbe de snackade om när de satt där på vedhögen. Det var Annas farsa de snackade om, och om han hade fattat att hon läste. Det var boken som fick henne att le utan att le, att le det där leendet som betyder att man verkligen har en glädje. Lai hade frågat Beja om hon ville följa med, men hon hade sagt nej. Hon var på tjocken och ville stanna i Ståkkålm för att föda sitt barn.

Shit, vad hon pratar förresten, Anna. Hon pratar och pratar, det är som en ändlös ström av ord från hennes mun. Hon börjar med sig själv, en känsla hon har, en tanke hon haft. Och sen kopplar hon på nåt jag sagt, nåt Lai sagt, nåt Tompy gjort. Och så drar hon en slutsats och frågar: »Eller hur? Visst är det så? Eller håller du inte med?«

Hon pratar så vackert, hennes ord flyger som en svala. Och jag vill alltid vara med, jag vill så gärna svara på samma sätt, haka i ordströmmen och flyga med. Men jag kan inte. Jag är ju jag. Och det blir oftast bara ett hummande och ett nickande. Ett instämmande eller på sin höjd en axelryckning. Det jag vet om henne har hon berättat själv.

Jag har inte vågat fråga om hon är eller har varit nerkärad i nån

---

[2] Naturligtvis skrev inte Toff på korrekt engelska. Han skrev på det ljudhärmande sätt man gör när man återger ett språk man inte behärskar. I originalmanuskriptet är denna textrad, som är en del av en sång av The Beatles, ett oerhört populärt band från mitten av 1900-talet, skriven så här: »Jesterdej, ål maj trabbels sim so far avej. Bat nao it sims do dej ar her to stäj, o aj biliv in jesterdej.« Övers. anm.

snubbe. Jag vet ju att hon inte är det i mig i alla fall. Och jag har lärt mig att leva med det.

Igår gav hon mig en kram. Det var fantastiskt.

***

Min penna. Den har tjänat mig väl sen jag hittade den där i utkanten av en skyfflargrop. Jag tog den när skyfflarna hade gått hem, nån av dem måste ha tappat den. Jag intalade mig själv att de inte skulle sakna den, och det verkade de inte göra heller. De hittar pennor hela tiden. Den sitter fint mellan fingrarna, nästan som om fingrarna och pennan lärt känna varandra. Jag tänker inte ens på att jag håller i den när jag skriver.

Men när jag hade skrivit de sista raderna i förra kapitlet (har jag lärt mig att det heter), tog bläcket slut. Jag satte mig ner bara några timmar efter att jag skrivit de sista orden, för att skriva ner nåt mer. Men det gick inte. Udden var stentorr. Tvärdöd.

Först försökte jag bara få den att funka. Jag slickade på den. Jag drog den om och om igen mot en träbit. Jag skakade den frenetiskt. Men ingenting fungerade. Den var slut.

Till en början fattade jag inte. Det var först när jag såg Lais ansikte jag fattade.

»Vadå? Så nu kan du inte skriva mer?« sa hon argt. Jag stammade fram nåt svar, som inte gjorde henne nöjd.

»Det här måste vi lösa. Vi går inte en meter till förrän du har en penna att skriva med. Inte en meter.«

Hon lät bestämd på ett sätt som bara bestämda mammor kan låta. På ett sätt som min mamma aldrig har låtit.

Jag fattade faktiskt inte varför hon reagerade som hon gjorde. Det är väl bara att gå vidare, tänkte jag. Förr eller senare snubblar vi över en penna. Eller så kanske nån av alla klubbens medlemmar kan hjälpa oss. Det fixar sig. Ärligt talat var jag rätt less på att skriva. Ingenting speciellt hände oss. Den första berusningen av att KUNNA SKRIVA VAD SOM HELST hade lagt sig. Visst kan jag skriva vad som helst, det kan jag fortfarande. Men jag kan ju inte skriva nåt som inte kommer från mig. Och jag är ju jag. Toff. *Toffs bok* kan inte bli nåt annat än just *Toffs bok*. Och Toff kan vara rätt tråkig ibland.

Jag kommer inte ihåg hur mycket av allt det här jag lyckades säga till Lai. Hon ville i vilket fall som helst inte lyssna. Hon jobbade upp sig mer och mer för varje ord hon sa. Hon blev förbannad, förtvivlad, ännu mer förbannad. Till slut började hon gråta.

Hon satt på en sten, drog djupa andetag av okontrollerbar gråt och vinkade att jag skulle komma närmare. Hon gav mig en kram. Hon viskade i mitt öra:

»Dumhuve, fattar du inte att det är du som gör det här möjligt? Utan dig hade vi gått utan luft. Utan dig finns vi inte. Utan dig blåser vi bort ur världen. Du måste skriva oss, annars är ingenting värt nånting. Jag har offrat så mycket för ordens skull, Toff. Och nu tänker jag inte låta mitt livs äventyr bli oomskrivet. Vi måste fixa en penna.«

Plötsligt förstod jag. Det är som det där med vindpustar, som jag skrev när jag precis hade börjat skriva. Om man inte skriver ner saker och ting, är de bara som vindpustar. De försvinner. Utan mig försvinner vår resa.

Vi bestämde oss för att ändå gå till närmaste stad. Chansen att hitta en penna mitt ute i ingenstans var ändå rätt liten, det gick till och med Lai med på till slut. När vi väl kom till staden, Jungby hette den, sjönk mina förhoppningar. Det var en av de mest deppiga små hålor jag sett under hela resan, och det vill inte säga lite. Den låg mitt ute på den enorma slätt vi går på nu, den stack upp som håret på en del skyfflare, en test som fettats för att stå rakt upp på en rakad skalle. Det verkar ha funnits en stor skog här, för överallt ligger det gamla träd som blåst omkull och börjat multna. Nya träd har börjat växa upp, och de är i vägen hela tiden. Man såg på de få husen i Jungby, kanske sju stycken, att det blåste som satan här på vintrarna ibland. De lutade åt vartenda håll man kan tänka sig. Vi skulle knacka på en bakdörr när mörkret lagt sig.

Dörren öppnades av en snubbe med en djupt irriterande uppsyn. Hans ögon var vidöppna. Han ansträngde sig verkligen för att hela tiden hålla dem på vid gavel, så att ingen nånsin skulle kunna misstänka att han var lat eller fördomsfull. Han var så mån om att se glad och rättrådig ut att han framstod som en komplett galning.

»Heeej!« låtsasviskade han.

Jag vet inte varför såna snubbar stör mig. De vill liksom visa hela världen att de är härliga. Vilket man väl kan ha viss förståelse för. Det är bara det att alla verkar tro dem. Hela världen går på bluffen, utom jag. Och det är väl det som irriterar mig. Det är precis om när Will vill försvinna när Marcus och Fiona sjunger »Killing me softly«.

Vi frågade honom om han hade en penna. Hans ögon blev om möjligt ännu större och istället för att fråga: »Vad ska ni med en penna till?« (som är den naturliga frågan) sa han bara: »Jamen DET ska vi väl kunna fixa!«

Lai tittade på Anna som tittade på Tompy. De lyste av lättnad. Jag ville bara skrika: »HAN LJUGER. HAN VILL BARA VERKA SPECIELL. EGENTLIGEN ÄR HAN EN FJAAAANT!«

Det där sista ordet skulle jag skrika i hans ansikte tills hans larviga hår fladdrade.

Sen visade det sig att han faktiskt kunde fixa en penna. Visserligen en utan bläck, en sån här som man måste vässa. Det är den jag skriver med nu.

Varför klarade jag inte av åsynen av den där snubben? Jag vet faktiskt inte.

***

Annas ansikte är tomt idag. Ögonen lyser inte längre. Vi är alla tacksamma mot henne, men stämningen är tryckt. Lai gråter tyst medan vi går, Tompy och jag går tysta. Det är mörkt och vi har bara tagit en kort paus. I gryningen ska vi vara framme i en lite större stad, och Lai har hintat om att det inte är så långt kvar. Men nu måste jag berätta vad som hände, och varför Annas ansikte är tomt på allt det som gör henne vacker.

Vi gick genom en skogsdunge där träden av nån anledning inte blåst omkull. Den skiljde sig inte alls från de hundratals skogar och dungar vi gått genom tidigare. Träd som var nära att börja bli gröna. Gräs som fläckvis tittade upp ur den leriga vårmarken. Några fåglar som sjöng. Jag tror jag såg en hare, men det kan ha varit en jävligt stor råtta. Vi gick på led, först Tompy, sen Anna, sen jag och sist Lai. Jag minns att jag fördrev tiden med att försöka hitta en rytm i våra fotsteg. Ibland gick vi i takt, ibland inte. Lais torra röst gnolade en visa då och då. Tompy hojtade till ibland, när han såg nån sten som såg ut som nåt, tuttar eller en pung eller så. Anna och jag sa ingenting. Vi hade vant oss vid varandra, blivit en grupp. Nästan en familj.

Och det är ju alltid när man inser sånt som det snart tar slut. Eller hur? Så är det i storysarna och så var det för oss.

Plötsligt saktade Tompy ner, huvudet mer uppmärksamt sträckt framåt. Nåt stämde inte. Om det var ett ljud, en känsla eller en lukt vet jag inte. Men jag kände det också. Det kändes att nåt fanns här, nåt som inte hörde till skogen.

Mycket riktigt. Ut på stigen klev en snubbe, förmodligen från traktens fullmäktige. Det var en ful jävel, sladdrig i hyn. Tjock som bara fullmäktiges snubbar kan bli. Långt, tovigt hår och stora utslag på händerna. Varje gång han andades kom det ett tyst, visslande väsande från hans hals. Han var smutsig, men hans kläder var rena, vilket inte var bra. Det betydde att han var en skyfflare som fått en fullmäktigetjänst, eller kanske till och med en knegare som sugit så mycket arsle att han blivit underhuggare hos fullmäktige. De var den värsta sorten.

Han fattade att nåt inte var som det skulle. På de här små ställena känner alla igen alla, och när fyra nya ansikten dyker upp, blir de lätt misstänksamma även om man har rätt lösen och allt. Han dansade med oss, ställde frågor, ville veta vart vi skulle. Och när han märkte nån enda liten spricka i vår historia, såg vi hur han fylldes av självsäkerhet. Han förstod inte vilka vi var eller att vi var med i klubben, men han fattade helt klart att vi var på rymmen.

Han spelade spel. Frågade sig själv menande varför han skulle låta oss gå. Kanske skulle han bara ta med oss till fullmäktige för att få ett godkännande. När han märkte vår krypande desperation tittade han upp i luften och sa med en skrattretande myndig röst:

»Men det finns förstås änna sätt att råda bot på denna osäkerhet jag känner inför detta ärende, änna.«

Han såg menande på Anna. De snackar som sagt konstigt här, jag har aldrig hört nåt liknande. Men det var uppenbart vad han ville. Han ville knulla med Anna. Lai klev fram.

»Mig kan du ta, på vilket sätt du vill, hur jävla hårt eller kinky som helst. Bara du skiter i henne.«

Så sa hon. Hon är en stark människa, Lai.

Men den fula snubben lät sig inte frestas. Han avfärdade Lai med ett: »Fulkärring« och började smeka Annas ansikte med sina fläckiga händer. Vi rös, och jag kan bara ana vilka äckelkänslor som vällde upp inom Anna. Jag hörde Tompy viska till Lai, nåt om att han kunde plocka honom här och nu, men Lai viftade bort honom. Och hon hade rätt. En misshandlad eller mördad fullmäktigesnubbe skulle bara betytt efterlysning och ännu fler fullmäktigesnubbar. Och det var mer än vi skulle klara av nu.

Plötsligt sa Anna, med den iskalla, sakliga röst jag kände igen från vårt pinsamma möte under brofästet:

»Gör vad du vill, men gör det snabbt. Om du lovar att låta oss passera. Håller du inte vad du lovar, kommer Tompy att skava av dig pungen med första bästa trubbiga sten han hittar.«

Tompy fann sig, och nickade allvarligt. Han kan se rätt respektingivande ut.

Ett leende spred sig på fullmäktigesnubbens läppar. Man riktigt såg den smutsiga kuken växa i brallorna på honom. De gick iväg bakom en buske. Vi stannade. Lai höll för öronen, men det enda som hördes var grymtningar, kvävda stön och prassel. Efter bara fem minuter kom Anna tillbaka. Tyst. Tömd på känslor men full av sperma. Med blåmärken på halsen och skrubbsår i nacken.

Vi började gå under tystnad. Efter en kvart kom Lais tårar

Annas tårar har inte kommit ännu.

***

Jag kan inte ens föreställa mig hur Anna känner sig. Att ge sig själv, sin kropp och sin stolthet till nån så där. Å andra sidan vet jag ju att hon gjort det tidigare, som de flesta brudarna gör. För att få ihop till maten. Men till och med då, som Lai uttryckte det, hade hon ju ett eget val. Hon kunde i alla fall intala sig själv att hon bara gjorde det med snubbar hon gillade, eller att hon kunde välja att gå hungrig om hon inte kände för det. Nu var det bara på äckelsnubbens befallning, nu kunde hon inte intala sig nåt alls. Det blev tydligt när jag såg hennes ansikte igår. Hon hade förlorat nåt.

Jag har försökt prata med henne. Men det är som att kasta ägg på en mur. Hon vill inte prata. Inte om vad som hände, inte om nånting. Hon har stängt. Jag kan bara vänta på att hon öppnar igen.

Tompy har gått omkring och muttrat en hel del. Han önskar att han fått tillfälle att göra det som Anna sa: fila pungen av fullmäktigesnubben med en trubbig sten. Jag har aldrig hört honom tala så illa om fullmäktige, annars brukar han mest göra som alla andra. Undvika dem så gott det går, och inte nämna dem annars. Men nu, när han vet att ingen av oss kommer att gola, och när han är på behörigt avstånd från hela skvallergrytan i Hornschtull, låter han sin avsky blomma fritt.

»Jag skulle inte pissa i deras öron ens om deras hjärnor skulle brinna«, sa han en gång.

Rätt bra sagt.

***

Lång paus. Vi sitter med benen i kors i en liten källare under ett hus. Våren har kommit utanför oss, det såg vi igår. Solen värmer ansiktet som den inte har gjort på flera månader och fåglarna sjunger. Slätten har blivit skog, som har blivit böljande åkrar som ingen odlat på länge. Byarna ligger lite tätare, och de syns på långt håll.

Det är inget vackert landskap direkt, jag föredrog när det var skogigt. Skogen känns trygg, där kan ingen se en på håll. Ute på de här åkrarna känner jag mig som ett villebråd, en måltavla. Samma känsla som när två skyfflare sulade småstenar på en därhemma. Man visste redan innan man fick en sten i huvudet att nån hade kikat på en och tänkt kasta. Och det kan blåsa nåt helt sjukt hårt.

Här pratar folk på ett sätt som knappt går att beskriva. De säger inte r utan harklar sig istället. De böjer och vrider och vänder på alla ljud så det blir svårt att förstå dem till slut.

Igår såg vi en blödare, om än bara på avstånd. Han var halvnaken, med bara ett par trasiga byxor på. Hela överkroppen var randig av den lilla piska han bar med sig. Han luktade skit ända bort till oss. Mumlet sjönk och steg, och ibland hördes ett och annat ord genom skogen. Jag hörde »slutet«, »lögner« och »måste, måste, måste«. Och sen ett långt, utdraget och nästan sjungande »SANNINGEN«. Sen försvann han. Jag kommer aldrig att vänja mig vid dem. Fy fan för att födas så. Förstår inte att de står ut. Nån har sagt att de flesta blödare aldrig går ut, att de gömmer sig och lider i tystnad. Det är bara de starka – eller de som blir galnast, beroende på hur man ser det – som går omkring så där. Jag kommer aldrig att glömma vad jag såg hemma i Hornschtull, när jag fick en glimt av blödarens skrev. Där fanns ingenting. Inte ens ett hål. Overkligt. Nick Hornby skriver ingenting om blödare. Kanske tyckte han inte att de var värda att nämnas. Eller så är det som alla säger: att nåt gick fel i den gamla tiden, och att det är därför blödarna finns. Att de kom när den gamla tiden tog slut, och när de försvinner ska en ny tid börja. Att blödarna är symbolen för vår tid. Det är därför ingen vågar röra dem, och det är därför folk ger dem mat och lyssnar på deras förvirrade utläggningar. Jag kanske borde fråga nästa blödare hur jag ska göra Anna glad igen. Det sägs ju att de alltid säger sanningen. De har ju ingenting att förlora.

***

Några ord om blödare är på sin plats här. Att de existerat är numera helt klarlagt. Och att de inte finns längre, är nästan helt säkert. Men vad var de för någonting? Det verkar faktiskt som om Toff är sanningen på spåren när han refererar till myten om att de kom när den gamla tiden upphörde, och att de försvinner när Toffs egen tid upphör. Den allmänna uppfattningen idag är att blödarna var ett resultat av den gradvisa katastrof som blev den gamla tidens fall. Av alla de missbildningar som miljöförstöringen förde med sig, var denna – att födas utan könsorgan – den mest skrämmande. Resultatet blev män, för det drabbade bara män, som saknade all förmåga att njuta sexuellt, samtidigt som deras sexualdrift var helt intakt. Vissa av dem blev så frustrerade av detta tillstånd att de såg som enda utväg att ständigt tillfoga sig själva smärta, bara för att få uppleva någon sorts fysisk sensation. Naturligtvis blev de med tiden galna. Folket under Toffs tid tillmätte dem ett slags profetisk status. De tilläts dra runt som de ville, och var helst de kom fick de mat av förbipasserande. Deras sinnessjuka mumlande och skrikande tillmättes stor vikt. Vissa rådfrågade blödare inför svåra beslut, andra tog deras ord som spådomar. Inte helt olikt antikens orakel. Tack och lov har vi idag utrotat den här typen av anlag, i och med att den humana eutanasin fått sitt genomslag. Så till syvende og sist hade alltså Toff rätt. Blödarna kom med den mörka tiden, och dog med den mörka tiden.

Muham Bentson

***

Ovissheten börjar gå mig och de andra på nerverna. Lai vägrar säga nåt, Tompy har tröttnat på att tjata och vi går mest tysta. Det kan gå en hel dag utan att vi säger ett ord till varandra, trots att vi inte behöver hålla käften. Anna har börjat komma ur sitt skal, hon är fortfarande långt borta ibland, men hon har börjat prata i alla fall. Mest om vardagliga saker. På kvällarna kryper hon ihop till en liten boll, och Lai stryker henne sakta över ryggen.

De få människor vi träffar pratar konstigare och konstigare. Häromdan såg vi en skylt som det stod Skåne på. Jag tror det är där vi är.

Det har hänt nåt med Lai de senaste dagarna. Hon är mer på spänn, jag vet inte om hon är orolig eller bara förväntansfull. Jag antar att vi snart är framme.

Framme? Och vad skulle det innebära? Jag vet ju inte ens vad vi ska göra när vi är »framme«. Kommer vi till en stad, en by, en gård, en källare? Vilka kommer att finnas där? Vad förväntas vi göra? Om man får tro Lai är det nån slags uppgift som väntar oss, så mycket har hon råkat säga. Men vad skulle det vara? Jag kan ingenting förutom att knega rätt långsamt, och skriva. Men jag antar att det bara är dumt att spekulera. Jag får nog reda på det.

Bara det inte är nåt farligt. Jag orkar inte med mer spänning nu. Jag måste vila, sova på samma ställe mer än en natt. Och så vill jag ta mig en riktig jävla fylla. Och, tro mig, det kommer Tompy också att vilja. Jag tror inte ens en bil skulle kunna stoppa honom (vi har sett några bilar på vägen, det är därför jag kom att tänka på det. Jag har så svårt att se framför mig hur de en gång i tiden åkte omkring överallt. De är ju så tunga! Det krävs ju hur många som helst för att ens lyfta dem. Tompy hävdar att han en gång såg en bil åka av sig själv när nån hade hittat en dunk med tanol. Men jag vet inte om han ljuger eller inte).

Om bara Anna börjar må lite bättre nu, kommer nog allt att lösa sig snart. Kanske är vi framme fortare än vi tror.

***

Låt mig säga detta, och låt mig sedan dö. Toff är en god människa, en människa med drömmar och en människa som kommer att göra mycket nytta. Jag tackar honom för att han låtit mig sätta pennan till pappret, som ett sista ärende innan jag dör. Jag ber den gamla guden, den förtalade och hatade, att ge mig en smärtfri och skonsam död. Den nya guden, för det finns en sådan – den heter Ordningen – skiter jag i. Jag har alltid hatat den, för den har fått mig att lida. Men som sagt, detta är mitt sista ärende, att skriva detta.

Jag har gått många ärenden i mitt liv. Jag har lagat mat. Jag har städat, tvättat och skaffat mat när min snubbe varit för full eller arg för att göra det. Jag har knegat när det behövts. Och jag har horat. Livet har varit hårt. Så hårt att jag hela tiden misstänkt att något varit fel. Vi är inte skapta för det här. Om kroppen värker så mycket efter kneget, var det då meningen att vi skulle knega? Om själen skriker av tomhet och fittan svider när vi horat, var det då meningen att vi skulle hora? Om kylan aldrig försvinner på vintern och vi hostar tills lungorna vill brista, var det då meningen att vi skulle bo i trasiga ruiner i detta kalla land?

Allt detta, och mycket mer, har jag frågat mig själv hela livet. Länge trodde jag att jag var felskapt, att mina tankar bara var en gnällig bruds bitchande. Det var vad min snubbe sa att jag var, och på den tiden hade jag ingen annan att luta mig mot. Och då var han ju inte den idiot han sedan förvandlades till. Jag hade börjat acceptera att jag var en bitchande brud, när sedan boken dök upp. Länge trodde jag att det var en slump, men jag har sedan förstått att så inte var fallet. Det var planerat, klubben söker upp bitchande brudar, sorgsna snubbar och andra som inte verkar finna sig i den förbannade Ordningen. Någon av klubbens alla ögon hade sett mig, och planterade boken i ett hål i väggen i vår lilla potatiskällare.

Jag öppnade den och genast insåg jag att detta var sanningen. Precis som Toff, brottades jag med tvivel, det måste vara påhitt, så bra kan folk inte ha det. Och visst var det skrämmande med all frihet, all frånvaro av ordning, alla valmöjligheter. Men också så underbart. Gradvis insåg jag att allt, precis allt, som stod i boken var sant. Inte själva historien om Will och Marcus, men allt det andra. Samhället, har jag lärt mig att det heter.

Ingen knegade tills kroppen värkte. De fick betalt i pengar som de kunde köpa saker för. Ingen horade. Ingen satt i blåsiga rum under den kalla vintern och hostade tills blod flöt upp i munnen.

Min snubbe fick psykbryt när han upptäckte vad jag gjorde. Han var rädd, rädd för att åka fast och bli avrättad. Och han visste att om han golade på mig, skulle han åka fast också. Han vågade inte ens ta boken och bränna upp den, av rädsla för att bli påkommen. Så han satt verkligen i en rävsax. Jag skulle känna med honom om han inte hade gjort det han gjorde, nämligen det som snubbar oftast gör: han slog mig. Hårt, ofta och länge. Ibland trodde jag att han verkligen skulle ha ihjäl mig. Men någonting i honom satte stopp för det, även om han mycket väl visste att min död skulle vara slutet på all hans rädsla. Jag antar att det fanns lite kärlek kvar i honom ändå. Det är väl det enda jag kan respektera honom för. Om man nu kan respektera någon som slår dig tills det faktiskt inte finns ett enda ställe på kroppen som inte blivit slaget. Som brutit alla mina fingrar, näsan och armen. Som dunkade mitt huvud mot väggen tills blodet bildade en stor, röd fläck. Och som sedan slog mig ännu mer för att jag inte tvättat bort det när han kom hem.

Han slog, jag läste. Det var det enda jag kunde göra, det enda som fick mig att vilja leva vidare. Och samtidigt var det ju själva anledningen till att han slog mig. Läsningen var mer njutningsfull än vad smärtan gjorde ont. Och så grät jag när ingen såg. Jag har alltid tyckt om att gråta.

Jag blev kontaktad av klubben, efter två års spö. Snubben som kom sa: Vi vet vad du gör, och vi älskar dig för det. När rätt tid kommer, ska vi ta dig härifrån. Stå ut, och försök hitta bra folk. Det var som honung, socker och kött på en gång. En liten ljusglimt i en livslång tunnel.

Min första värvning var naturligtvis min älskade dotter, Anna. Vi, både Pelle och jag, älskade henne till vanvett redan från början. Denna ängel, detta lilla mirakel som kom till mitt liv genom ett enkelt vardagsknull och gränslös smärta. När Pelle fick reda på att jag gett henne boken att läsa, det var så sent som i höstas, blev hans misshandel än värre. Men bara mot mig, tack och lov. Jag var rädd att hans vrede och vanmakt skulle vändas mot Anna, men där gick tydligen en gräns. Han älskade henne för mycket för det. Jag tror hon fortfarande älskar sin farsa, trots allt han gjort mot mig. Och det ska hon fortsätta med. Ingen kärlek är fel, och ingen människa är enbart ond. Inte ens min förbannade snubbe.

Mina vänner frågade mig varför jag inte drog från honom. Jag hade egentligen inget bra svar på det. Dels var jag rädd för mitt liv. Skulle jag dra, skulle han gott kunna slå ihjäl mig. Kanske skulle det vara droppen för honom. Dels var jag rädd för beslutet. Och ska jag vara helt ärlig, kände jag mig skyldig för att han slog mig. Det var ju jag som läste, och det var därför han slog. Att stanna kvar var det minsta jag kunde göra. Nu, i efterhand, när döden är nära, inser jag att jag borde lämnat honom. För min skull och Annas skull. Men man gör inte alltid det självklara. Man har inte alltid rätt. Livet är inte logiskt.

Ytterligare två år gick. En dag kom Anna hem och sa att det fanns en snubbe som hon trodde kanske skulle kunna vara något för klubben. En mes, sa hon. Som dessutom verkade nerkärad i henne. Hon hade sett honom snegla på henne, och sett att han följde henne. Till dess hade jag blundat för att Anna horat. Naturligtvis visste jag det, och vem var väl jag att invända, jag hade ju själv horat en del i min ungdom. Men jag visste vilka spår det lämnat. Jag bad henne i alla fall ragga på honom och försöka få en känsla för honom.

Hon kom hem och var rasande. Han hade trott att de skulle finknulla sa hon, och det fanns ingen chans i helvete att hon skulle låta hans bögiga kuk böka runt i henne utan ens lite smör i betalning. Jag förstod henne precis. Tar man steget att hora, stänger man av det som Ordningen tagit från oss: förmågan att njuta. Då vill man ha valuta för att man ställer upp. Hon hade i alla fall spillt att hon gillade att läsa. Och, sa hon,

hon hade sett hur han blev förvånad, intresserad och inte så lite skärrad. Sen hade allt gått åt helvete, men hon trodde ändå att han kanske var en lämplig värvning. Skulle han gola, frågade jag. Han säger ingenting till nån, sa Anna. Och det hade hon rätt i. Han säger inte mycket alls, den lilla människan. Men jag gillar honom, han förtjänar en brud som ser den riktiga Toff och inte bara den rätt fula snubbe med stora öron han ser ut att vara.

Så blev Toff en av oss. Och sedan brakade det loss på allvar. Allt gick på bara några dagar. Nästan så jag tror att Toff hade något med saken att göra. Jag blev kontaktad igen, den här gången av en brud jag aldrig sett förut. Fullmäktige hade beslutat sig för att sätta hårt mot hårt i just Hornschtull, berättade hon. Vi skulle dra, och vi skulle till Bassebeck. Jag visste inte vad det var, men hon förklarade det för mig. Jag kunde knappt tro det jag hörde, det var för underbart. Fyra års misshandel, ständig skräck och all möjlig skit skulle ta slut. Och Bassebeck verkade vara svaret på alla mina drömmar. En underbar plats, en plats där framtiden skapas, där ordningen är en annan och där det finns böcker. Hundratals, tusentals böcker.

Tiden var kort. Samma kväll höll Hassa Billström sitt tal, och då sa hon rakt ut att det fanns en klubb som hotade Ordningen. Det var tecknet. Vi var tvungna att dra. Snabbt. Jag berättade det för Toff, och i sista sekunden berättade jag det för Tompy. Inte för att han någonsin kommer att läsa en bok, eller ens riktigt förstå vad det hela handlar om. Men han är en god själ i en stark kropp, och sådana är bra att ha. Dessutom visste han så mycket att det hade varit för riskabelt att lämna honom kvar. Jag frestade honom med äventyr och möjligheten att få börja om. Du kanske kan bli skyfflare på det nya stället, vem vet? sa jag till honom. Jag vet inte om det var därför, eller om han är lite soft för Anna. Men han tvekade i alla fall aldrig. Och jag har aldrig ångrat att han följde med. Det finns mer i Tompy än man tror. Något som bara väntar på att komma ut. Jag har sett en annan Tompy ibland, när han tror att ingen ser honom. Det finns ett allvar i det där ansiktet, under allt bluddrande om mäsk, brudar och foppoll. Bara han vet vad det handlar om.

Så gav vi oss iväg, till Bassebeck. Men jag kommer aldrig att komma fram, det vet jag nu. Jag ligger här, med bara timmar kvar att leva. Slumpen tog mig, slumpen kan alltid ta en. Jag vet i alla fall att allt jag gjorde, gjorde jag för en god sak. Jag tog inte alla slag och sparkar för-

gäves. Mina ben har inte knäckts för intet. Man kommer att tacka oss en dag, för att vi gjorde detta.

Låt mig dö nu. Jag känner att det rinner. Ha det bra mina vänner.

Lai Pelle

***

Det finns väl ingen som läser detta utan att känna gränslös respekt och tacksamhet för denna imponerande kvinna. Ensam tog hon ansvaret för en bok, och levde med konstant misshandel i flera år, bara för ynnesten att få läsa. Lais inlägg i boken är skrivet av henne själv, det syns på handstilen. Extra rörande är det faktum att man verkligen ser hur hennes hand blir svagare och svagare under skrivandets gång. Livet ebbar sakta ut, och som läsare kan man bevittna det som vore man nästan där. Lai är en äkta hjälte, och det är en skam att hon inte uppmärksammats mer. Jag har personligen tagit initiativ till en minnesfond, där kvinnliga forskare i mörktidskunskap och/eller svensk historia kan söka stipendium. Fonden heter Lai Pelles minnesfond och har funnits i tre år nu. Tyvärr är de ekonomiska ramarna lite för begränsade för att fonden ska få det anseende som den förtjänar.

Nåväl. Nog om detta. Lais text är inte bara intressant ur mänsklig synvinkel, utan även rent historiskt. Framför allt tänker jag på stycket om religion. Uppenbarligen lever den gamla tron vidare, i alla fall i vanligt folks medvetanden. Det finns indicier på att kristna ritualer genomfördes så sent som på 2300-talet, det vill säga långt efter Toffs levnad. Men vad som är extra slående i Lais lilla utläggning om religion är det faktum att hon faktiskt identifierar »Ordningen« som den nya religionen. Det är mycket skarpsinnigt. Enligt den officiella retoriken på den här tiden, hade man nämligen utrotat religionen, som ansågs vidskeplig och falsk. Naturligtvis sa man så i syfte att få de stora massorna att bli mer lättledda, och naturligtvis spelade man på gamla religiösa föreställningar när man sa att »Ordningen är helig« och »det finns ingen gud, bara ordning« och dylikt. Lai ser igenom detta, vilket gör henne till en mycket tidig nyteologisk tänkare. Häpnadsväckande.

Muham Bentson

***

Lai är alltså död. Hon dog för några timmar sen. Vi satt alla tre runt henne och såg hur livet försvann. Jag försökte se in i hennes ögon precis innan hon dog, men det gick inte. Hon orkade till slut inte ens hålla uppe ögonlocken.

Anna gråter och gråter. Hon hade precis hämtat sig från snubben i buskarna, och så tar en spik hennes morsa från henne. En liten jävla spik! Som Lai skrev alldeles nyss: Ska det verkligen vara så här? Ska verkligen en liten, rostig spik kunna ta en vuxen människas liv? Spiken ville ju ingenting, ingen hade lagt dit den, den bara råkade, *råkade*, ligga på botten av en bäck. Där Lai råkade, *råkade*, kliva i utan skor. Inte ens hennes tjocka, sega fotsulor kunde stå emot en spik. Hon skrek, jag kommer fortfarande ihåg skriket. Alla trodde nåt hade hänt men hon lugnade oss. Det var inget att oroa sig för, sa hon. Bara en spik, bara att linda in foten i trasor och gå lite försiktigt ett tag. Så ordnar det sig nog. Det är ju så man gör när nån blir sjuk eller skadad, man hoppas. Ger mat och vatten och hoppas. I *Om en pojke* åkte Marcus mamma till ett »sjukhus« när hon försökt ta livet av sig. Där fick hon hjälp, på alla möjliga sätt verkade det som. Vi har inga sjukhus. Det finns några som påstår att de kan hjälpa folk som är sjuka med lite krämer och sånt. Men de vill ha betalt och det är inte alls säkert att de gör nån frisk.

Redan då visste ju alla att det här kunde gå åt skiten. Små sår välter ofta stora snubbar, heter det ju. Ibland går det bara över, huden sluter sig och på sin höjd blir det ett ärr. Andra gånger stannar såret kvar, det kan vara kvar i månader och sen försvinna. Och ibland blir det som det blev med Lai. Det börjar göra ont. Det svullnar. Det blir blått, svart och luktar illa. Var rinner ut. Man får feber och mår skit. Och så dör man. Ofta blir man galen först och börjar yra.

Alla visste. Men ingen sa nåt. Man säger inte sånt, man bara hoppas på det bästa och försöker prata om saker som inte är viktiga, men som just därför blir det viktigaste som finns. Så medan Lai haltade bakom oss, pratade jag och Tompy om smultron. Om bilar. Om vem som sjöng bäst i Hornschtull. Och så vidare. Anna hjälpte Lai bäst hon kunde, men Lai ville inte veta av nån hjälp.

Men efter ett par dagar, när hon tystnade och sackade efter allt mer, såg vi hur det var. Lai var sårsjuk. Vi visste att det bara var en fråga om tid. Hon skulle dö. Hon lyckades slutföra den dagens vandring, men när vi kom fram till den lilla hydda som skulle vara vårt hem för natten, insåg alla att det skulle sluta här. Det var här Lai skulle dö. Vi la henne på det mjukaste vi kunde hitta, lite mossa, gräs och de kläder vi inte hade på oss. Hon var helt vit i ansiktet och hon frös och svettades om vartannat.

Så länge hon kunde prata, så pratade hon. Hon berättade om sitt liv, precis så som hon sen skrev ner det. Hon vände sig till Anna, såg in i hennes ögon och sa att hon älskade henne.

Skulle min morsa ha sagt nåt sånt till mig? Hon hade aldrig gjort det vad jag kan minnas. Inte när jag var liten, än mindre när jag var vuxen. Och det må väl vara hänt. Folk säger ju inte »jag älskar dig« till varandra hur som helst. Det låter ju onekligen lite fjantigt, som nåt man säger i en saga. Eller som nånting man sjunger i låtar.

Men att verkligen titta på nån annan och säga »jag älskar dig« – när gör man det? Vem gör det? Ingen har sagt det till mig, nånsin. Jag har aldrig sagt det till nån. Jag var på väg när jag lämnade Hornschtull. Men jag kunde inte. Inte ens då.

Kanske skulle min morsa sagt det om hon låg för döden. Men å andra sidan kan jag inte tänka mig att hon skulle ligga för döden utan att vara tankad. Och då skulle det ju inte gillas om hon sa att hon älskade mig. Antar jag.

Lai fortsatte att prata. Om Anna, för Anna, om hennes snubbe, om saker som hänt, om saker hon ångrat. Sen pratade hon om Bassebeck.

Bassebeck.

Bassebeck.

Vi ska verkligen dit. Jag kan inte haja det. Det är inte långt kvar! Inte långt alls! Två, tre dagars vandring, sa Lai. Det blir bara lättare att ta sig fram, berättade hon. Folk är så rädda för radotiviteten att de inte vågar sig nära Bassebeck. Ju närmare man kommer, desto färre ögon och öron har fullmäktige. Några skyfflare finns det knappt där. Det finns inget att gräva upp.

Bassebeck. Jag försöker komma ihåg vad Lai sa om det, när hon låg där på sin smutsiga bädd. Böcker, där finns massor av böcker, berättade hon. Alla får läsa dem, nej, alla MÅSTE läsa dem. Och ingen får spö, man knegar bara så mycket som behövs. »Bassebeck är hoppet«, sa hon. »Och hon sa det om och om igen: Bassebeck är hoppet.«

Plötsligt sa Tompy en grej. När han drog efter andan trodde jag att det skulle vara nåt av det vanliga: finns det mäsk där, finns det brudar, kan man äta kött där, och så vidare. Men han sa nånting annat, nåt som överraskade mig.

»Hopp om vadå?«

Lai log så gott hon kunde. Febern hade tagit det mesta av hennes krafter och snart skulle hon be oss gå ut så hon kunde skriva. Men hon log mot Tompy.

»Det spelar ingen roll Tompy. Bassebeck är hoppet, det enda hoppet.«

Tompy sa ingenting.

Sen dog Lai, som jag redan berättat. Jag önskar jag kunde sett in i hennes ögon i det ögonblicket. Jag ville suga ut lite av hennes styrka, lite av hennes upphöjdhet.

Men hon bara dog. Tyst och stilla. Jag kommer inte ihåg vad som var hennes sista ord. Hon mumlade mest på slutet.

***

När jag skriver detta, sitter jag på en stol i ett rum. Jag har en egen säng, och till och med ett bord att sitta vid och skriva. Jag är mättare än jag varit i hela mitt liv. Det som hände efter att Lai dog är så osannolikt och så fullständigt oväntat att jag måste ta det i detalj. De senaste dagarna har jag sett så märkliga saker att jag knappt tror det själv.

Vi satt hela natten vid Lais kropp. Anna grät, och Tompy tröstade henne med sin stora, starka arm runt hennes späda kropp. Jag skämdes för att jag önskade att det var jag som tröstade henne. Inte ens i en sån stund, när hon förlorat sin morsa, kunde jag släppa tanken på henne. Jag är verkligen en bögig idiot.

Vi grävde en grop i skogen. Utan spadar eller hackor blev det ett helvetes jobb. Tur att vi hade Tompy. Han grävde som en besatt med en platt sten som enda verktyg. Efter några timmar var det klart. En ful, ganska grund grop skulle bli Lais sista hem. Vi samlades kring den. Anna och jag stod på var sin sida om gropen, medan Tompy hämtade kroppen. Han la den försiktigt på en bädd av mossa, slöt hennes ögon för sista gången och ställde sig vid ena kortsidan av gropen. Så gjorde vi som man alltid gör på begravningar. Vi tittade ner. Detta var Lais tysta minut, den minut som alla döda ska få enligt lagen.

Sen knakade det i buskarna. Ingen av oss såg upp, jag vet inte varför. Vi fortsatte att titta ner. När Anna, som var den närmast sörjande och därför bestämde längden på tystnaden, tittade upp, gjorde vi likadant.

Det var då vi insåg att vi var fuckade. Djupt fuckade. Mer fuckade än vi nånsin varit förut.

Runt omkring oss stod fem snubbar. Helt klart fullmäktiges snubbar. Fina kläder, ful uppsyn. Sugna på en fajt. Sugna på knull. Sugna på vad fan som helst.

Vi drog den visa vi hade fått lära oss. På väg för att hitta nytt kneg i Malmö. Lösenordet var kotte, vi hade fått tillstånd av vår fullmäktige. Han hade gett oss lösenordet som bevis på det.

De bara flinade. Uppenbarligen var det nåt som inte stämde. Eller så bara sket de i det. Ingen av dem sa nåt. De stod i en ring runt oss, med påkar i händerna. Fem mot tre, och en av oss var brud. Vi hade ingen chans.

»Snälla, låt oss först begrava min morsa här«, sa Anna.

De nickade. Vi slängde ner jord och stenar på Lais kropp, som långsamt försvann. När vi var färdiga, bakband de oss och ledde iväg oss. Tack och lov gick de inte igenom våra prylar. Vi gick i kanske två timmar under tystnad. Och det var ju just det: tystnad. Ingen av dem sa nånting alls. Inte ens när de skrattade, gav de ifrån sig nåt ljud. De bara log. De sa inget till oss, inget till varandra. De sjöng inte. Det enda ljud jag hörde att nån av dem gav ifrån sig var ett harklande.

Skogen tog snart slut. Vi kom ut på ett av de öppna fält som det finns så många av här i Skåne. Och vi fortsatte att gå. Vi såg inga andra, det var bara vi. Rakt mot våra ansikten kom en vind som inte liknade nån vind jag känt förut. Det var en vind av lättnad, en vind av mjuk men samtidigt rå luft. Jag visste det inte då, men nu vet jag. Det var havet.

Och jag vet inte om jag kommer på det medan jag skriver eller om jag verkligen tänkte det då, men det kändes som om jag varit med om detta förut. Inte själva situationen att vara bakbunden, på väg mot nåt hemskt, långt hemifrån. Utan mer själva stämningen: ensamma på ett gigantiskt fält, en okänd vind i ansiktet, målet oklart. Kanske var det den där drömmen jag brukar drömma. Den där jag är med i ett sällskap, som också är ute och går. Som har ett mål, ett mål som är så otänkbart hemskt att ingen vågar ta det i sin mun. Men när nån frågar vad vi håller på med, varför vi samlar upp alla föremål vi hittar och varför himlen tycks skrynkla ihop sig hela tiden, är vi tvungna att svara. Vi ska bygga en maskin som ska bli större än solen. Som ska skapa nåt nytt, även om vi inte vet vad det är eller om det innebär att allt förstörs. Och vi måste göra det.

Det vidriga med den drömmen är inte själva grejen med maskinen. Det är stämningen jag kommer ihåg. En stämning av ödesmättad beslutsamhet. Ingen vet vart det kommer att leda, men vi måste göra det.

Ungefär så kändes det när vi gick där, ledsagade av de stumma fullmäktigesnubbarna. Vi sa inget heller. Förmodligen skulle de ha slagit oss om vi sa nåt.

Efter flera timmar började vi se ett litet samhälle långt borta på slätten. Det var uppenbarligen dit vi skulle.

Vi kom fram, blev ledda genom små gator mellan ruckel och ruiner. Det såg ungefär ut som hemma, bara mindre. Inga hus var högre än en våning, och det mesta var byggt av invånarna själva. De stumma tog oss till ett större hus. Jag antog att det var det hus där deras fullmäktige bodde. De öppnade en stor dörr, släppte in oss, och låste den sen noggrant.

Vi kom in på en gård med saker jag aldrig sett. Det var som att komma till en helt ny värld.

I ett hörn stod en snubbe, helt naken, och blötte ner sig helt och hållet. Vattnet kom utsprutandes från en grej ovanför hans huvud. Nånstans ifrån kom musik. Det var en musik som inte liknade nåt, som skar sig genom huvudet, smekte en lätt på tinningen och grep tag om ens pung. Sångaren sjöng inte, han snackade. Hårt, smekande och fjantigt.

Mitt på gården stod ett stort vitt skåp. När jag kom nära hörde jag hur det släppte ifrån sig ett svagt, ihållande surrande. Bredvid skåpet satt en snubbe, en knegare precis som jag, och trampade på en cykel. Cyklar har jag ju sett förut, men den här cykeln stod helt stilla, uppställd på nån sorts ställning. Snubben var högröd i ansiktet, han svettades som en gris och hans andetag pep som en mus. Bredvid honom stod en annan snubbe, som tydligen var redo att ta över. Nån skrek:

»Imorgon ska det blåsa, ni får vila då.«

Jag fattade ingenting. Jag är inte säker på att jag fattar nu heller. Men tydligen är det så man gör elektricitet, man cyklar som en idiot på en stillastående cykel med en grej på. Fast om det blåser så kan man låta en skitstor propeller snurra på taket, och så får man elektricitet genom den. Jag fattar inte hur det går till egentligen. Det tror jag inte de som fixar det där gör heller, det vet nog bara hur man gör. Inte varför det funkar.

Vi gick in i en lång korridor med stora fönster som släppte in ett bländande solsken. De stumma pekade på några stolar, där vi satte oss. Utanför kunde jag fortfarande höra den där sinnessjuka musiken, som ibland liksom studsade, ibland exploderade. Jag tror den också hade att göra med snubben på cykeln, för en gång tystnade den, men sen kom den igång igen. När jag kom ut på gården igen, så var det en annan snubbe som satt på cykeln.

Vi satt på stolarna, storögda. Rädda och spända. Efter en stund, kanske en kvart, kom en snubbe ut i korridoren. Han hade likadana kläder som alla andra som jobbade där, en oerhört vit tröja som hängde löst kring överkroppen och tajta, svarta byxor som virade sig runt benen. På fötterna hade de träskor i olika färger. Just den här snubben hade klarblå skor. Jag har aldrig sett så rena skor, nästan som om han aldrig varit utanför huset med dem.

»Toff, Anna, Tompy. Er tur. Kom in.«

Han lät inte aggressiv eller fjantig, som fullmäktigesnubbar gjorde hemma. Han sa helt enkelt våra namn – hur han nu kunde känna till dem – som om han ropat upp dem inför en foppollsmatch på Långolmen.

Vi kom in i ett ganska litet rum, långsmalt och lågt i tak. Det var rätt mörkt, och det tog ett tag innan ögonen vande sig. Längst bak i rummet satt en liten figur i en stor fåtölj. Han hade stort krulligt hår, som stod nästan rakt upp. Som om han jobbade varje morgon på att få det så. Hans jacka var nästan helt blank och svart. Han hade röda byxor som var instoppade i ett par rutiga strumpor. På fötterna hade också han ett par skor av trä.

»Yo!« sa han.

Vi hade inte en aning om vad han menade med det. Vi höll käften. Det är alltid bäst att hålla käften när man är osäker.

Sen hände nåt märkligt.

»Chilla«, sa han.

Chilla? Det var inget en fullmäktige skulle säga till en knegare. Det var nåt som Tompy sa till mig när jag nojade för mycket. När jag oroade mig för att inte klara av dagens arbete, när jag var rädd för att få spö eller när jag inte vågade följa med honom på nåt av alla hans infall. Men det var inte ett ord som jag nånsin hade hört nån med makt och pengar säga. De skulle sagt »lugna ner dig« med ett helt annat tonfall. Den här lilla konstiga figuren sa »chilla« på ett jävligt strejnch sätt. Han lät road och brydd, som om vi var det lustigaste han sett, och som om ordet chilla överraskade honom med en helt oväntad dråplighet.

Han hoppade ner från sin stora stol, som kanske inte var så stor. Det var nog han som var liten.

»Jag vet vad ni heter«, fortsatte han.

Han ställde sig framför oss – han var inte längre än en tolvårig pojke – och pekade, fortfarande lika roat, på oss.

»Toff!« skrek han.

»Tompy ...« viskade han, och drog djupt efter andan.

»Och Anna!« jublade han översvallande.

Han tog några steg tillbaka och slog ut med armarna som en gammal vän välkomnar långväga gäster.

»Det är jag som är Diddy! Jag är kungen! Jag är kungen som älskar er! Ni är välkomna!«

Han log större och större för varje utrop. Jag började tycka att han lät riktigt galen. Men det som hände sen fick mig att glömma allt. Han klappade i händerna, och på bara nån minut fylldes rummet av folk. Jag såg några av de stumma bland dem. Alla höll i var sitt stort fat, och det tog ett tag innan jag såg vad som fanns på dem.

Mat.

Mat! Så jävla mycket mat. Jag såg kött. Jag såg bröd. Jag såg mjölk. Och jag såg saker jag inte visste vad de var.

Och sen åt vi. Vi satt på var sin stol, och Diddy, den lilla fjanten, satt framför oss. Han åt ingenting, han bara tittade på oss. Hans ögon följde våra rörelser i minsta detalj. Varje gång nån av oss gav ifrån sig ett ljud, ett mumsande eller en suck av vällust inför en smak vi längtat efter, försökte han instämma.

Jag sa: »Mmmmm.«
Diddy sa: »Mmmhm...«
Tompy sa: »Åh satan vad gott.«
Diddy sa: »Ja, saaatan vad gott.«
Och så vidare.

Till slut kunde vi inte äta mer. Jag var så mätt att det enda jag kunde göra var att andas. Jag låg på rygg och drog andetag efter andetag. Min mage var så spänd att jag skulle ha kräkts av minsta stöt mot den. Just då var det min enda tanke: Fortsätt bara att andas, och för allt vad du håller heligt. Kräks för fan inte. Den här maten är din nu, smält den och skit ut den.

Efter en stund, min mage hade tagit ifrån mig all tidsuppfattning, klappade Diddy i händerna igen. Som i en dimma hörde jag hur allt folk tog med sig de nästan tomma faten och matresterna. Jag hörde den lilla fjanten säga nåt, men jag kunde inte höra vad han sa. Jag var helt koncentrerad på en liten fläck i taket, som var det enda jag orkade fästa blicken på. All övrig energi gick åt till matsmältning och andning. I dimman runt mig anade jag att nåt hände, nån kom in i rummet, ett okänt ljud tog sig in i mitt huvud. Den lilla fjanten verkade upprörd över nåt, han gav ifrån sig ett gällt skrik, skällde i flera minuter på nån. Dörrar stängdes, dörrar öppnades. Mer strul av nåt slag.

Då kände jag hur nån sparkade mig lätt i sidan. En våg av kväljningar började, men jag kunde parera dem. Tydligen skulle jag sätta mig upp. Efter en minuts kämpande med min nu värkande mage, tog jag mig upp. Bredvid mig satt Tompy och Anna, och av deras ansikten att döma genomgick de samma underbara tortyr som jag. Den lilla fjanten studsade upp och ner framför oss. »Nu«, skrek han. »Nu!« Nu skulle det bli underhållning. Han gick till ett hörn, fipplade lite på nåt, kom tillbaka med ett idiotiskt leende på läpparna.

Och så hörde jag den igen, den där musiken som jag hörde när vi kom in på gården. Den var starkare nu, men det var fortfarande helt omöjligt att avgöra var den kom ifrån. Jag såg inga musiker, ingen sångare, inget hål i väggen där de kunde sitta.

Det började med ett surrande ljud, som om en humla flög rakt mot ditt öra, och bara blev större och större. Sen smög sig en rytm in i surrandet. En tung, djup rytm som lät som en halt knegare som var på väg hem med en säck potatis, och säcken slog mot hans rygg på samma sätt hela tiden. Det kom fler ljud, fler än jag kunde hålla isär, och de stack in här och där, ibland på samma ställe, ibland inte. Och sen började nån snacka. Snabbt, i samma haltande takt, och på ett språk som lät som den engelska jag hört i sånger.

Men min uppmärksamhet hade flyttats från musiken till fjanten. Han hoppade upp och ner, la handen på kuken och juckade, han slog sig på arslet, skakade på kroppen och tjöt som en idiot.

»Dansa! Vi ska ha roligt! Jag är kung Diddy! Dansa med mig!«

När vi såg tveksamma ut blev han rasande på bara en sekund.

»Jag är kung! Jag bestämmer! Dansa!«

Han pekade på oss och klappade händerna. Tre snubbar, stora snubbar, tvingade upp oss på golvet. Och där stod vi, lika fulla av mat som skyfflare efter en fest. Det sista jag ville var att röra på mig. Fjanten fortsatte att tjuta. Han tycktes sjunga med i musiken, men det lät mest som om han var full. Anna försökte röra sig lite på samma sätt som fjanten. Hon såg oerhört märklig ut, men fjanten blev överlycklig.

»Ja! Ja! Ni med! Dansa! Oooooh!«

Jag och Tompy försökte så gott vi kunde. Jag tror aldrig jag känt mig så dum. Jag pallar inte ens vanlig dans. När det skulle dansas i Hornschtull dansade vi på vanligt sätt. Snubbar med brudar, man håller i varandra och snubbarna försöker tafsa så gott det går medan nån slår på en burk och nån annan sjunger. Det här var tusen gånger värre, jag kände mig som en idiot på villovägar som alla stirrar på.

Men till slut dansade vi en stund, sen tystnade musiken tvärt. Fjanten fick fullständigt frispel. Han sprang fram till ett fönster, öppnade det och skrek:

»Idioter! Vi har gäster! Fixa! Fixa nu! Diddy vill dansa! DANSA!«

Jag var tacksam för pausen. Utanför fönstret hördes rassel av folk. Korta rop hördes, och det fanns rädsla i rösterna.

Vem var den här snubben? Hur kunde han veta våra namn? Vad ville han oss? Var han fullmäktige, eller var han kung? Kungar var ju förbjudna, de hörde till den gamla tiden, och de var ju en av orsakerna till att det gick åt helvete. Och var hade fjanten fått alla sina grejer från? Skåpet på gården, musiken, den där grejen med vatten? Varför lydde alla honom när han så uppenbart var en fjant?

Men jag hann inte tänka mer på det. Snart började musiken igen. Surrandet, den halta takten, de märkliga ljuden som kom och gick. Vi var tvungna att dansa igen. Och vi dansade. Och dansade. Fjanten tjöt av förtjusning. Men till slut var till och med han trött.

Ett par av de stumma kom och hämtade oss, och vi visades till var sitt rum. Det är där jag sitter nu, och det är här jag kommer att sova inatt. Första gången jag kommer att sova ensam på väldigt länge.

Vad är det här för ett ställe?

***

Sen vi lämnade Hornschtull har våren kommit. Det blir varmare och varmare för varje dag som går. De senaste dagarna har varit riktigt heta. Kanske är det för att vi gått söderut, eller så är det bara varmt. Värmeböljorna brukar inte komma så här tidigt. I mitt rum här hos Diddy är det ganska svalt ändå. Jag har det lilla fönstret öppet på nätterna, och det växer tre stora träd alldeles utanför som skuggar.

Vi har nu varit tre dagar hos Diddy. Han beordrar oss med jämna mellanrum att komma in till hans rum, som han kallar för palatset. Där spelar han musik, samma musik hela tiden, och så måste vi dansa. Igår ville han att vi skulle ta av oss på överkroppen. Jag såg på Anna att hon tvekade, och Tompy gestikulerade åt henne att vänta. Jag och Tompy skalade av oss tröjorna, och det tycktes räcka för fjanten. Han tjöt sitt vanliga glädjeskrik och dansade som en besatt medan vi stod där med bar överkropp och stampade fram och tillbaka. Då vet vi det. Diddy gillar killar. Han verkar gilla Tompy mest av alla. Inte för att det är nåt märkligt med det. Tompy är jävligt snygg. Han brukar få blickar från både brudar och de snubbar som är lagda åt det hållet.

Efter att vi har dansat, får vi mat. Och vi har fått tvätta oss. Inte i den där grejen som sprutar vatten, utan i en vanlig balja. Det känns underbart att vara ren.

Men vi vet fortfarande inte varför vi är här. Vi har försökt att fråga Diddy, men han säger ungefär samma sak varje gång: »Var inte så tråkiga, vi ska ju ha roligt. Oooooh! Aaaaah!«

Jag har aldrig träffat en märkligare snubbe. Han är väldigt irriterande. Men å andra sidan ger han oss mer mat än vi nånsin fått förut, och han begär ingenting av oss, ännu i alla fall. Vi har försökt att prata med några av alla de människor som jobbar här. De stumma, som förde bort oss från Lais grav, är fortfarande stumma. Jag vet inte om de verkligen inte kan prata eller om de bara är tysta. De andra som jobbar här, säger bara det de ska säga. De visar oss rätt, de ger oss mat, de häller upp våra bad. När vi frågar nåt om Diddy, om stan eller liknande saker, så tiger de. En del av dem ler, andra rycker på axlarna. De får inte säga nåt, och de vågar inte annat än att lyda. Diddy må vara en fjant, men han har en jävla pli på sina anställda.

Kanske behövde vi det här. Vi var trötta och utslitna alla tre, framför allt Anna. Hon verkar ha repat sig lite efter all skit som hände mot slutet av vår resa. Hon ler igen ibland, och hon verkar tycka att det är rätt kul att vara här. Hon gillar att dansa, och hon dansar bättre än både Tompy och mig.

Fast just nu orkar jag faktiskt inte bry mig om Bassebeck, klubben och allt det där. Vi får mat, ingen slår oss och vi sover i sängar varje natt. Det är nog för mig. I alla fall ett tag framöver.

***

Ytterligare en dag av idiotiskt dansande utan skjorta. Efter avslutad dans – Anna slapp den här gången, han verkar ha förlorat intresse för henne helt och hållet – satte vi oss ner för att få vår mat som vanligt. Vi har nästan slutat ställa frågor till Diddy, eftersom han ändå aldrig svarar. Men idag överraskade han oss. Han satte sig ner, andfådd av dansen, med en kycklingvinge i munnen och torkade svetten från sin lilla panna med tröjan han tagit av sig.

»Vill ni veta varför ni är här?«

Han såg ut som en femårig flicka som anförtror sin bästis att hon gömt lite socker i fickan. Vi var tvungna att spela med, så mycket hade jag lärt mig. Diddy fnittrade busigt, och vi gjorde vårt bästa för att se lika busiga ut som han. Om jag kunde visa upp Tompy för hans krökarpolare i Hornschtull i just denna stund, skulle jag kunnat dö lycklig. Utan tröja, ansikte mot ansikte med en dansdvärg som inget hellre ville än att komma innanför byxorna på honom. Den stora Tompy, fnittrandes som en femåring. Herregud.

Vi fnittrade glatt och förväntansfullt. Diddy skojslogs med oss.

»Vill ni veta? Va? Va? Va? Vill ni veta eller?«

Han höll på att koka över av återhållen busighet. Han pekade på Tompy.

»Då måste du komma med mig. Hem till mig ...«

Diddy for ut med handen och härmade en klösande katt.

»... till lilla kissen Diddy.«

Och ofattbart nog spelade Tompy med. Han rodnade klädsamt, reste sig långsamt och ställde sig upp. Ni kommer inte att tro mig, men han slickade sig faktiskt på armen, som en katt.

Hela hans kroppshållning sa »gör vad du vill med mig«. Jag väntade på en signal, en blinkning, en gest, vad som helst som skulle få mig att förstå att det är lugnt, jag gör vad jag måste för att få ut lite info ur den här killen. Men Tompy bara stod där, tills Diddy tog hans hand och ledde honom ut. Jag hann aldrig få syn på hans ansikte.

Det är fyra timmar sen, och jag har inte sett honom sen dess. Jag har ingen aning om vad de gör eller var de är. Det är tyst i hela huset, klockan är säkert halv tio på kvällen.

En ny känsla i kroppen. Jag har varken vandrat eller knegat på fyra dar. Jag känner mig lätt. I både kropp och tanke.

***

Jag kunde inte sova när jag skrivit det sista, så jag gick till Tompys rum och knackade på. Inget svar. Jag gick vidare till Anna, som inte heller kunde sova. Jag berättade vad som hänt. Hennes ansikte blev märkligt. Jag kunde inte tyda det. Var det medlidande med Tompy jag såg? Eller var det en sorts skadeglädje över att han kanske skulle utsättas för samma sak som hon var med om den där hemska dagen i skogen? Eller var det nåt annat, nåt min begränsade hjärna inte fattade?

»Han klarar sig säkert«, sa hon. »Han klarar sig alltid.«

Hon upprepade det flera gånger. Jag vet inte om hon sa det för att få slut på mitt pladdrande eller för att trösta sig själv. Eller om det fanns en bitter underton i hennes röst, som jag inte kunde placera.

Sen sa hon nåt jag inte tänkt på.

»Det finns inga brudar här.«

Min hjärna är som sagt inte så snabb. I säkert tre sekunder tolkade jag det som att hon ville ha brudar. Anna, flata? Eller ville hon bara ha en polare? Sen fattade jag, och det gick upp för mig att hon menade det helt bokstavligt: det fanns inga brudar här. Här fanns bara snubbar. Diddy var snubbe, de stumma var snubbar och alla andra som jobbar här också. Och när jag tänkte efter såg jag inga brudar den korta stund vi gick genom den lilla stan heller.

Vad fan handlade det om?

Och framför allt, återigen: Vad gjorde vi här? Vem var Diddy? Hur kände han till våra namn? Hur länge skulle vi stanna här?

Jag slöt ögonen och längtade tillbaka till mitt gamla liv. Där ingenting var gåtfullt, allt var förutsägbart och jag alltid visste var jag var och hur jag skulle komma hem.

***

Tompy, min underbara vän. Tompy, brudarnas mästare. Tompy, som kunde sitta en hel natt och bara beskriva olika sorters fittor. Tompy, som kunde snacka med alla brudar han såg, och som fick dem i säng snabbare än nån annan. Tompy, som hade ett leende som på en och samma gång hade en femårig pojkes kjutness och en oborstad knegares rättframhet.

Han hade nåt nytt i blicken nu, när han stod i helt sjuka kläder – en alldeles för liten tröja, små, små shorts och långa stövlar – bredvid Diddy i palatset. Diddy skruvade hela sin lilla kropp, för dagen iförd ingenting annat än ett tygstycke som gick över ena axeln och ner över benen.

Tompys blick var mjuk, nästan generad. Det fanns ett litet minileende på hans läppar om man tittade efter noga. Hans ögon såg öppnare ut än annars, som om han bokstavligt talat hade fått upp ögonen för nåt.

»Tompy och jag har blivit ... vänner, mhm.«

Diddy såg oförskämt nöjd ut, och på mindre än en sekund fattade jag vad det handlade om. Att Diddy ville knulla Tompy var ju helt uppenbart, och det var också helt uppenbart att han hade gjort det. Det var inte det jag fattade. Vad jag plötsligt fattade var nåt annat, nåt som jag inte kunnat föreställa mig ens i det mest bottenlösa mäskrus.

Tompy gillar killar. Tompy är håmo.

Som i en flodvåg av minnen gick jag igenom vårt liv tillsammans. Festerna, dagarna vi knegat ihop. Stunderna hemma hos honom eller mig när vi bara snackat, druckit eller suttit tysta. Hans slagsmål. Allt. För en tid sen vaknade jag med hans hand på min kind, men det var ju bara en slump. Nåt som råkade hända. För inte kunde väl Tompy ha gjort det för att han, tja, tyckte om mig? På det sättet? Eller?

Jag försökte se hur det passade in. Hur kunde Tompy vara håmo? Jag fick inte in det. Inte ens när jag ansträngde mig som fan. Det gick inte att fånga hans blick, där han stod. Han hade fäst sina nyöppnade ögon på en punkt långt bortanför väggen. Han gick inte att nå.

Istället tog Diddy till orda.

»Jag vet att ni undrar vem jag är, och hur jag visste vilka ni är. Men jag tänker inte svara på det. Nej, nej. Men jag kan ge er lite ledtrådar.«

Plötsligt lät han mer resonabel och mindre fjantig än tidigare.

»Diddyland ligger mittemellan, okej? Mittemellan det riktiga Svärje och fjantarna i Bassebeck. Här finns inga regler utom mina egna. Jag pratar med fjantarna och jag pratar med skyfflarna. Och med *fullmäktige.*«

Efter ordet fullmäktige gjorde han en grimas. Tungan innanför underläppen och skelande ögon. Ett barns sätt att visa vad man egentligen tyckte om nån.

»Och ingen – *ingen* – som ska in till Bassebeck eller ut från Bassebeck undgår att komma hit. Vi kliar varandras ryggar. Det är skönt att bli kliad på ryggen, förstår du det lilla tysta Toff?«

Jag började förstå. Bassebeck behövde honom, och han behövde Bassebeck. Han höll sig väl med omvärlden, och Bassebeck fick vara ifred. Till priset av att Diddy fick göra vad han ville med de som var på väg till Bassebeck.

»Så! Så här blir det alltså: Tompy stannar här, ni kan gå till Bassebeck.«

Både jag och Anna, som stått bredvid mig hela tiden, protesterade. Jag vet inte vad vi hade tänkt säga, men vi hann inte mer än öppna munnen förrän Diddy avbröt oss.

»Neeeeeej! Diddy har bestämt! Diddy är kung, och Tompykatten är min.«

Sen jamade han som en katt och blev återigen sitt fjantiga jag. Vi fick några minuter på oss att packa våra få saker och gå ut från det hus där vi tillbringat de senaste dagarna. Några av de stumma ledde ut oss på gatan och pekade ut över slätten. Plötsligt sa en av dem:

»Bassebeck. Gå rakt fram åt det hållet. Ni är där om en dag.«

De var inte stumma. Det bara verkade så.

Jag hann aldrig ens se Tompy i ögonen innan vi drog. Jag fick inte säga nåt och han sa heller ingenting till mig.

***

Av alla stycken i *Toffs bok* är det nog episoden hos Diddy som är den mest gåtfulla. Inte nog med att det är det enda kända beviset på ett annat styrelseskick än fullmäktigeskapet, det är också den enda skildringen av homosexualitet som finns bevarad från den mörka tiden.

Men låt mig börja med att kommentera styrelseskicket. Diddy är uppenbarligen en enväldig kung över ett litet markområde, mycket nära det legendariska Bassebeck. Han fungerar som en sluss mellan den samhällsomstörtande verksamheten i Bassebeck och det traditionella fullmäktigesamhället. Han ger och tar, och han håller sig väl med båda sidor. Han är på samma gång beskyddare, spion, tullvakt, utpressare och kidnappare. Hur han kommit till makten är höljt i dunkel, och det är även märkligt att han får hållas. För Bassebecks del är det naturligtvis viktigt att hålla det övriga samhället på armlängds avstånd. Men varför låter fullmäktige honom hållas? Förmodligen ger han dem information han får från Bassebeck och de resande. Dessutom ska man nog inte underskatta den rädsla man kände för Bassebeck. Den omtalade »radotiviteten« var en källa till skräck. Verksamheten i Bassebeck var mytomspunnen och omgärdad av en hel del missuppfattningar. I gemene mans föreställningsvärld var Bassebeck ett ställe där man utförde hemska experiment och konspirerade för att förstöra världen. Sannolikt är det så, att även om flera fullmäktige skulle gått samman för att störta verksamheten vid Bassebeck, är det inte säkert att de skulle fått ihop folk för att genomföra det. Skräcken var för stor.

Skildringen av homosexualitet är ett annat kapitel. Det är skrämmande att se att homosexualitet ännu på Toffs tid var ett känsligt ämne. Formellt sett fanns det inga hinder för kärlek och sex mellan personer av samma kön. Det fanns inga lagar mot det, och det var fullt möjligt för två kvinnor eller två män att leva ihop. Däremot var gemene man av en helt annan uppfattning, speciellt bland enkla knegare. Homosexuella män ansågs fortfarande vara svaga och lite löjliga. Homosexuella kvinnor stämplades som frigida och i stort behov av en man. Det är klassiska föreställningar, som fanns redan på 1900-talet, när den sexuella revolutionen och jämställdheten började.

Ett exempel är hur ordet »bög« har förändrat innebörd. Så sent som på 1900-talet, betydde det helt enkelt homosexuell man, och användes mestadels i nedsättande betydelse. Genom åren har det sedan kommit att förlora sin sexuella innebörd, och helt enkelt användas som en förolämpning. På Toffs tid betyder »bög« och »bögig« något svagt och omanligt. »Fjant« och »fjantig« är väl det närmaste man kommer vad gäller synonymer.

Slående är också Tompys agerande. Toff analyserar det nästan inte alls, men faktum är att Tompy levt hela sitt liv i en lögn. Han har för alla vänner och bekanta spelat rollen av en kvinnornas man, en charmör. Man anar att han tidvis varit nästan manisk i manifesterandet av sin egen heterosexualitet. Kanske har han också ljugit för sig själv, och får sin första homosexuella upplevelse med Diddy. Eller så har han – mer troligt – levt ett för honom själv oerhört ansträngande dubbelliv.

Muham Bentson

***

Jag trodde ju att jag kände honom. Det är nog därför det känns extra. Han var min bästa vän, min enda vän. Och ändå fanns det en så stor grej jag aldrig fattade. Han höll skenet uppe, han höll det uppe som en mästare. Under de timmar vi gått sen vi blev utslängda från Diddy, har jag försökt lägga pusslet i huvudet. Jag börjar inse vissa saker.

För det första kan man aldrig känna nån. Ingen känner ju mig. I och för sig är jag ju Toff, den tysta snubben, som aldrig säger nåt. Men inte ens om jag hade snackat mer, skulle nån känna mig. Det man säger, säger aldrig allt. Det kan bara visa vägen. Dessutom finns det ju saker man inte kan säga. Och om dem måste man hålla tyst.

***

Att Toff här nästan ordagrant citerar Wittgenstein är inget annat än en slump, eller i alla fall en kombination av hans ganska häpnadsväckande intellektuella talang och hans förmåga att beskriva det obeskrivbara. Att han skulle ha läst *Tractatus logico-philosophicus* är naturligtvis fullständigt uteslutet.

Muham Bentson

***

Tompy kunde nog inte säga nåt om att han var håmo. Inte för att jag hade brytt mig. Det finns ju många som är håmo, och även om de får ta en del skit så verkar de ju vara lyckliga med det. Och en del gillar ju både och; ibland en snubbe, ibland en brud. Och för dem är det lite enklare än för håmona. Tompy kunde sagt att han gillade både och. Alla gillar ju honom, så han skulle nog inte fått så mycket skit.

Men jag tror att han verkligen inte kunde. Inte ens om han hade velat. Det var nåt med honom när jag såg honom sista gången. Det var nåt med honom som var ... slutgiltigt. Som om han gått över en gräns han knappt visste fanns, och nu kunde han inte gå tillbaka.

Var han lycklig när vi gick? Han hade ett leende på läpparna, det såg jag. Jag vet inte om det var lycka, lätt förvirring eller nåt annat. Vad jag däremot vet är att Tompy, i alla fall den Tompy jag känner, aldrig skulle göra nåt mot sin vilja. Inget sånt här i alla fall. Alla de gånger han tagit fajt mot skyfflare eller fullmäktigesnubbar, alla de gånger han duckat för kneg för att han inte orkade, alla de gånger han skitit i nåt han borde gjort. Tompy gör som Tompy vill. Ingen liten dvärg som Diddy kan tvinga Tompy till nåt. Det är jag säker på, och vore jag inte säker på det skulle jag inte dragit så lättvindigt som jag gjorde.

Det är väl det som är det viktigaste: min känsla. Jag kände nåt redan när Tompy kom in i Diddys rum när jag såg honom för sista gången, och det var inte ilska, rädsla eller glädje. Han utstrålade allvar, en sorts insikt och högtidlighet. Om jag ser in i mig själv och frågar om jag gjorde rätt, så svarar jag ja. Och det får räcka.

Dessutom har jag insett en rent praktisk sak. Jag har aldrig sett Tompy knulla med en brud. Jag har hört honom berätta om det, och jag trodde på varje ord. Jag har hört honom skryta om det. Jag har sett honom hålla dem i handen, viska saker i deras öron, få dem att skratta, gått iväg med dem till ett buskage och komma tillbaka med en nöjd min. Men aldrig har jag sett själva knullet utföras. Så jag antar att det är möjligt att han verkligen inte gjort det. Eller så gjorde han det, och tänkte under tiden på nån snubbe.

Jag hoppas bara att han är lycklig nu. Min älskade vän.

En annan grej. Det är bara jag och Anna nu. Det är bara vi två, och vi går sakta under tystnad mot en plats vi inte vet nåt annat om än att den har varit vårt mål hela tiden. Bassebeck.

Jag har inte varit ensam med henne sen den där hemska kvällen under brofästet. Sen vi lämnade Diddy, har jag – de få minuter jag inte ältat Tompys överraskning – försökt komma på lämpliga samtalsämnen.

Som vanligt kommer jag inte på nåt. Som vanligt väljer jag tystnaden. Eller väljer och väljer, jag förmår inget annat.

Istället var det hon som bröt tystnaden. Hon sa bara ett ord.

»Toff.«

Hennes ansikte var outgrundligt, förvånat och hänfört.

»Titta.«

Borta vid horisonten såg jag två saker jag aldrig sett förut. Två saker som skulle förändra mitt liv för alltid, anade jag. Det första jag såg var två enorma skorstenar, som sträckte sig ofattbart högt upp mot den blåa sommarhimlen. Det var Bassebeck.

Det andra jag såg var havet.

Vi har ju ett hav i Ståkkålm också. Men inte ett hav som det här havet. Det här havet var större, vildare, kallare. Det doftade annorlunda, det kändes annorlunda. Det var ett hav som lovade nåt mer än bara bad och bra mete.

Vi stod på krönet av en liten kulle. Som två lyckliga barn började vi springa nerför backen. Det var långt kvar, säkert en halv dags vandrande, men vi sprang ändå. Vi sprang och sprang som om vi verkligen skulle kunna springa ända fram till stranden och Bassebecks portar. Vi sprang tills jag fick ont i sidan och Annas andetag pep av ansträngning.

Till slut segnade vi ner på gräset, öppnade den matsäck vi fått med oss från Diddy. Och där låg vi på rygg, sida vid sida. Precis som om vi vore ett par.

Jag lovade ju att inte skriva om Anna och hur jag känner. Men vad fan är det att bråka om nu? Hon sitter här bredvid mig och havsvinden rufsar henne i håret. Vi är mätta båda två, Diddy hade skickat med oss stekt höna och ägg. Hennes kinder är röda av maten, springandet och vinden. Och hon ler. Det känns nästan som om

***

Här avbryter sig Toff mitt i en mening. Det är enda gången han gör det i hela boken, och många har spekulerat i om det är en slump eller om hans känslor tar överhanden här. För skönhetens och kärlekens skull kan vi väl anta att han inte kan hålla sig längre, att han släpper pennan i samma ögonblick som tanken möter världen och gör det han velat göra så länge: böjer sig mot Annas ansikte och kysser henne. Vetenskapen förlorar ingenting på att låta sig förföras av kärlek då och då (mina kollegor på 1900-talet skulle hudflänga mig för den slutsatsen. Men vi har faktiskt kommit längre än dem i vissa avseenden).

Muham Bentson

***

Den landade strax till höger om mungipan. Munnen – skulle det bli för framfusigt? För uppenbart kåtit? Kinden – för vänskapligt? För barnsligt? För omanligt? Jag dröjde min rörelse på halva vägen och liksom siktade in mig. Hon satt på snedden framför mig, alltså inte bredvid mig och inte framför mig. Hennes käkben rörde sig långsamt, medan hon i maklig takt svalde en klunk vatten. Jag gick igenom alternativen en gång till i huvudet och bestämde mig för kinden. Jag ville hålla alla risker för misslyckande borta. En kindpuss kunde fortfarande tolkas som vänskaplig, en tillgiven väns ömhetsbevis. Men en munpuss från en sån som jag kunde bara tolkas på ett sätt: »Jag vill fortfarande ha dig, kan du tänka dig att tänka om?« Och så ärlig ville jag inte vara. Hon kunde mycket väl bli skitförbannad och be mig dra åt helvete. Dessutom var jag inte säker på vad jag ville. Vad skulle ett teoretiskt knull egentligen innebära? Att hon gav mig nåt jag vill ha? Att jag fick nåt i present? Att hon förlorade ytterligare nåt av sig själv?

Det är precis av den här anledningen jag fortfarande är oknullad. Jag tänker för mycket. Släpp handväskan, för fan Toff. Släpp den bara. Stick in din lilla grej i första bästa hål nu och få det här överstökat.

Men Anna är ju inte första bästa hål. Anna är Anna och vi delar nåt jag aldrig delat med nån. Vi har nåt som jag aldrig vill förlora. Vi kämpar ju för fan för nåt större än min rätt att doppa, vi har ett uppdrag som vi närapå slutfört och här sitter jag och vill knulla.

Jag kan inte riskera det. Inte munnen, hur mycket det än bultar, inte munnen.

Eller, jo.

Nej.

Det var därför den landade på mungipan. Toff, den evigt mesige Toff, kunde inte bestämma sig för var kyssen skulle landa och valde som en idiot mellan kinden och munnen, kinden eller munnen, kinden eller munnen.

Mungipan. Mungipan!

Vad betyder det? Jag har ingen aning! Det är bara konstigt. Det är bara taffligt, oerfaret och pinsamt.

Hon såg förvånad ut när den landade. Hon sa inget, men hennes ögon sa: »Hoppsan! Var kom den ifrån?« Och sen gjorde hon det jag kanske fruktat mest. Inte för att jag hade föreställt mig olika reaktioner och rangordnat dem. Men när hon gjorde det insåg jag att det kanske var det värsta som kunde hända. Hon log överseende och tog min hand. Sa ingenting, utan vände ansiktet tillbaka mot utsikten och klappade sakta baksidan av min hand.

Överseende.

Det betyder förnedring. Den lille oknullade kåtbocken Toff stjäler en kyss – och vem kan klandra honom för det? Han vill ju så gärna, men vågar så lite. Och vem kan bli rädd för honom? Han förorsakar inga känslostormar. Ingen blir förbannad, skraj eller lycklig av Toff. Toff är Toff. Han är tyst. Han är ful. Han är tafatt. Man kan lita på honom.

Just i den sekunden ville jag inget hellre än att vara opålitlig. Jag ville se henne reagera på mig, ta spjärn mot mig, bli rädd, arg, förförd, kär, kåt, skadad, vad som helst. Bara inte detta, bara inte överseende.

Men ändå så satt vi där. Hennes hand klappade sakta min hand. Hennes blick mot havet och Bassebeck, vårt mål. Min blick på henne, hennes nacke och stället där hennes käke blev hals. Hon blickar framåt, jag blickar mot henne.

Det är ju så det är.

***

Överseende. Försumbarhet. Jag pallar inte det. Jag kommer fortfarande ihåg när vi övernattade i skogen på Lilljolmen för några år sen. Jag var stolt. Jag fick vara med. Jag var en av dem. Vi hade hängt en del den sommaren, jag, Tompy, Kimmo och Karlos. Och det kändes självklart att jag skulle hänga med när Tompy kom med förslaget. Sova under himlen, kröka lite, kanske få ett ragg. Vi tog med oss lite tyg att sova i, all mäsk vi kunde hitta och lite käk. Jag kommer ihåg att vi sjöng på vägen dit. Solen var på väg ner och svalorna flög lågt. Vi såg en fladdermus. Tompy dödade en duva som vi grillade. Allt var bra.

Efter maten slumrade jag till lite. Jag var småfull, det var ljummet, jag hade knegat som en idiot dagen innan. Inget konstigt med det. Men när jag vaknade, var de andra borta. Försvunna. Jag satt en stund och väntade, men de kom inte. Jag gick en sväng för att kolla om de var i närheten. Men jag såg dem inte. Så jag gick tillbaka till stället där jag sovit. Ingen där. Jag fortsatte att vänta.

Till slut kom de, alla tre. Fnissiga som barn. Fulla som ägg. Nyknullade.

»Var fan har ni varit?«

Jag hörde hur klumpen i min hals förvrängde min röst. Jag såg hur Tompy kämpade med skrattet.

»Men va fan, Toffsingen. Du sov ju. Vi ville inte väcka dig. Så vi drog iväg och ... aaaaah ...«

Han sträckte ut sig i gräset och la huvudet på sina händer.

»... knulla lite. Vi kunde ju inte dricka all mäsk fattar du väl. Måste köpa nåt för den också.«

Kimmo och Karlos fajvade. Tompy log i gräset.

Överseende. Försumbarhet. Jag blir aldrig av med det.

***

Jag vet inte hur länge vi satt så där, jag och Anna. Alldeles för länge var det i alla fall. När solen sakta började rodna, som den gör på försommaren, insåg vi båda samma sak. Vi skulle inte hinna fram till Bassebeck innan det blev natt. Vi såg oss omkring. Det fanns inget ställe att sova på. Landskapet var slätt och obebyggt. Inga träd som fallit omkull. Inga gamla ruckel, inga grottor eller hål i marken.

Till slut la vi oss ner på marken, som var fuktig av ett regn vi inte hade sett. Nattkylan började krypa, och en sak var väldigt säker, vi skulle frysa inatt. Våra kläder var tunna och vi hade inga filtar.

Det enda vi kunde göra var att lägga oss på marken, kura ihop oss till var sitt bylte och härda ut.

I samma ögonblick som jag rullade ihop kroppen till en liten boll slog det mig: det fanns ett sätt att bli lite varmare. Två kroppar kan värma varandra, i alla fall lindra den värsta kylan. Men efter vad som hänt när vi satt på kullen, var det uteslutet. Jag kunde inte föreslå det utan att framstå som en idiot som inte fattade när det var dags att sluta. Skulle inte spela nån roll hur mycket jag försäkrade att det var för kylans skull, att vi skulle slippa lite av huttrandet, att det var så folk gjorde när det var kallt och ingen värme fanns nån annanstans.

Så jag låg som en boll och frös för mig själv. Jag vet inte hur länge det dröjde innan jag somnade, men det kändes som en evighet. Sakta, sakta kröp sig fukten inpå huden. När en sida av mig var helt genomblöt, vände jag mig och lät den lika sakta krypa in på andra sidan. Till slut var jag blöt överallt.

Men jag drömde om värme, konstigt nog. Jag drömde om en värme som tinade upp hela mig och fick min kropp och mitt sinne att vakna, som gav mig lättnad och fyllde mig med belåtenhet. Det var en värme som aldrig blev het, men som heller aldrig tog slut. Jag tror aldrig att jag kommer att få uppleva en sådan värme i verkliga livet, men jag fortsätter att längta efter den.

Jag vaknade av att jag var tvungen att nysa. Nåt kittlade mig under näsan. Jag slog upp ögonen. I samma sekund som jag såg vad det var som kittlade mig, hejdade jag nysningen. Det var Annas hår. Hon låg framför mig, hoprullad, och jag låg bakom henne med armarna runt hennes kropp.

Det var det här som var värmen. Jag sov med Anna. Om jag blundade och lyssnade kunde jag höra hennes andetag, och om jag riktigt koncentrerade mig hörde jag hur hennes hjärta slog. Jag antar att vi hade lagt oss så här när vi sov, utan att vara medvetna om det. Som två frusna djur.

Anna fortsatte att sova medan jag höll om henne. Jag vågade inte ens tänka på att somna om. Jag höll henne så hårt jag vågade utan att väcka henne, och jag rörde mig så lite som det bara gick. Det var alltså så här det kändes att vara nära nån man älskade, det var det här gifta par kunde få varje dag. Det var det här som var ömhet.

Jag tror att det kan ha varit en av de lyckligaste stunderna i mitt liv.

När hon till slut vaknade, sträckte hon på sig och såg hur vi låg.

»Hej«, sa hon bara.

Och så rufsade hon mig i håret. Jag ansträngde mig verkligen för att se om det fanns nåt överseende i hennes blick, men jag kunde inte finna det.

Vi pratade aldrig om det.

***

När jag skriver det här sitter jag på golvet i studiesalen i Bassebeck. För vi är verkligen framme vid resans mål. Det här är Bassebeck. Två av oss har gått förlorade, men jag har förstått att det räknas som väldigt lyckat. Många kommer inte fram över huvud taget, och i vanliga fall är det bara en av fem som klarar sig hela vägen. Så jag antar att vi ska vara glada över det, även om det är svårt att vara glad över att dels ha mist sin bästa vän till en galen dvärgkung, dels att ens stora kärleks mor dog på vägen. Men, som sagt – och som många säger till oss – det kunde ha varit värre. Vi kunde ha dött alla fyra. Vi kunde åkt fast hos nån fullmäktige på vägen och blivit torterade. Så visst borde jag vara glad. Men jag är inte riktigt glad och jag inser att jag låter lite bitter. Kanske är jag det. Kanske är jag bara trött efter den långa resan, och lite snopen över att den är slut. Det har ju hänt så mycket. Så mycket har förändrats, mitt liv har tagit en helt ny vändning. Men jag är ju fortfarande jag.

Så, ja, kanske är jag lite bitter. Det känns som om nåt mer borde hänt med mig, min själ och mitt beteende. Och om jag ska vara helt ärlig – man ska vara det här, det är de noga med – så är det rätt trist här.

Nu virrar jag. Jag måste börja från början.

Jag och Anna vaknade upp efter den där natten då jag fick prova på hur det känns att vara en riktig människa. Vi hade inget att äta, och det skulle bli en regnig dag. Vi gick i hällregnet mot målet, de två stora lådorna till hus med var sin skorsten som såg ut att vidröra himlen. De blev större och större för varje steg. De blev så stora att jag blev rädd. Jag hade aldrig sett nåt så stort och högt. De måste vara byggda av rent stål, tänkte jag, så länge som de stått här helt oskadda.

Och så havet.

Inga andra människor syntes till. Diddy hade haft rätt. Om han sa att vi skulle klara oss dit, så skulle vi det.

Genomblöta, huttrande, hungriga och trötta stod vi då till slut framför portarna. Ett högt stängsel omgav området. Det var byggt av trä, och vid varje hörn övergick stängslet i ett torn. Vi såg inte en människa. Inte ens i de små gluggarna i tornen såg vi nån, allt verkade dött. Vi visste inte vad vi skulle göra. Gå fram och knacka på?

På nåt sätt kändes det lite fånigt. Portarna var säkert tre meter höga. Vad väntade vi oss? Att nån satt där bakom och väntade? Såna här portar knackar man inte på, tänkte jag.

Till slut ropade Anna (varför är det alltid hon som gör och jag som följer?):

»Hallå!«

Hon fortsatte att ropa en stund. Inget hände. Så småningom började vi gå längs stängslet mot det närmaste tornet.

Då hörde vi det. Portarna öppnades. Mitt hjärta slog snabbare än jag hade trott att det skulle göra. Det är nu, tänkte jag, det är nu allt går åt helvete. Lai hade kanske ett lösenord som hon inte hunnit berätta för oss. Vi skulle aldrig komma in och hela resan hade varit förgäves. Allt hade kanske ändrats. Bassebeck kanske hade fallit sen Lai fick sitt uppdrag. Eller så skulle de inte släppa in oss när de såg att Lai inte var med. Kanske var det inte ens Bassebeck det här, vi kanske hade varit fel ute från första början. Det här kanske var en stor fullmäktigebyggnad och vi skulle få så mycket spö att vi inte kunde stå och de skulle våldta Anna igen och så skulle hon få den där tomma blicken som jag aldrig glömmer och ... all världens skit utspelade sig i mitt huvud.

Anna började springa, tillbaka mot portarna och jag följde efter. Som om vi var rädda för att de bara skulle öppna dem en kort kort stund och sen stänga dem igen för alltid. Jag hann tänka, det hann jag faktiskt, att bra, om de stänger porten igen så blir vi tvungna att sova ute igen och då kan det blir som natten innan.

Men naturligtvis blev det inte så. Naturligtvis inte. En vänlig kvinna stack ut huvudet genom den väldiga porten. »Namn?« undrade hon. Vi svarade vad vi hette.

Sen sa jag:

»Det här är väl Bassebeck?«

Hon log och sa, på den där märkliga dialekten vi hört så många gånger de senaste veckorna:

»Ja« (fast det låter ju mer som jaåu), »visst är det här Bassebeck. Men vi säger ju inte så. Här heter det Barrsebeck« (alltså med såna där konstiga r som sitter långt ner i svalget: BaRRsebeck).

»Dröj en stund«, fortsatte hon och lämnade porten lite på glänt.

Det gick en stund. Från dörren hördes några röster, nån skrattade till. Så stack hon ut huvudet igen. Jodå, det stämde. Vi fanns med på listan. Men var var Tompy och Lai? Vi såg ner i marken. Anna skakade lätt på huvudet. Kvinnan nickade. Hon förstod. Porten öppnades på vid gavel och vi gick in.

Hur ska jag beskriva det här? Det var stort, och jag såg inte så mycket folk. Byggnader överallt, de flesta av dem var hela och rena. I några höll de djur, i andra tillverkade de saker. Jag såg en matsal och ett kök. Eldar överallt, där det stektes och kokades, torkades och röktes. Långa längor med vad som såg ut som bostäder. Jag skymtade odlingar bakom några hus.

I mitten låg två enorma hus. När man kom så här nära, upphörde de att kännas som hus. De blev bara stora väggar. Man såg inte ens skorstenarna. På ett av dem satt en skylt. På den stod det, med stora bokstäver: »VAD VAR DET SOM HÄNDE?«

Allt gav ett stillsamt intryck, lugn och ro. Folk slavade inte. Visst knegade de, men det var ingen som var löddrig av svett. När folk såg oss, stannade de till och tittade. Ingen blev sned på dem för det. Jag såg till och med några som bara satt i gräset och pratade – trots att det inte var söndag. De såg ut som folk gör mest, grå eller bruna kläder, barfota så här på sommaren. Enda skillnaden var att de var rena. Det var inte vi, vi hade sovit på marken. Kvinnan som släppt in oss ursäktade att det hade tagit tid. Hon hade varit tvungen att få sig en bit mat, sa hon. Var vi hungriga? Innan vi ens hunnit svara, såg hon hur det var. Vi var utsvultna.

Maten var inte lika fantastisk som hos Diddy, men den var bra nog. Här fanns rovor, potatis och morötter. Smör och mjölk, och till och med lite frukt. Inget kött, men det hade vi fått mer än nog av hos Diddy.

När vi ätit upp tog kvinnan med oss till var sitt rum, där det låg en hög med torra kläder. En lite pinsam situation uppstod när hon tittade på oss och sa nåt om att om vi ville, skulle vi så klart kunna få ett större rum att dela på. Hon visste inte bara riktigt om vi ... och så vidare.

Jag rodnade. Anna skrattade och sa nåt om att så långt har det inte gått ännu.

»Men Toff växer för varje dag«, la hon till.

Varför? Varför ger hon mig dessa halmstrån om hon inte vill nåt? Är det spännande att se hur jag brinner? Vill hon leka med mig?

Eller vad fan, tänker jag alltid när jag får såna tankar. Tänk på att Anna blev våldtagen av en ful jävel mitt i skogen för bara några veckor sen. Tänk på att hennes morsa dog för inte alls länge sen. Tänk på att hon horat en del i Hornschtull och fan vet vad hon upplevt då. Tänk på det, och var inte så jävla dömande. Tänk på hur lite liv du förlorat i jämförelse med henne. Tänk på hur din kropp är oförstörd.

Sen den obligatoriska idioten i mig. Som säger att om hon kunde hora med skyfflarna i Hornschtull kan hon väl för fan ge mig en åktur? Som säger att den enda anledningen till att hon inte vill ha dig är just det här, Toffsingen. Ältandet. Du tänker bara, du gör ingenting. Gör det bara, greppa skinkan hennes och brotta omkull henne och bara gör det för helvete. Det är det hon vill. Hon vill ha en man, inte en grubblande fåne.

Sen alltid, som vanligt, eftertankens slutsats: gör henne inte illa. Man skadar inte den man älskar och åtrår. Man vill henne väl. Hem och runka, Toffsingen. Hem och runka.

I alla fall. Vi fick torra kläder och var sitt rum.

Jag märker att det är svårt att få orden att flyta om hur det ser ut och känns i Bassebeck. Ändå har det här varit vårt mål ända sen den där kalla natten vid Stritstranden. Ändå var det just detta som Lai offrade så mycket för: Att få komma till Bassebeck. Att få vara med om nåt stort.

Men vad är det då vi ska göra här? Jag vet inte. Anna vet det inte heller. Det var inte meningen att vi skulle veta för mycket, och det har de verkligen lyckats med. Jag har vandrat över halva landet, förlorat min bäste vän och sett en människa dö. Men jag vet inte varför, eller vad som förväntas av mig här. Fast det är klart. Jag har bara varit här i knappt två dar.

Vi somnade båda två på eftermiddagen och sov hela natten.

***

På morgonen möttes vi av en man. Han sa han hette Olof (vad nu det ska föreställa för namn) och att han skulle bli vår mentor. Jag har fortfarande ingen aning om vad det betyder. Han tog oss med på en rundtur. Vi såg odlingarna, djurstallen, bostäderna, samlingssalen, studiesalen, köket, matsalen, men det fanns en massa andra byggnader och rum som vi inte såg. Här bodde över femhundra personer, lika mycket som i en normal by. I de stora husen hade de två stora, nej inte stora, gigantiska, enorma salar. Där har de fester och där har de samlingar.

Olof var en tyst, lågmäld man. Han hade ett fårat ansikte och hans ord gjorde omvägar när de kom ut ur munnen. De knixade och slingrade sig, och ibland var orden gamla. Det var som att träffa nån från den gamla tiden.

Efter rundturen visade han oss till ett ganska litet rum. Vid ena väggen stod ett bord och en stol. Framför bordet stod några rader med stolar. På väggen bakom bordet satt en svart tavla, utan nånting på. Olof väntade utanför. Efter en stund kom en annan man in. Han presenterade sig som Kal. Ännu ett märkligt namn. Han sa att det här var vår introduktionskurs. Sen höll han ett långt tal, som jag knappt minns nånting av. Det var fullt av svåra ord, fullt av saker jag inte begrep. Men jag kommer ihåg hur han började.

»Här i Bassebeck försöker vi ta reda på en enda sak: vad var det som hände? Det är det enda som egentligen spelar nån roll. Men för att kunna besvara den frågan måste vi, i en kollektiv kraftansträngning, rådbråka våra egna minnen och utnyttja våra resurser, både mentala och fysiska, till ett absolut maximum.«

Nånstans där slutade jag hänga med. Han pladdrade på och minst vartannat ord var obegripligt. Jag fattade i stort sett bara en grej: i Bassebeck försöker man ta reda på vad som egentligen hände. Varför den gamla tiden inte finns längre, varför det inte är som i boken om Will och Marcus. Varför allting bara försvann.

Sen fattade jag att vi ska börja med vad de kallar för en »orienteringstid«. Det betyder tydligen att man provar lite olika grejer för att se var man passar bäst. Det finns nåt som heter biblioteket sa Kal. Där läser man, sorterar alla böcker de har och hjälper andra som vill läsa. Där vill jag jobba. Jag kan inte tänka mig att jag passar bättre för nåt annat.

När han pratat färdigt gav han oss var sitt papper. Bara ett vanligt papper med text på. Men det var inte vilken text som helst, det var boktext. Alltså inte text skriven med penna. Utan sån där fin text, text som den ser ut i boken. Fast helt ny. Pappret doftade mjukt, lite unket och vått. Det var en god lukt.

***

Vad Toff får i sin hand är helt enkelt ett tryckt papper. I Bassebeck hade man lyckats reparera en gammal tryckpress, som man använde för att göra blad som detta. Lukten Toff känner är helt enkelt färsk trycksvärta. Toff klistrade in pappret i sin bok.

Muham Bentson

***

Välkomna till Bassebeck!
För att Er vistelse på Bassebeck ska bli så angenäm som möjligt, är det viktigt att Ni läser detta informationsblad. Här följer ett antal råd och anvisningar, som måste följas av alla Bassebecks invånare. För nytillkomna, som vant sig vid livet utanför Bassebeck, kan det vara viktigt att komma ihåg följande: här råder humanitet. Om Ni inte följer dessa råd och anvisningar, kommer inget kroppsstraff att utgå. Vi lever i fred med varandra. På sin höjd kan man få en reprimand från ledningen. I extrema fall kan man bli avvisad från området. Det har dock aldrig inträffat.

1. *I Bassebeck respekterar vi varandra. Stöld, misshandel, övergrepp och dylikt är inte på några villkor acceptabelt.*
2. *Kom ihåg att behandla andra som Du vill bli behandlad själv. Läs både Bibeln och Kant!*
3. *Alla arbeten är lika mycket värda. Alla kunskaper är lika mycket värda.*
4. *Kom ihåg att historien är vägen till en ny framtid. Lär Er minst en ny sak om den gamla tiden varje dag.*
5. *Närvaro vid summeringsmötet vid veckans slut är obligatoriskt. Underlåtelse att närvara innebär böter. Detta eftersom summeringsmötet är den viktigaste punkten i vårt arbete.*

Slutligen. Den mörka tiden är snart över. Våra barn kommer att leva i framtiden.

Välkomna!

***

Detta dokument, som Toff får i sin hand med fortfarande fuktig trycksvärta, är mycket intressant. Här ser vi en av de tidigaste formuleringarna av den nya tidens grundvalar. Man kan riktigt se hur den som skrivit texten, hans eller hennes namn är okänt, ser framför sig hur en ny tid breder ut sig och hur han eller hon själv är med och skapar den. Texten vibrerar av framtidstro och idealism. Intressant är också hur man refererar till såväl Bibeln som Kant; det kristna budskapet och Kants kategoriska imperativ var tydligen redan allmängods bland dessa tidiga utbildningsrevolutionärer.

När Toff nu nått målet på sin resa, inträder en ny fas i *Toffs bok*: Toffs bildningsresa. De följande kapitlen är kanske den bästa läsning som finns om man vill lära sig något om de strömningar som till slut ledde till den nya tidens ideal. Dessutom leder de ju fram till vad som kanske utgör den mest romantiska och fängslande historiska gåtan idag: vad hände med Toff?

Muham Bentson

***

När jag fick pappret i min hand insåg jag att jag verkligen var här och att det var på allvar.

Vi, jag och Anna, skulle hjälpa till och skapa en bättre värld. Jag kände mig viktig, och jag känner mig fortfarande viktig när jag sitter här i studiesalen och skriver. De gillar att jag skriver, det ska jag fortsätta med, säger de. Men jag är egentligen rätt trött på att skriva. Jag vill mest läsa.

Jag har fått veta lite om Bassebecks historia också. Ingen vet tydligen exakt hur länge det har funnits oliktänkande (så kallar de sig själva) här. Men det är i alla fall länge. De tog sin tillflykt hit när saker och ting började gå på tok där ute. Hit vågade ingen komma, eftersom alla var så rädda för radotiviteten. På den gamla tiden var detta en sorts fabrik för att göra energi. Jag har inte förstått exakt vad det var, men tydligen behövdes det för att få alla maskiner och sånt att fungera. När man gjorde energin blev det radotivitet, och den var farlig. Ungefär som att det ryker när man eldar. Därför var folk här omkring rädda för att komma hit. Men till mig har man sagt att det inte finns nån radotivitet, att den bara är ljug. Ingen har dött här av annat än naturliga orsaker, säger de. Bara att hoppas att de har rätt.

Det Bassebeck som finns nu, har funnits i typ tio år. Det var då de bestämde sig för att »strama upp verksamheten«. Sen dess har fler och fler anslutit sig, de försöker sprida ryktet så mycket som möjligt. Runt om i hela Svärje finns klubben, som ska hjälpa folk att komma hit, precis som de hjälpte mig, Lai, Anna och Tompy. Jag är bara en av många som kommit hit på precis samma sätt.

Jag har sett deras böcker nu, alla deras böcker. Jag har fått skriva in mig i »registret« för att komma in på biblioteket. Där står det vakter i varenda hörn, som ser till att ingen tar nån bok som man inte fått en »rekvisition« på. Och man måste ha vita vantar på sig när man bläddrar. Där finns hundratals, kanske tusentals böcker. De står bredvid varandra i rader på hyllor som går långt upp i taket. Jag har bara tittat lite på titlarna, och allt ser underbart ut. Men det som de är mest stolta över är tidningarna. De har tre hela årgångar: DN från 2004, GP från 2004 och DN från 2007. De sitter i stora, hårda pärmar och man får vara väldigt försiktig när man bläddrar. En gång hände det att en snubbe spillde sockervatten på en av tidningarna. Han får aldrig komma in i biblioteket igen. Dessutom finns det strötidningar från andra årtal, bland annat några exemplar av Svenska Dagbladet. Han som visade oss runt sa att tidningarna var »den renaste nyckeln till den gamla tiden vi har« och att det var »Herrens försyn att vi kom över de här fullständiga årgångarna från ett nästan helt raserat bibliotek«.

Jag fastnade speciellt för en bok. Den hette *Da Vinci-koden*. Jag vet inte varför just den titeln fastnade i huvudet på mig. Jag ska läsa den först. Sen ska jag läsa allt annat. Och då menar jag allt.

Innan jag går härifrån och sover min fjärde natt i Bassebeck, måste jag säga en sak. Hur underbart det än är att vara här. Hur viktig jag än känner mig, och hur fantastiskt det än känns att dela nåt sånt här med just Anna, så känner jag mig lite ... jag vet inte riktigt hur jag ska uttrycka det. Men jag tror att jag känner mig dum, helt enkelt. Lite för liten. Som om jag var fem år och lekte med de stora grabbarna som var åtta. Inte som jag kände mig i Hornschtull när jag satt och var tyst medan de andra krökade och skröt om brudar. Då var jag bara utanför. Nu vill jag vara med, jag vill vara en av alla de andra och jag vet att jag kan och får vara det. Men mina ord är för enkla. Mina kunskaper för små. Jag vet inte hur man säger hej på rätt sätt. Jag vet inte hur man beter sig när man äter. Det är som om alla vet hur man gör utom jag. Som om det finns saker de pratar om när jag går ut från rummet.

När jag kom in i studiesalen där jag nu sitter och skriver, vände sig alla om och tittade på mig. När de sen fortsatte läsa eller skriva eller vad de nu höll på med, tyckte jag att stämningen var annorlunda. Jag tyckte precis att han bakom mig stötte till bruden bredvid honom och viskade nåt. Om mig.

Kanske är det bara jag som är nojig. Det har ju hänt förr, det ska gudarna veta (så sa Kal under introduktionskursen idag, det är ett fint uttryck).

Jag arbetade min första dag idag, i matsalen. Jag plockade disk och slängde sopor. Slevade upp mat och hällde upp vatten. Jämfört med att skyffla grus eller kånka grejer var det ingenting. Folk sa tack. Jag fick ta två pauser. Och så fick jag pengar. Pengar! Det är papperslappar, tryckta med samma fina bokstäver som på pappret jag fick. Man kan handla för dem i affären, som ligger alldeles bredvid biblioteket. Jag har inte gått dit ännu, men jag ska när jag är färdig med att skriva idag.

Eller vad fan skit samma. Jag skriver sen. Jag måste se vad jag kan få för pengarna.

***

Öl. Herregud jag har smakat öl. Jag har smakat himlen. Jag har smakat nåt som är gjort av den gamla tidens Gud. Smaken var inte god först, den var svår. Men efter tredje klunken öppnades en lucka i huvudet. Ett rum där jag aldrig varit förut, ett rum för smaker som jag inte trodde fanns. Jag tog sakta klunkarna var för sig. Så att varje droppe öl skulle sätta avtryck på tungan och i huvudet. Beskt och samtidigt milt. Surt och samtidigt sött. Skummande, kallt (hur har de fått den kall?).

Glaset med öl kostade fem kronor. Jag ville köpa ett till, men det fick jag inte. Bruden i affären förklarade för mig att man inte får köpa mer än en öl på vanliga dagar. På helgerna (man får TVÅ lediga dagar här!) får man köpa tre öl. När det är fest, och det är det kanske en gång i månaden, får man köpa hur många man vill. Först blev jag förbannad. Hade inte Kal sagt att det här var »en ö av frihet i ett hav av repression och tyranni«? Jag hade ju fått mina pengar för mitt arbete, skulle jag inte få göra vad jag ville med dem? Jag sa inte så, men det märktes att jag blev irriterad. Jag har inte druckit speciellt mycket på rätt länge och jag kände redan hur ölet började verka.

Hon log och sa att de flesta nya reagerade på det sättet. Men det var för vårt eget bästa. »Man skapar inte en ljusare framtid på fyllan«, sa hon och log ett leende som jag skulle tyckt var sjukt irriterande om det hade varit hemma i Hornschtull. Nu visste jag inte vad jag skulle tycka. Det blir ofta så här i Bassebeck, har jag märkt. Jag vill så gärna passa in här så när jag känner nåt som inte är rätt så känns det bara jobbigt. Två viljor i en och samma Toffkropp.

Men egentligen hade hon ju helt rätt.

Jag lugnade mig och kollade in allt annat de hade i affären. Där fanns en hel del vanliga grejer: Kläder, trasor, kuddar, knivar, papper. Frukt, torkad svamp, ägg och lite kött. Potatis, rovor, morötter.

Och öl, så klart. I ett hörn av affären låg buntar med papper som var hopsatta, och när jag frågade vad det var, svarade hon att det var tidningen. Jag köpte ett exemplar. Jag ska läsa den när jag slutat skriva det här.

Det fanns en del andra grejer som jag inte visste vad de var. Men jag orkar inte beskriva dem nu. Måste läsa tidningen.

***

Här nedan är fyra sidor från tidningen inklistrade. De är tryckta i samma tryckpress som informationsbladet Toff fick under introduktionskursen. Vi vet ingenting om skribenterna, förutom deras namn (förmodligen är det Kal som skriver under rubriken »Ledarskapet har ordet«, den Kal som håller i Toffs introduktionskurs). Det verkar dock som om det var en utvald grupp skribenter som skrev och redigerade Bassebladet. Med andra ord utgör de den första kända fria tidningsredaktionen efter den fria pressens fall. Visserligen kan det diskuteras huruvida Bassebladet verkligen var en fri redaktion i ordets ursprungliga, demokratiska bemärkelse. Jag kan inte tänka mig att de skulle tagit in en artikel som oförblommerat skulle hylla fullmäktigestyret och propagera för den rådande ordningen. Å andra sidan var heller inte den klassiska pressen – som fanns i Sverige under 1900-talet och det tidiga 2000-talet – fri i den bemärkelsen. Även där var antidemokratiska yttringar bannlysta, såväl som rasism och andra styggelser. Bilden av den klassiska pressen som fullständigt obunden har länge varit den allenarådande i akademiska kretsar. På senare tid har man dock omvärderat det en aning, och det står nu bortom allt rimligt tvivel att även klassiska publikationer som Dagens Nyheter, Svenska Dagbladet, Göteborgs-Posten och Sydsvenskan faktiskt inte var den arena för fria tankar man tidigare trott.

Med detta i åtanke träder bilden av Bassebladet som en oerhört progressiv publikation fram; en av de saker där kollektivet i det före detta kärnkraftverket verkligen lyckades duplicera den klassiska svenska tiden.

Muham Bentson

***

NR 12 15 juni 2251

BASSEBLADET

STORA FRAMSTEG I LABBET

FOTOSTATKOPIERING SNART MÖJLIG

Snart kommer vevandet vid stencilapparaten att vara ett minne blott. När fotostatkopieringen kommer igång, räcker det med ett knapptryck.

»Jag bedömer att det bara är veckor kvar«, säger Massod Len, chef för det tekniska labbet.

Snart kan Bassebeck ha en egen fotostatkopieringsapparat. Med en sådan i drift, kommer den gamla stencileringsapparaten att kunna kasseras för gott. Genombrottet kom när en av de anställda på labbet av misstag kom åt två kablar.

»Vi hade ingen aning om att just de kablarna var instrumentella för genomförandet av den här reparationen«, säger Massod Len.

En fotostatkopieringsapparat är en stor och komplicerad maskin. Ingen på labbet är säker på exakt hur den egentligen fungerar, men man nöjer sig med att få den funktionsduglig. »Det är ändå det som är vår primära uppgift«, säger Massod Len.

Istället för att veva fram sina kopior, behöver man nu bara trycka på en knapp. Spelar ingen roll hur många kopior du vill ha, ett knapptryck räcker.

Naturligtvis behöver fotostatkopieringsapparaten elektricitet, vilket ställer ytterligare krav på energienheten. Men varken Massod Len eller chefen för energienheten, Magga Nils, ser det som ett problem.

»Vi ser det bara som en utmaning. De elektriska apparaterna blir fler och fler, och det är vårt jobb att se till att det finns nog med energi till dem«, säger Magga Nils.

Lala Sven

Bröt benet

Igår, fredag, bröt en av de våra sitt högra ben i en olycka. Mannen, som inte vill förekomma med sitt namn i tidningen, föll från hög höjd under ett reparationsarbete. Även om han led svårt av smärtorna, kommer han snart att kunna gå igen, meddelar man från sjukhusets ledning.

Tillfällig försening

En viss irritation kunde skönjas när vattentillförseln till badhuset tillfälligtvis avbröts i söndags. Tre personer, en man och två kvinnor, blev stående i duschen utan vatten. Vatten och avloppsenheten kunde dock snabbt avhjälpa problemet. Orsaken till avbrottet är ännu okänd.

Nytillskott från Stockholm

Bassebeck har fått två nya invånare. Toff Janne och Anna Pelle är ett ungt par från Hornschtull i Ståkkålm. De förlorade blott två av sina reskamrater på hitresan och båda säger sig vara mycket glada att vara här. De har precis inlett sin introduktionskurs.

Krönika/Lia Selasi

Man sitter vid bordet och läser. Man gör sina pass i svinstian, i matsalen, i verkstan och vid porten. Man får sin öl och sin dans med den där snygga snubben man spanat på. Veckorna går, blir till månader och man inser att hoppsan. Jag har blivit ett år äldre. Jag har ett grått hår vid tinningen och ingenting – absolut ingenting – har förändrats. Eller har det det?

Om man får tro de våra, ledningen, våra vänner som bestämmer (fast det skulle de aldrig erkänna att de gör, eller hur?) så har visst nånting hänt. För varje bok jag läser ökar min förståelse för den gamla tiden, och därmed för den framtid vi tillsammans skapar. Den ska ju bli som då. Som det en gång var.

Och för varje spadtag grisskit jag skyfflar ökar jag vårt välstånd. För varje tallrik jag diskar i matsalen har nån av de våra fått mer energi att bekämpa okunskapen och illusionslösheten bland dem som ännu inte förstått storheten i att veta att man en gång i tiden hade specialtillverkat papper för att torka skitan med.

Ni får ursäkta mig, men jag börjar tröttna. På det här. På lunken, på det förment storartade i varje tröstlös liten knegarpryl jag gör. Jag saknar det grandiosa. Jag saknar den revolution jag trodde jag hade kommit hit för.

Kan ni höra dem nu? Kan ni höra ledningens trötta argument? Tålamod, vännen. Tänk på hur lång tid det tog att bygga upp det vi sen förlorade så snabbt. Rom byggdes inte på en dag. Jag gäspar bara jag tänker på det.

Nej, Rom byggdes inte på en dag. Men det här är inte Rom. Vi ska bara se till att ett gäng obildade knegare fattar att man kan ha roligare än att dricka mäsk och slåss. Vi ska inte bygga Colosseum eller anlägga vägar över hela Europa med våra bara händer. Det handlar bara om att ta oss ut dit och berätta som det är. Jag kan göra det. Jag menar, ge en daft jävla knegare en bira om dan och han gör vad fan som helst. Han kanske till och med läser en bok. Kanske en bra bok.

Jag tror på allvar att ölet är vårt främsta vapen. Med det som argument kan vi vinna de flesta; det vill säga de indifferenta. De som egentligen inte vill nåt. Och de är ju vår viktigaste målgrupp eller hur?

Eller har jag missuppfattat allt igen?

Lia Selasi

Ledarskapet har ordet

Kära bassebeckare!

Veckan som gått har varit en god vecka. En vecka som många andra veckor, men icke desto mindre en god vecka. Vi har i det här numret läst att det tekniska labbet är nära ett genombrott med fotostatkopiatorn. Det är mycket glädjande. Med den som verktyg kommer vi att kunna reducera antalet arbetstimmar i stencileringsrummet, vilket i sin tur innebär att större resurser kan sättas in där vi bäst behöver dem. Dessutom skulle en fotostatkopieringsapparat innebära en ökad möjlighet att föra ut vårt budskap utanför Bassebecks murar. Flygblad skulle kunna tryckas i stora kvantiteter.

Det har dessutom varit en vecka av lugn och ro. Enligt de underrättelseuppgifter vi har att tillgå, håller sig de närliggande fullmäktige lugna. Den relativa oro som präglade förra årets sista hälft har lyst med sin frånvaro. Vi vet inte riktigt av vilken anledning detta har skett. Hoten och de små skärmytslingarna som präglade hösten och vintern fick ett plötsligt och oförklarligt slut, som vi bara kan tacka en högre makt för.

Vissa av oss i ledningen tolkar detta som att fullmäktige i närheten är svaga och oorganiserade. Kanske är det så. Men andra i ledningen – däribland undertecknad – fruktar att det lugn vi nu ser kan ha bistrare undertoner. Kanske samlar de styrkorna för ett sista, förödande slag mos oss. Vi hoppas naturligtvis att vi har fel, men man vet aldrig. Våra källor där ute är förvisso välunderrättade. Men de ser bara väldigt begränsade delar av vad som försiggår. De ser av naturliga skäl inte helheten, och därmed saknar vi också en helhetsbild.

Avslutningsvis, kära vänner, vill jag uppmana alla att delta i festen nästkommande lördag. Avkoppling och nöjen är en förutsättning för ett rejält dagsverke, och därmed för en ljusare framtid.

Vänligen
Kal Rune

***

Tiden går. Jag har inte räknat dagarna sen jag skrev senast. Jag läser böcker, jobbar och lär mig saker. Tror jag börjar få kläm på det här. Jag gav upp den där *Da Vinci-koden*. Dels var den full av referenser (nytt fint ord jag lärt mig) till saker jag inte förstod. Mona Lisa? Judas Iskariot? Louvren? Dels var den inte lika skön att läsa som *Om en pojke*. Orden flöt inte på samma sätt. Meningarna hade ingen djupare mening. När folk sa nåt, kändes det inte som om de verkligen sa det. Deras ord var mer påhittade. Naturligtvis var de lika påhittade i *Om en pojke* – men i *Da Vinci-koden* kändes det inte som om det var riktiga personer som pratade.

Nu har jag börjat läsa en bok som heter *Låt den rätte komma in*, och den gillar jag bättre. Den vimlar också av saker jag inte förstår (men det gör ju i och för sig *Om en pojke* också). Vampyrer! De andra barnen brukade leka vampyr när jag var liten. Det såg alltid roligt ut, lite farligt och spännande. Tänk att det fanns vampyrstorys redan på den gamla tiden.

Det är nog så att om en bok är tillräckligt bra, tillräckligt fängslande heter det nog, så bryr man sig till slut inte om de saker man kanske inte förstår. Historien förlåter. Personerna förlåter.

Jag hoppas du, vem du nu än är, förlåter mig för det du inte förstår. Och för det du inte tycker om.

***

Jag läser allt mer, skriver allt mindre. Är inne på min femte bok (och då har jag inte räknat *Om en pojke*). Jag jobbar också, mest i köket faktiskt. Men det är bara timmar. Det enda jag tänker på är böckerna. Snart måste jag bestämma vad jag ska göra här i Bassebeck. Man kan ingå i det roterande laget, tydligen. Då gör man precis det jag gör nu: byter jobb hela tiden, fyller på där det behövs. Men man kan också specialisera sig. Först ville jag till biblioteket, men jag tror jag skiter i det. Jag kommer ju att få tid att läsa ändå. Ska fråga Kal om råd. Han är väldigt klok.

Om Anna och mig. Vi har kommit ifrån varandra lite. Och det känns bra. Jag slipper hennes lockelse, jag slipper tampas med min egen taffighet. Hon får andra jobb än jag, och de andra här har börjat fatta att vi faktiskt inte är ett par (trots det som stod i tidningen!). Jag blir närmast förintad när jag ser deras ansiktsuttryck. Jaha, säger deras ansikten, jag visste väl det, inte kunde en så ful snubbe vara ihop med en sån snygg brud.

En snubbe sa till och med det som alla verkar tänka: »Jag trodde väl det.«

Jag ska släppa det här med brudar helt och hållet. Jag ska läsa. Jag ska skriva. Jag ska tänka. Jag ska njuta av hårt arbete utan att bli spöad.

Jag ska bli som den gamla tidens munkar.

***

Så sätter sig Toff, efter sina arbetspass och summeringsmöten, för att läsa. Och som han läser! Han är som en svamp. Med ett svältfött barns aptit tar han sig an allt han kommer över. Enligt vad man kan utröna i hans ganska sparsamma redogörelser, som ni snart ska få läsa, har han ett enormt brett spektra. Lexikon, romaner, poesi, skolböcker och tidningar. Idag vet vi ju betydligt mer om den gamla tiden – det klassiska Sverige – och jämför vi vår kunskap med Toffs ser vi att han hade rätt i de allra flesta fall. Han har förstått vilken enorm källa till kunskap den klassiska pressen är, vilket anseende en publikation som Dagens Nyheter hade. Den var i det närmaste okränkbar, i sin stolta iver att försvara de goda värdena. Han har förstått vilka undermåliga publikationer den så kallade kvällspressen var. En av de stora gåtorna i forskningen om det klassiska Sverige är hur de kunde överleva. Med den bildningsnivå gemene man hade under det tidiga 2000-talet, är det knappast troligt att någon kunde tänka sig att betala pengar för ett nummer av Expressen eller Aftonbladet. Än mindre troligt att ett företag skulle kunna betala dyra pengar för att annonsera i dem. Förmodligen handlar det om ett ondsint konglomerat, bestående av politiska intressen och så kallade »doku-såpor« – även om det är oklart vad det egentligen var – som slog sig ihop för att på så sätt få en plattform för sin propaganda. Förmodligen avlönades de överraskande kompetenta kulturskribenterna på kvällstidningarna av detta konglomerat, som på så sätt fick mer så kallad »kredd«. Märkligt nog finns inte ett enda exemplar bevarat av någon av kvällstidningarna. Kanske är det bäst så.

Toff har också på ett enastående målande sätt lyckats beskriva gatuscener från 2000-talet. Hans inlevelseförmåga är anmärkningsvärd. Att en obildad pojke från Stockholm lyckas tillgodogöra sig sådana litterära giganter som Kajsa Ingemarsson och Ed McBain utan att avskräckas är onekligen imponerande.

Muham Bentson

***

Fyra månader har gått, tror jag. Jag har blivit lite dagvill. Men låt oss säga fyra månader. Det har varit fyra månader av konstant läsning och slit i köket. Ibland har jag hoppat in som bibliotekarie. Men huvudsakligen har jag skrapat matrester av tallrikar, diskat, slevat upp mat och hällt av potatis. Det sista jag skrev innan det här var att jag ville bli som den gamla tidens munkar. Det har jag lyckats med, med ett enda undantag. Fast mer om det senare.

Det har varit en befrielse att inte skriva. Till slut blev det en ständig börda, ett dåligt samvete som gjorde mig tung. När jag fattade beslutet att låta pennan vila ett tag, var det som om en del av min dysterhet, som jag burit med mig hela vägen från Hornschtull, bara försvann. Jag tog av mig min ledsna mössa och satte på mig en piggare, mer nyfiken och eldig hatt. Jodå, jag har nog blivit bättre på liknelser av att läsa så mycket.

Och jag har lärt mig så mycket. Så otroligt mycket. Mina ögon har öppnats för en helt ny värld, och för den här världen. Nu ser jag tydligare vilka strukturer vi måste krossa för att bygga det nya. Men även det får jag ta vid ett senare tillfälle.

Nu måste jag skildra vad som händer här.

För några veckor sen kom det några oanmälda snubbar till porten. Oftast, som när jag och Anna kom, vet de om att man är på väg. Meddelandet har gått via duvor och budbärare. Rykten färdas alltid snabbare än människor. Men det här var tre oanmälda snubbar. De var skärrade. Smutsiga och rädda. En av dem luktade skit. Alltså verkligen skit. Med en gång de kom in genom portarna, började hela Bassebeck surra: Vilka var de? Vad ville de? En del trodde de var agenter från fullmäktige som snart skulle dra och ta med sig information om oss. Andra trodde att de var första tecknet på att vi hade börjat få ut vårt budskap, att de var avhoppade fullmäktigesnubbar eller skyfflare. Ingen visste, alla gissade. Men vi förstod att nåt var på tok när vi såg ledningen. De visste nåt, och det hade med de tre snubbarna att göra.

De tre snubbarna sattes i ett rum, och Kal och de andra i ledningen kom dit för att fråga ut dem. De satt där inne i flera timmar. Vi som stod utanför, jag tror nästan hela Bassebeck var där, hörde hur rösterna sjönk och steg. Hur de ibland höjdes tills de skrek. Nån blev förbannad, slog knytnäven i ett bord. Men vi hörde inte ett ord av vad som sas. När ledningen kom ut från rummet, försökte alla tyda deras ansikten. Glada? Ledsna? Bekymrade? Arga? Det var svårt att säga.

Det blev en natt av rykten. Jag tror inte att nån sov.

På morgonen, det var en av de där morgnarna man vet ska ge nåt: klar och kall, hög luft och tydligt väder, fick vi veta att det skulle informeras klockan elva. Informera betydde big njus. Kanske kursförändring. Kanske nya direktiv. De nuvarande direktiven hade de haft i över ett år, och de var de skönaste de nånsin hade haft, har jag fått lära mig. Många var oroliga för att några av de skönaste prylarna – ledigheterna, festerna, ölransonerna – skulle dras ner.

Så när Kal ställde sig på det lilla podiet klockan elva, vibrerade luften av förväntan och oro. Han var en liten man, Kal, och trots att han stod på ett podium var det flera snubbar som var längre än han. Han drog efter andan.

»Som ni alla vet fick vi besök igår. Tre snubbar knackade på vår port, utan att vi på förhand visste att de skulle komma. Bara det är skäl nog att vara misstänksam. Diddy brukar alltid varna om nåt oförutsett händer. Men när vi började prata med dem, blev vi än mer oroliga.«

Kal tystnade och drog efter andan igen. Vinden rufsade hans hår. Solen sken kallt.

»Jag ska inte dra ut på det här, mina vänner. De kommer. Fullmäktige kommer. Starkare än nånsin. De har gått ihop, och de tänker krossa oss.«

Jämret steg. Mumlandet tilltog. Kal höjde rösten.

»Från och med nu gäller undantagstillstånd. Alla ska anmäla sig på mitt kontor för att tilldelas en uppgift.«

Sen sa han inget mer. Han bara gick av podiet. Jag hade förväntat mig nåt slags hejarop eller förmaning. Typ »Tillsammans är vi starka!« eller »Vi står och faller enade!« eller vad fan som helst egentligen. Jag har läst så många böcket där de krigar och kämpar så jag vet att det är sånt man sa när det var krig på den gamla tiden. Jag hade velat höra det. Det hade nog känts lite bättre. Eller så hade det bara känts ihåligt. Jag vet inte.

Efter hand fick vi veta mer. Uppgifter sipprade in från de spejare vi skickat ut, från fler snubbar som kom och knackade på och från ledningen.

De sätter upp ett papper med upplysningar på dörren till Kals kontor ibland, men det är nästan alltid sånt alla redan vet.

***

Detta kan vara den sista striden säger de, de som vet. Enligt de källor vi har, det vill säga de modiga brudar och snubbar som försöker sprida vårt budskap ute i de fullmäktiges land, ska tre eller fyra fullmäktige ha enats om att krossa oss. De samlar styrkorna. Erbjuder både snubbar och brudar mängder med mat i flera år, egna små potatisåkrar och tillstånd till försäljning. Allt för att de ska riskera sina liv för att köra ut oss härifrån, mörda oss, tortera oss, våldta oss och skingra hela tanken med Bassebeck för vinden. Under flera år har fullmäktige runt omkring oss då och då gjort små försök att antingen krossa Bassebeck eller bryta sig in för att sno, våldta och förhöra folk. Men nu har de tydligen dragit ihop mer folk än nånsin.

Naturligtvis är jag skitis. Det är alla. Jag sover dåligt, nekar mig själv alla roligheter. En konstant iskyla strålar ut från magen. Men den är inte som förr, inte som när jag hade mitt pinsamma rendez-vous med Anna under brofästet. Det var en iskyla utan mening. Det här är en iskyla inriktad på en enda, maximalt meningsfull sak: överlevnad. Vad fan som än händer ska jag överleva, och föra det här – min bok, min tankar, hoppet om en bättre värld – vidare. Så tänker alla.

Jag inser först när jag skriver det här att jag har blivit modig.

***

Det sägs att det kanske bara är dagar kvar. Vi får inte läsa längre på vår fria tid, vi ska förstärka murarna, lära oss närstrid och studera krigsstrategier. Jag har, i kraft av min patetiska fysik, fått uppgiften att se till så att logistiken av mat till värnet fungerar tillfredsställande.

Om vi, under en eventuell attack (vilket blir allt troligare), försvarar oss med etthundrafemtio man uppe på värnet, måste de få mat minst tre gånger per dygn. Det innebär fyrahundrafemtio portioner mat per dygn, som ska fraktas upp för en enda smal trappa. Vi har inte nog med folk för att nån eller några ska kunna bära upp allting. Därför har jag konstruerat ett repsystem, som kommer att kunna frakta upp all mat i korgar och lådor. Jag har fått ledningens gillande för detta.

Se så jag skriver. Jag skriver som de.

***

Nu kan vi höra dem. Min nya polare, Famsa, som jag delar försvarsposition med, är vit i ansiktet och skiter enligt honom själv vatten var femte minut. Jag har aldrig sett en vuxen man så rädd. Vi sover och äter i en liten koja, som vi fått oss tilldelade. Inte mer än ett skjul av några plankor. Stampat jordgolv, inga fönster. Inga möbler, bara två sovplatser. Här ska vi bo tills de kommer.

Famsa slingrar sina fingrar runt surrningen på den yxa han alltid bär med sig och säger saker som:

»Jag tror inte de kommer idag.«

»De kommer nog när som helst.«

»Var inte orolig Toff, jag nackar de jävlarna.«

»Om jag kolar, tar du hand om mina prylar?«

När han tror att jag inte ser, sitter han med händerna runt knäna och vaggar fram och tillbaka. Han mumlar för sig själv, nynnar och kör in sina naglar hårt, hårt i pannan. Ibland bara blundar han och andas djupt. Han är i och för sig en av de rätt få som faktiskt är födda i Bassebeck. En äktis, kallas det för. Äktisarna är stolta över att vara äktisar. Men de är räddare än oss andra nu. Tror fan det, egentligen. De flesta av dem har aldrig varit utanför Bassebecks murar. Det enda de vet om världen utanför är vad vi berättar för dem, och vi som har kommit hit är ju här för att vi avskyr fullmäktige och skyfflare. Deras bild av världen utanför bygger på våra skräckhistorier om spöstraff, hårt arbete, dragiga lägenheter, dålig mat och allt det där. I och för sig är det ju sant. Det är åt helvete utanför murarna. Men det man har sett, andats och luktat är på riktigt. Och det som inte är på riktigt blir till en saga, som blir en skräckhistoria. För Famsa är detta alla hans barndoms mardrömmar, fast på riktigt.

Vi som kommer utifrån vet att livet utanför Bassebeck faktiskt kan ha sina poänger. Lukten av grillad morot och nyöppnad mäsk den första lediga dagen på våren. Kvällarna när Drakensnubbarna mötte Plankansnubbarna i foppoll på Långolmen, när dammet stiger över planen en ljummen sommarkväll. Känslan av fullkomlig glädje när knegarlaget slog skyfflarlaget den där fuktiga brittsommarkvällen. Ljudet av barnskratt när nån av de gamla berättar storys kring elden en råkall höstdag på innergården.

Men Famsas rädsla gör mig stark. Jag är ful, han är vacker. Han är stark, jag är svag. Han är rädd, jag är sammanbiten.

Visst, det ska erkännas, han ska upp på värnet och slåss när de kommer. Jag ska se till så att potatis och smör langas upp. Men ändå.

När de hörs, hör vi att de är många. Fler än vi hoppats. Vi hör spridda rop och skratt som slits sönder av vinden. En gång ett skrik från en av våra spejare som de torterade. Jag tror han hette Frank.

Den enda spejare som tog sig tillbaka helskinnad sa att de var fler än myrorna i en myrstack. Han var skärrad, stackarn.

Det kan bara vara timmar kvar nu.

***

Jag kommer faktiskt ihåg exakt när jag insåg att jag inte var modig. En gång när jag var liten blev jag överlycklig när några av de andra – de som vanligtvis slog mig och gjorde mitt liv till skit – frågade om jag inte ville henka till Tantlunden för att jaga råttor. Jag vet inte varför de frågade mig. Kanske ville de se vad jag gick för, kanske hade nåns morsa som kände min morsa sagt åt dem att bjuda med mig. Det spelade ingen roll. För de frågade mig, och det var nog. Det var sommar och ljust mitt i natten. Jag fick en slangbella. Jag var med och spejade och jag kommer fortfarande ihåg känslan av att få finnas mitt ibland de vanliga barnen (jag kallade dem så) utan att varken vara rädd eller förödmjukad. Vi satt under järnvägsbron, vid Bananhusen, och väntade på råttorna. Ingen vind, ljummet i luften. Det stoff som lyckliga barndomsminnen vävs utav.

Om det inte hade varit för den där jäveln som skulle börja jiddra. Jag antar att han inte kunde stå ut med att en mes som jag var med bara så där. Eller så hade de kommit överens om det här långt tidigare. Han, jag har glömt hans namn, började i alla fall jiddra om att ingen fick vara med på riktigt förrän man gjort »mandomsprovet«. Mandomsprovet bestod i att döda en råtta med händerna, och sen dricka blodet.

Jag visste det med en gång när han sa det där. Jag bara visste.

Nej, det kommer jag inte att göra. Jag vågar inte. Jag sa det inte, utan skakade bara på huvudet, panikslagen. Och så skratt, knuffar, sparkar och det lyckliga barndomsminnet var förbytt i en skam jag kan känna än idag.

För jag är inte modig. Jag är skraj för det mesta. Men Famsa är mer skraj än jag, och han är både snygg och tuff.

***

Timmarna har gått och blivit till dagar. De gömmer sig bakom en kulle. Inställningen är fortfarande att de kan komma när som helst. Ju fler timmar och dagar som går, desto mer slappnar vi av. Fast det är en avslappning som inte ger nån lättnad. Det är en avslappning under press. Under alla samtal vilar trötthet och oro. Jag hör folk runt omkring mig säga såna här saker varje dag:

»Jag tror fan inte att de kommer. De har blivit skitis. De måste ha sett våra värn. Vi grejar det här!«

Men man hör på allas röster. Man ser på deras stela leenden och deras kroppar att de inte menar ett ord. De säger det för att de vill tro det, för att det är det enda sättet att överleva.

Jag och Famsa säger ingenting till varandra längre. Det finns inget att säga. Alla mina åtaganden är klara. Repsystemet upp till värnet fungerar som det ska. Jag har provat det om och om igen – det är perfekt. Det bästa jag kan göra för Bassebeck och kampen är att skriva. Skriver jag, äter jag mindre. Man tänker inte lika mycket på hungern då. Och dessutom finns det så mycket jag måste berätta. Jag ligger efter.

***

Jag bestämde mig alltså för att bli som den gamla tidens munkar. Jag läste och läste. Min kunskap om den gamla tiden fördubblades varje dag. Jag skyfflade in fakta i huvudet som skyfflarna skyfflade in kött i käften en lördag i Hornschtull.

Jag vet namnen på bilmärken, politiska partier i Sverige – nu vet jag att det stavas så – och andra länder. Jag memorerade Sveriges statsministrar och läste om USA:s krig mot terrorismen. Jag muladе i mig Sveriges historia, demokratins framväxt, mediebilden i det tidiga 2000-talets Sverige, det alla kallar guldåldern. Världskartan kopierade jag i huvudet. Vad Sverige är litet!

Jag häpnade över all teknologi. Över internet, flygplan och satelliter. Medicinerna som kunde bota nästan allt, psykologin som förklarade så mycket av vem jag är och varför jag blivit den jag blivit (alkoholiserade föräldrar, mobbad, problem med självkänslan, tidvisa depressioner och aggressionshämningar). Jag vet hur man startar en bil, trots att jag aldrig suttit i en. Jag vet hur man checkar in på en flygplats. Det fanns ju flygplan! När jag läste *Om en pojke* för evigheter sen i Hornschtull var jag övertygad om att Nick Hornby bara hade hittat på det, slängt in det i en bisats för att skapa nåt slags mytisk stämning i sin bok. Men han hade rätt! Han skrev bara som det var! Folk flög! Jag kan fortfarande inte förstå det helt och hållet, men så var det i alla fall. Det står ju skrivet.

Den gamla tiden har blivit min. Skulle man sätta ner mig i den gamla tiden, skulle jag veta hur man gör. Åtminstone känns det så.

Och jag har fått ett smeknamn! »Historikern« kallar de mig för. De har till och med skrivit om mig i Bassebladet. »Toff 'Historikern' Janne, som mestadels ses med näsan i nån av vårt fantastiska biblioteks böcker«, stod det. Det var märkligt att bli beskriven på det sättet. Jag växte en aning. Först när andra har sett en som nåt man inte trodde man var, kan man börja tro på det.

Det mesta har jag lärt mig genom fackböcker, lexikon och läroböcker från både gymnasier och universitet. Men då och då har jag klämt in nån roman. Jag har hållit mig till klassikerna: Hjalmar Söderberg, Kurt Vonnegut och Stephen King. August Strindberg, Henning Mankell, Kajsa Ingemarsson och Paul Auster. Ed McBain, Dean Koontz och Jane Austen. Liza Marklund, Joyce Carol Oates, Selma Lagerlöf, Sidney Sheldon och några till. Alla har de gett mig nåt. Jag gillar inte alla, men alla har definitivt bidragit med nåt som fackböcker, lexikon och läroböcker inte kan ge en. Insikt, antar jag att det är. En djupare förståelse av den gamla tiden. Eller nåt. Jag vet inte. Jag älskar det i alla fall.

Jag försökte med lite poesi också. Men det var inte min grej (även om jag låtsades det, eftersom jag fått ett rykte om mig att vara den som läser mest och förstår allt). Det var för långsamt. För gåtfullt.

All kunskap om den gamla tiden har naturligtvis fått mig att tänka på det som står med stora bokstäver vid ingången till Bassebeck. Det står samma sak över ingången till biblioteket, och på några andra ställen: »VAD VAR DET SOM HÄNDE?«

För vad var det som hände? Ingen vet. Ingen i hela världen vet.

Egentligen är det skit samma. Det är det jag brukar säga på våra summeringsmöten, och jag har märkt att fler börjar hålla med mig. För att bygga ett nytt samhälle enligt de principer som hyllades under guldåldern, måste vi veta hur de principerna såg ut och hur samhället var uppbyggt, menar jag. Exakt hur katastrofen eller sönderfallet såg ut, är mindre intressant.

Visst, säger de som inte håller med mig. Men för att undvika att en liknande katastrof händer vårt samhälle, kan det ju inte skada att veta vad den berodde på. Vilket väl i och för sig är sant.

Men, och det är här jag känner att jag skorar flest poäng i debatterna, för varje ledtråd vi hittar till katastrofen/sönderfallet sumpar vi en bit lärdom om samhällets uppbyggnad, som vi kunde lärt oss istället. Det är det vi behöver allra mest.

När jag säger såna grejer känner jag mig så in i helvete smart. Nästan osunt smart.

Men åter till det här med katastrofen. Det finns så klart lika många teorier som det finns människor. En del stödjer sig på berättelserna om hur det ska se ut utanför Sverige, i Danmark och Tyskland. Där är det en helt annan dil, menar de. Där finns det kvar tydliga rester av den gamla tidens samhälle, som inte är förvrängda och förfalskade som hos oss. Här har vi ju vårt system med fullmäktige, Ordningen, skyfflare och all annan skit som egentligen inte har nåt alls att göra med den gamla tiden. Det tyder på att Sverige isolerades medvetet eller mot sin vilja. Och varför skulle Sverige ha blivit isolerat? För att radikala antiamerikanska krafter tog makten, och bröt alla kontakter med omvärlden som de menade var av ondo. När USA:s krig mot terrorismen blev allt hätskare drev de tesen om »med oss eller mot oss« så hårt att Sverige tog beslutet att skita i allt och gå sin egen väg. När sen världen runt omkring oss föll sönder av krig, fanns Sverige kvar som en isolerad ö av bakåtsträvande isolationism.

Men det håller inte. För det första vet vi inget om länderna omkring oss. Allt som finns är i bästa fall tredjehandsuppgifter från nån som tror sig ha mött nån som påstått att han varit i Danmark. Och det har han sagt på fyllan. Ingen här i Bassebeck har varit i Danmark. Ingen har ens träffat nån som varit där. Ibland har folk sagt att de ska åka till Danmark och komma tillbaka för att rapportera. Men de kommer aldrig tillbaka. Kanske blir de dödade på plats. Kanske fängslas de och släpps aldrig ut. Kanske är det så underbart där att de aldrig nånsin vill tillbaka hit. Kanske lyckas de aldrig ta sig över. Ingen från Danmark verkar vilja komma till oss i alla fall. Om det var helt för jävligt där, skulle ju nån försöka fly till oss. Men det har aldrig hänt, i alla fall inte som nån har hört talas om. När jag tänker på Danmark, tänker jag oftast att det är som folk säger, fullt av fet korv, massor med öl, stora smörgåsar vart man än går. Trevligt. Inte alls så mycket regler som här. Jag hoppas det är så i Danmark. Världen behöver ett sånt ställe.

För det andra finns det inget som tyder på att radikala antiamerikanska krafter verkligen tog makten i Sverige. De yngsta dokumenten, det är mest tidningar, säger ingenting om att några antiamerikanska krafter satt vid makten, eller ens att nån samhällsomstörtning skulle vara nära förestående. Tvärtom ger de bilden av ett Sverige som är lyckligt, rikt och välmående.

Jag lutar åt det vi kallar för »otursteorin«. Den går ut på att det helt plötsligt bara sket sig. Allt gick bara åt helvete.

Oljan tog ju slut – det vet vi.

Vädret blev radikalt sämre – det vet vi också. Vattnet steg, somrarna torkade in, vintrarna regnade bort. Inte ens de äldsta gubbarna i nån stad har nånsin sett snö. Inte ens i Jävle eller Sunsvall. Oljan och vädret. Sen blir det mer oklart.

Kanske blev kriget mot terrorismen allt galnare, samtidigt som en gigantisk lågkonjunktur drabbade hela världen. Samtidigt som inbördeskrig rasade lite här och var, samtidigt som EU brakade ihop. Och så vidare, och så vidare. Krydda med några okända miljökatastrofer, epidemier och lite annan skit så har ni en katastrof som mycket väl kunde skicka hela världen in i den förbannade tid vi lever i nu. Nånstans runt 2020 tar ju ledtrådarna slut. Sen får vi gissa oss fram.

Det finns många fler teorier. Några av dem är vettiga: Oljan tog slut, vilket innebar att alla var tvungna att gå tillbaka till 1800-talets levnadsstandard. Allt eftersom tiden gick glömdes allt mer av teknologin, vetenskapen och tänkandet bort. Det är vettigt, men skulle det inte ta längre tid att bara glömma bort allt? Krävdes det inte lite mer för att allt skulle försvinna så snabbt? Typ krig? Jag tror det.

Andra teorier är helt galna. Min favorit är den om att allting började med att Olof Palme blev skjuten – av skyfflare. De fanns redan då, och ville ta över Sverige genom destabilisering, för att sen kunna profitera på oredan. Sen sänkte de Estonia, knivmördade Anna Lindh och konspirerade med CIA om att lura det svenska folket att tro på historien om 9/11 (som bara var en bluff). Och idag är det bara Sverige som lever i den här mörka tiden. Hela världen utanför är rik, högteknologisk och välmående.

Maken till skitsnack får man leta efter. Det märkliga är att alla som förespråkar den här och andra stolliga teorier ser nästan likadana ut. De är små och krumma, de rakar sig inte och de bli lätt arga. Så fort nån uttrycker tvivel tänder de till. De skriver ofta långa förklaringar och utläggningar. De skriver alltid hela vägen ut till kanten på pappret. Ju närmare kanten, desto mindre bokstäver. Som om de vill fylla varenda rad med rättfärdigt gnällande. Vi brukar kalla dem tomtarna.

Men, som sagt, jag tycker inte det spelar så stor roll. Det vi vill är att förändra den värld vi lever i. Så länge vi är överens om det är allt frid och fröjd.

Nu börjar det ropas en del utanför vårt rum. Är de på väg?

***

Falskt alarm. Igen. Skriver mer imorgon.

***

Jag sov några timmar, men inte många. Inget har hänt. De häckar fortfarande bakom kullen. Vi hör dem ibland, men inte ofta. Vi kan inte avvara några fler spejare, de stryker bara med. Det enda vi kan göra är att vänta. Och det enda jag kan göra är att skriva.

Jag har alltså lärt mig om den gamla tiden. Mer än jag trodde var möjligt. När jag blundar kan jag se mig själv gå upp för gatorna i Hornschtull en vårdag år ... säg 2009. Bilarna mullrar. Det luktar avgaser (jag vet så klart inte exakt hur det luktar, men jag föreställer mig nåt i stil med brandrök). Från uteserveringarna kommer det dunster av öl och cigarettrök (som jag inte heller vet hur det luktar). Alla hus är hela och skinande blanka. Solen speglar sig i fönstren, som också de är hela och rena. Alla har fönster, ingen behöver spika upp plankor för att hålla vinden och kylan ute. Folk är rena, oerhört rena, och de luktar parfym och tvål. Jag är inte rädd för att se nån i ögonen och jag är mätt, konstant mätt. Vill jag ha nåt att äta, kan jag gå in på nån restaurang – italiensk, japansk, libanesisk – och köpa mat (jag brukar smaka på de namnen, för jag vet ju inte hur den maten smakade. Vi har försökt att göra sushi, som ju ska vara tunn, rå fisk på ris. Vi gjorde tunn, rå fisk på mosad potatis. Inte så gott. I brist på ris, hoummos, wasabi, soja, chili, curry, kokosmjölk och andra saker, smakar jag på orden. Bibimbap är det namn som smakar godast. Jag gillar inte köfte och szechuan, det är taggiga ord).

Jag får bli full om jag vill. Om nån slår mig, ringer jag polisen från min mobiltelefon. Ingen är värd mer än nån annan. Brottslingar återanpassas till samhället genom rehabilitering. I affärernas fönster sitter löpsedlar från kvällstidningarna, som bara överdriver. Vill jag ha sanning och analys läser jag Dagens Nyheter eller Svenska Dagbladet. Ingen som är utbildad och klarsynt läser Aftonbladet eller Expressen. Det är vi säkra på.

Slår jag på en tv kan jag se dokumentärer som belyser samhället från olika vinklar. Vill jag ha underhållning kan jag titta på några av de »tv-serier« som finns. En heter »Seinfeld« och handlar tydligen om ingenting (jag har fortfarande inte förstått varför folk ville titta på nåt som inte handlar om nånting. Kanske är det en sån grej man inte kan förstå så här i efterhand). En annan heter »Simpsons« och är tecknad. Huvudpersonen heter Homer och är oerhört korkad (vad jag inte förstår är hur de kan dra en av antikens centralgestalter så djupt i smutsen utan att bli föraktade). De flesta ser på såna här »tv-serier«, men man talar inte högt om det. Det anses inte vara fint. Man kan också gå på bio, som är som en oerhört stor tv i ett stort rum, och där kan man se allt från väldigt låg underhållning (som Colin Nutley) till väldigt högtstående sådan (som Harry Potter). Är man osäker på vad som är bra eller dåligt, läser man helt enkelt vad Johan Croneman skriver. Han är prisbelönt, står det i flera av de tidningar som vi har.

Censur finns i alla fall inte, rasismen för en tynande tillvaro och kvinnor är värda lika mycket som män.

Jag kan tänka så här i timmar. Det får mig att glömma skiten jag sitter i.

Ibland tampas jag lite med de paradoxer vi har stött på med den gamla tiden. Jag har mest uppehållit mig vid den så kallade »recensionsparadoxen«. Många av de recensioner vi har i vår ägo från DN och Svenska Dagbladet, är mycket negativa. Boken, filmen eller teatern de skriver om är helt enkelt inte bra. Det var ju det som var recensionernas funktion: att bestämma vad som var bra, så att vanligt folk skulle slippa läsa och se ren skit. Men – och det är här det blir en paradox – vi har en del så kallade »topplistor« bevarade också. Där kan man se att de mest sålda böckerna, de mest sedda filmerna och de populäraste teaterpjäserna ganska ofta har blivit *mycket* negativt omskrivna av en eller flera kritiker. Hur kunde detta komma sig? Vågade folk gå emot självaste DN? Fick verkligen en bok fortsätta säljas, även om den hade beskrivits som »oläsbar dynga« i en större dagstidning? Hur kunde det vara försvarbart i ett land som var det bästa tänkbara, där det goda och det rena härskade?

Vissa hävdar (dryga jävlar) att det är precis som utanför Bassebeck. Knegare gillar storys vid elden, handklappsvisor att dansa till och ibland en sorgsen sång att skråla. Men skyfflare och fullmäktige har sina obegripliga »högläsningar« och dansar »salsa«. Det var väl samma sak på den gamla tiden, menar de. Vanligt folk gillade en grej, de fina – som förmodligen var de som skrev i tidningen – gillade en annan grej.

Idioter.

Det finns inget som gör mig så förbannad som när nån snackar skit om den gamla tiden. Det finns de som inte tror på allt, eller som tror sig veta att det alls inte var så bra som det var. De påstår att vi här i Bassebeck lever ett bättre liv än vad många gjorde under den gamla tiden. Att det fanns rasism, könsförtryck, brottslighet, våldtäkter, diskriminering. Och, visst, det är klart det fanns grejer på den tiden som inte var bra. Ingen tid är perfekt. Det finns ju flera exempel på att såväl DN som SvD och GP skriver artiklar om olika brott som begåtts, eller om saker som inte var bra i samhället. Hur tonårsflickor skar sig i armarna till exempel, eller hur människor diskriminerades i olika sammanhang. Till och med mord och våldtäkter. Men jämför med de problem som finns utanför Bassebeck, där folk misshandlas, mördas och våldtas varje dag. Där sjukdomar tar liv – hela tiden. Där orättvisa inte är ett undantag, utan en regel. Som om nån skulle bry sig om att en tonåring var lite ledsen! Folk tar ju livet av sig hela tiden utan att nån bryr sig. Folk blir våldtagna i varenda buske varenda kväll i Hornschtull och överallt i Sverige. Det är bara så det är. Att nåt så högtstående som en tidning skriver om nåt så vanligt som ångest och våldtäkt, visar väl att det var ett samhälle som står tusentals mil över vårt? Om jag hade levt på den gamla tiden och fått lika mycket spö som jag fått under mitt liv, hade DN skrivit helsidor om mig.

»Men samma tidningar och böcker som skriver det, skriver ju också att man inte ska tro allt man läser. Var kritisk!« säger skeptikerna sen.

Idioter, säger jag igen. I samma ögonblick vi slutar tro på texterna om den gamla tiden, har vi förrått oss själva. Tron på att vi kan bygga upp ett liknande samhälle är själva ryggraden i vår övertygelse. Fuck you – Vi ska bygga en bättre framtid.

En framtid som ser ut som den gamla tiden.

***

Här börjar man verkligen skönja den kompromisslösa attityd som till slut blev vårt nutida samhälles räddning. Hade inte Toff – och tusentals människor efter honom, alla lika anonyma – tagit ställning på det här sättet, skulle det nya Sverige aldrig ha blivit en realitet. Parallellt, utan vetskap om varandra, började den här typen av radikala teorier att blomstra vid tiden för Toffs skrivande. Pö om pö, strid för strid, bit för bit, tog sedan de här tankarna uttryck i den formidabla revolution som till slut resulterade i de stora striderna.

Notera också Toffs nästan kusligt pricksäkra beskrivning av Sverige under guldåldern. Jag är övertygad om att en människa från år 2009 skulle känna igen sig.

Texten här nedanför är ett brev från de belägrande styrkorna. Toff har klistrat in det bland sina papper i boken. Vi vet inte hur det kom till Bassebeck, men allt tyder på att styrkorna på något sätt överöste de tappra försvararna med flygblad av den här typen. Förmodligen använde de sig av någon sorts katapultsystem för att få dit dem. Intressant nog är pappret tryckt i en reguljär tryckpress.

Lägg märke till ordvalet och tonläget i texten. Författarna, som är okända, har vinnlagt sig om att så att säga »prata med bönder på bönders vis«. Samtidigt som ordvalet är en arg knegares, är såväl grammatik som stavning helt korrekta. Någon i ledningen för styrkorna måste haft en driven stilist inom sig. Med all sannolikhet tyder det på att brevet har tjänat två syften. Dels ett skrämmande hotbrev till Bassebecks försvarare. Dels något att läsa högt och dela ut bland de egna leden, för att framkalla den lynchstämning som behövdes.

Muham Bentson

***

FÖRRÄDARE OCH BROTTSLINGAR I BASSEBECK!

Det här anfallet har dröjt alldeles för länge. I flera år har vi bara kollat på medan ni håller på med massa skit. Ni jobbar inte, snackar skit om oss och ni har ingen moral. Ni skiter i Ordningen.

Vi tänker krossa er. Men eftersom vi är snälla, ska ni få en sista chans. Ge upp innan solnedgången. Kom ut utan vapen och med händerna i luften. Då får ni kanske leva. Om ni inte gör det, tänker vi döda varenda jävel av er. Men innan dess ska vi ha kul med er. Jävla förrädarfittor. Fack off så jävla mycket.

***

Efter att det där brevet hade kommit, var det flera som sa att vi skulle ge upp. Bättre att leva och kanske kunna starta om igen än att alla bara dog, resonerade de. Men de fick inget gehör. Vi ställde upp dem mot en vägg och höll krigsrättegång. Kal var domare, och alla som hörde på var jury. Alla var eniga: skyldiga till desertering. Men det var svårt att komma fram till ett lämpligt straff. Döden sa vissa (och det var inte utan att jag höll med dem). Men Kal sa, och jag antar att han hade rätt, att såna fasoner höll vi inte på med i Bassebeck. Till slut blev de fråntagna alla rättigheter till matransoner, samt tvingade att tömma skithusen för all framtid. Två tog livet av sig, de hängde sig i sina kläder. En blev galen tror jag. Hon bara skrek och skrek och skrek. Jag såg henne på nära håll, hon skrek så att blodkärlen i ansiktet såg ut att spricka.

För mig fyllde brevet i alla fall en funktion. Jag blev påmind om vilka idioter de är där ute. Hur lite av vår verksamhet de kan och vill förstå. Det var många som tolkade det som att anfallet skulle komma morgonen efter. Men så blev det inte. Vi vet inte varför de väntar.

***

Nu vet vi varför de väntar så länge. En av våra motståndare deserterade (oerhört modigt). Hon kom till grinden och bad att få bli insläppt. Naturligtvis blev hon det, men hon blev satt under bevakning dygnet runt. Vi kan inte lita på henne. Hon kan vara en spion, som bara väntar på första bästa tillfälle att fly, för att sen ge dem information om hur många vi är och hur vi byggt upp vårt försvarssystem. Hon sitter i ett rum med två vakter utanför. Hon får naturligtvis ingen mat. Kal kommer in till henne dagligen och läser högt ur olika skrifter. Hon ska omvändas grundligen har han förklarat. Förmodligen var det nåt liknande man gjorde på den gamla tiden när man »rehabiliterade« människor och lärde dem att anpassa sig till ett liv utan droger och brottslighet. För det är väl bara så en människa kan förändras? Isolera henne, pumpa henne full med den information hon behöver, låt henne inte vila. Så gör vi i alla fall här på Bassebeck och det fungerar faktiskt. För nån månad sen, innan helvetet kom till oss, var det en snubbe som greps. Han, Ali hette han, hade blivit alldeles för het på gröten. Han ville dricka öl hela tiden, snodde bira från förrådet och försökte snilla till sig andras ransoner. När han var full tafsade han på brudar. Han kunde inte hållas, så han greps och sattes i ett litet rum. Dygnet runt kom sen nån in till honom var tredje timme och tvingade honom att läsa högt ur olika böcker som handlade om bra grejer. Det var böcker om demokrati, hälsovård, kultur och annat. Bra grejer, helt enkelt. Han fick inte sova, inte äta, bara läsa.

Det tog bara ett par dagar, max en vecka, så var han ute igen. Han rörde inte ölen, utan gav bort sina ransoner till andra.

Nu har vi gjort samma sak med desertören från utsidan. Tydligen är deras taktik denna: Svält dem i några veckor först. Slå sen till när de är svaga.

Iskallt, grymt och mycket, mycket skrämmande. Våra förråd börjar ta slut. Ransoneringen är snålare än nånsin. Hungern kommer att sätta in om bara några dagar. De som blev dömda i krigsrättegången har redan börjat falla av, en efter en. De bara ligger ner, kan inget annat än att andas. Nu vill ingen göra det jobb de skulle gjort. Skithusen börjar svämma över. Det blir nog i och för sig bättre när maten tar slut och inget finns att skita ut.

Jag börjar misströsta.

***

Har jag skrivit att det börjar bli höst? Det är nästan så jag själv glömt bort det. Kylan är outhärdligt rå på nätterna. För första gången i mitt liv har jag, tack och lov, kläder som kan hålla det värsta borta. Men det är kallt ändå. Jag ligger rygg mot rygg med Famsa för att få ut det mesta av värmen under natten.

***

Om Anna och mig. Senast jag skrev om oss, skrev jag att vi hade glidit ifrån varandra. Det stämmer fortfarande. En del av mig sörjer det. En annan, rätt mycket större del av mig, njuter av det. Jag njuter av friheten i att slippa frustrationen. Hur mycket jag än intalade mig att det aldrig skulle bli nåt, hoppades jag nånstans innerst inne att det skulle bli det ändå.

Jag har sett henne med andra snubbar. En gång såg jag henne till och med försvinna in i en snubbes rum. Hon kom inte ut på hela natten så vitt jag vet. Det gör lite ont att tänka på vad de gjorde där inne.

Okej, Toffsingen, det är dags för rannsakan. Du var – och är – kär i Anna. Olyckligt kär. Så enkelt är det. Jag har ju läst tonvis med skildringar av detta, jag vet att det gör ont, jag vet att det är jävligt. Men nu är det så här det är. Det är så här det *är*. Du får henne inte. Hon vill inte ha dig. Inte nu, inte sen, inte nånsin.

Skaffa ett grepp. Släpp den förbannade sargen.

Vi sågs för nån månad sen, innan vi började vänta på kriget som aldrig kommer. Ett stelt och obekvämt samtal. Oväsentligheter. Artigheter. Sen dess har jag inte sett henne. Jag vet inte ens vad hon gör nu.

Folk försvinner. Ibland snabbt, som Tompy och Lai, ibland långsamt och smått oförklarligt. De bara försvinner. Jag börjar förstå det nu.

***

Så till det jag velat skriva om hela tiden. Jag är inte längre oknullad. Jag är en knullad man. Jag har stuckit in den. Gjort det. Fuckat. Kalla det vad du vill. Siss hette hon. Inte snygg, inte ful. Inte kär. Inte jag heller. Men full. Oj vad full. Och oj vad full jag var.

Det var fest, festen innan skiten började. Allas ögon var galna. Vi visste att det kanske var den sista festen före slutet. De var på väg, det visste vi. Men vi visste inte hur många de var. Det kunde vara en peppfest inför segern, det kunde vara en fest för att stålsätta sig inför döden.

Vi dansade, alla dansade. Vi drack och åt. Vi sjöng och sa till varandra att de har inte en chans. Har de en chans ska vi i alla fall kröka skiten ur oss en sista gång. Kanske som tyskarnas fester i Berlin i april 1945. Eller som i den där novellen av Stephen King jag läste, när alla vet att världen ska gå under. Eller som varenda fest som föregått en undergång nånsin.

Jag såg vuxna modiga män gråta. Jag såg blyga kvinnor i femtioårsåldern mer eller mindre tvinga till sig sex av nittonåriga snubbar. Jag såg familjer med barn bara kramas, kramas, kramas tills de somnade. Men framför allt såg jag öl. Jag sänkte bira på bira. Till slut var underkäken bortdomnad och mina ben lydde mig inte. Jag somnade under ett bord, medan fötter stampade runt omkring mig. Ingen märkte att jag var där.

Jag vaknade i det där underbara tillståndet av bibehållen fylla, timmarna innan bakfyllan sätter in. Inte dålig, bara lite darrig. Sommarnatten hade precis vänt. Från det tafatta mörkret till det självsäkra morgonljuset.

Hon satt på en bänk med ett fylleleende på läpparna. Blicken ofokuserad, kroppen matt av dans och öl. Sen blev det hej och vad heter du. Roligt? Promenad?

Javisst. Paus i gräset, läppar som långsamt närmar sig varandra, bådas dröm om det romantiska mötet genom ett filter av kräksdoftande andedräkter och darrigt illamående. Det var skönt att hon ville vara ovanpå för jag orkade inte stödja på händerna.

Fummel, tyg som dras åt sidan och in, ut. In, ut. Igen. Och igen. Och igen. Fast inte så många fler gånger än så.

Så var det gjort. Hon hette Siss. Jag heter Toff. Och nu, äntligen – dryga tjugofem år gammal – har jag knullat.

Jag kan inte säga att det förändrat nåt egentligen. Jag var inne i henne en kort stund och sen var det slut. Vi gjorde det en gång till, två dagar senare bakom ett förråd. Men det var torrt och tråkigt och ståendes bakifrån. Hon håller säkert med.

Men nåt har lagts till i mig. En erfarenhet av att veta hur det är, hur det känns. Och med den kan jag känna mig lite starkare. Dessutom har jag fått blodad tand, som det heter. Jag vill ha mer. Jag vill göra det mer på riktigt, i en säng, nykter och med nån annan än Siss.

När jag ligger rygg mot rygg med Famsa på natten, kan jag inte låta bli att tänka på det: hur det vore att göra det igen. Men det finns ingen möjlighet att runka på nätterna, inte med Famsa bredvid mig. Vi känner knappt varandra, och det skulle inte kännas helt naturligt att börja taja. Det är väldigt irriterande. Dels att inte kunna göra de, dels att inse att man bara vill ha mer. Nånstans hade jag hoppats att det skulle vara nog nu. Nu har jag ju gjort det, fått det överstökat. Men klådan finns kvar, nästan starkare än förr.

Jag kommer ihåg (vad länge sen det känns, som när Frodo minns livet i Fylke när han ligger i en klippskreva utanför Mordor) vad Tompy sa en gång: Man får aldrig nog av att knulla. Han hade rätt. När det gällde den saken kunde man alltid lita på Tompy.

Jag saknar honom. Inte för att jag kan se hur han hade stått ut här i Bassebeck. Alla diskussioner, premierandet av tankekraft istället för handkraft.

Men en vän är en vän är en vän. Här har jag bekanta, vissa mer bekanta än andra. Men ingen som sett mig växa upp, ingen som kan dunka mig i ryggen och dra ett skämt som bara vi fattar.

Jag saknar honom verkligen.

***

Läget är oförändrat. Det vill säga hopplöst. Rapporterna kommer in då och då: de är kvar. Lika många som förr. Hungern börjar bli allvarlig. Folk sitter stilla, rör sig inte. Allt för att spara energi. Vissa ser avmagrade ut. Jag såg en liten pojke – tre, fyra år – gråta otröstligt medan hans mamma satt helt apatisk bredvid honom. Hon var bara för hungrig. Förmodligen hade hon gett all sin mat till pojken. Ingen pratar egentligen längre. Varenda självbedräglig lögn är sagd. Varenda farhåga ventilerad. Kvar finns bara väntan.

***

Ytterligare tre dagar har gått. Jag är hungrigare än jag nånsin varit förut. Då har jag verkligen varit hungrig många gånger i mitt liv. Jag tror all, verkligen all, mat är slut nu. Det finns helt enkelt ingenting kvar. Det går ett rykte om att nån har sett nån äta saker man inte får äta. Vissa säger avföring, andra säger trä. En del säger till och med lik. Kanske är det sant, kanske är det bara ett sätt att till och med nu visa att vissa är sämre än andra. Vi kanske svälter men vi äter i alla fall inte lik. Man är alltid bättre än nån.

Jag har börjat tänka på framtiden. Troligast är att vi – det smärtar att skriva detta, men ingen kommer att läsa det och om jag inte skriver det blir jag galen – att vi blir slaktade, våldtagna och grundligen besegrade. Jag kommer med största sannolikhet att dö. Kanske stöter en köpt knegare en vass stör genom min kropp. Kanske dunkar en adrenalinrusig skyfflare in mitt pannben med en klubba. Kanske får jag ett sår och dör långsamt i min ensamhet precis som Lai. Jag vet inte vad jag skulle föredra. Det spelar egentligen ingen roll. Jag är inte rädd för döden, mest besviken över att min vistelse här på Bassebeck skulle bli så kort. Jag vet inte hur många månader jag har varit här, men de har i alla fall förändrat mig. Gjort mig till nån annan. Jag antar att det är värt nåt, vad som än händer.

Däremot är jag rädd för smärtan. Det gör ont att få huvudet sönderslaget eller kroppen genomborrad. Framför allt gör det ont att dö långsamt. Jag är rädd för all skit jag kommer få se. Allt lidande, alla barn som kommer att skrika av skräck, alla kroppar som kommer att slitas sönder. Visst har jag sett döda människor förr. Men aldrig så många. Jag har aldrig sett nån bli ihjälslagen.

Kvinnorna kommer att bli våldtagna. Det blir de alltid. Varje gång jag såg nån bli det i Hornschtull bara gick jag. Jag fick en del skit för det, snubbar ska ju egentligen gilla det. Men jag pallade det aldrig. Jag pallar över huvud taget aldrig smärta, vare sig det är min egen eller andras. Jag antar att det är därför det dröjde så länge innan jag fick knulla. Att vara man är att kunna stå ut med, och gilla, smärta.

Ännu en anledning att kämpa för en bättre framtid. Att slippa omges av smärta.

Folk kommer att bli torterade också. Männen alltså, de som inte dör. För att få ut information om medlöpare utanför Bassebeck. Kvinnorna blir våldtagna, och männen torterade. Egentligen är det ju samma sak. Men männen får fördelen att slippa förnedringen i att bli förvandlade till nån annans knulldocka. De får vara tacksamma om de blir flådda, brända, slagna och sönderslitna medan de lever.

Hur jag vet allt det här? Så är det alltid när det är krig. Jag visste det redan innan jag kom hit, innan jag började läsa. När jag var sådär en tolv år blev det krig mellan Teby och Valltuna. Folk från Hornschtull var med på Tebys sida. De kom hem utan att komma hem. Deras ansikten var tomma. Några av dem kunde inte sluta berätta om alla vidrigheter: »Och då såg jag hur den där fula jävla Valltunasnubben – de är fula allihop där, med stora jävla näsor och svart, tunt hår – kom mot mig med en stor jävla klubba. Vi hade lagt oss på lur utanför ett stort hus med en stor innergård, de kallade det för Skolan. Men den här snubben i alla fall, han slog med klubban mot mig och jag såg att den var täckt av blod. Då bara körde jag mitt spett rakt igenom honom, och jag såg hur inälvorna följde med ut på andra sidan.«

Sånt berättade de. Hela tiden, i olika varianter. De var tvungna. Andra, de flesta, sa nästan ingenting. Nånsin.

Jag kommer allra mest ihåg en snubbe som inte var så mycket äldre än jag. Han var kanske femton när kriget började, och han skulle följa med sin farsa för att slåss. Jävlar, vad stolt han var. Jävlar vad skraj han var. Jag kommer inte ihåg vad han hette, men han var en rätt tanig kille. Tanig på det där hårda sättet – en sån som vinner fajter på ren vilja och inte på styrka. En gång slogs han mot en snubbe som var typ en halvmeter längre och säkert dubbelt så tung. Han vann ändå, den taniga killen alltså. Han liksom drog till med hela kroppen varje gång han fick en lucka. Han gav sig aldrig – verkligen aldrig. Innan kriget var han en riktig snackis, bredde på om allt och alla. Jag kommer ihåg att jag gillade honom, han var aldrig elak. Hans ögon lyste av pojkig busighet. Men när han kom hem fanns det ingenting i de där ögonen, han stirrade utan att stirra. Han sa saker utan att säga dem. Han var tom. Fan vet vad han egentligen var med om. Hans farsa dog i det där kriget. Vi var tvungna att sjunga för honom under ett möte under bron.

Nu när jag har läst alla böcker, förstår jag att kriget är en av de få saker som verkligen inte förändras. Krig är krig är krig. Det var samma sak på Balkan, på östfronten, under de puniska krigen och det trettioåriga kriget. Så är det bara.

Med andra ord: jag kommer nog att dö. Förmodligen en smärtsam död. Jag kommer att dö i skräck.

Men. Och det här menet klänger jag fast vid som om det vore världens sista öl världens varmaste dag. Om – OM – jag inte dör. OM jag överlever, på nåt osannolikt sätt. Vad ska jag göra då? Ta mig tillbaka till Hornschtull? Vandra bort, försöka ta mig till Danmark?

I Hornschtull skulle nån förmodligen bli misstänksam. Rykten om kriget skulle föregå mig, jag skulle vara tvungen att ljuga om min roll i det hela. Jag skulle vara tvungen att leva med den lögnen resten av mitt liv. Det vill jag inte. Danmark verkar vara det bästa alternativet. Men det här är bara fantasier. Jag kommer att dö rätt snart. Det enda jag kan göra är att fortsätta skriva.

***

Även jag blir svagare. Det är svårt att lyfta pennan, svårt att få tankarna att flyta som de ska. Svårt att över huvud taget tänka. Svårt, bara svårt. Vi fick en rapport idag, jag har ingen aning om hur den kom hit. De flesta av våra spejare har dödats. Kanske var det en ny desertör, kanske är det bara en vandringsmyt. Men folk säger i alla fall att de är nära nu. Att de samlade styrkorna på andra sidan kullen har börjat gruppera sig och röra sig. Jag tror de allra flesta ser det som en lättnad. När man vet att allt hopp är ute kan det lika gärna släckas snabbt. Ingen idé att dra ut på det.

Jag tuggar på en pinne nu. Jag tror det var fyra dygn sen jag åt. Magen har slutat värka, kvar är bara svagheten, mattheten. Och, för all del, ångesten.

***

Jaha. Så var det dags. De står utanför murarna nu. De kommer att bryta igenom porten vilken sekund som helst, jag hör dunkandet härifrån: »Ååähej« – dunk – »åååhej« – dunk – »åååhej.«

Nu slutade det. De kommer.

Låt det gå fort. Låt det inte dröja. Gud, Gud, skydda mig från smärtan. Låt ditt ansikte skina över mig. Förlåt mig mina synder.

Skräcken blir mindre när allvaret är på riktigt. Nu.

***

Toffs skildring av väntan på de samlade arméerna är skakande läsning. Mest för den uppenbart mänskliga aspekten av det: så här har människor känt i tusentals år. Miljontals människor har i skräck väntat på att bli invaderade, överkörda och mördade. Men det är också intressant ur en historisk aspekt. Varför beslutade sig några fullmäktige för att sluta sig samman och eliminera Bassebeck just vid den här tidpunkten? De hade under lång tid (ingenstans i Toffs texter ges det några ledtrådar till exakt hur länge Bassebeck har funnits) låtit Bassebeck vara en fristad för oliktänkande. Som ett ideologiskt Christiania. Under flera år hade de skickat halvhjärtade försök, som knappast kan ha varit allvarligt menade. Men så fick nåt dem att ta beslutet att det var nog. Hade Bassebeck börjat föra ut sitt budskap utanför murarna på ett mer aggressivt och öppet sätt? (Kanske i och med att de skaffat en kopiator, som det står om i det inklistrade numret av Bassebladet.) Hade de börjat få till stånd en opinion mot fullmäktigestyret i de närliggande tätorterna? Återigen: ingen vet. Men vad Toffs text visar, är att slaget om Bassebeck ägde rum. Det visste vi inte förut. Man kan bara spekulera i hur många sådana här småkrig som utspelade sig under den mörka tiden, och som nu är fullständigt bortglömda.

Muham Bentson

***

Åh helvete. Satan. Fuck fuck fuck. Kuken i röven vad skit det har hänt sen jag senast skrev. Var är jag? Jag kanske ska börja med det. Jag ligger i en hydda i skogen. Nånstans söder om Bassebeck. Eller förlåt, det som var Bassebeck. För det finns inte mer. Men mer om det senare.

Jag överlevde alltså. Det trodde jag inte.

Hyddan är liten, jag har byggt den själv. Jag hittade några plankor i skogen, och jag har tätat hyddan med mossa. Jag kan ligga helt raklång i den, och sängen är gjord av tygtrasor. Min vänsterhand – tack gode Gud för att det var vänsterhanden – har börjat läka. Den gör knappt ont längre. Och såren i låret har läkt riktigt bra. Ett tag var jag orolig för att jag skulle dö ensam i skogen som Lai. Men sårfebern kom aldrig till mig. Jag var noga med att tvätta såren varje dag och låta dem vädra. Jag läste lite om det i Bassebeck. Så småningom slöt de sig och när de började torka och bli skorpor förstod jag att jag skulle överleva.

Ja jävlar vad grejer som har hänt. Jag har inte pratat med en endaste människa på evigheter, jag är osäker på hur länge. Inte sett nån heller. Jag vet ingenting om vad som händer utanför den här delen av skogen där jag skaffar mat. Mest blir det bär, rötter och svamp (det är höst, tack och lov). Några gånger har jag lyckats döda en fågel. En gång hittade jag en död hare, som inte hade börjat ruttna. Herregud vad pigg jag blev av lite kött.

Under vandringen från Ståkkålm till Bassebeck lärde jag mig en del om hur man klarar sig i skogen. Mest var det klubbfolket som berättade för oss: Det där kan man äta, det där blir man sjuk av. Så här ser man om kött är dåligt, så här knyter man en snara för att fånga fåglar. Nu har jag märkt att lite av allt det där kommit tillbaka till mig. Jag trodde jag hade glömt det, att all läsning hade puttat ut det från hjärnan. Men det fungerar tydligen inte så.

Jag har varit ensam så mycket den senaste tiden att jag börjat leka fantasilekar. Jag har döpt varenda sten runt omkring min koja, varenda träd och varenda liten glänta. De heter saker hemifrån, från Hornschtull. Ibland letar jag efter bär och rötter vid Pålsunnsgatan, ibland vid Stritstranden eller på Långolmen. Ibland ser jag harar vid den stora gläntan som jag döpt till Tantlunden. Ibland badar jag i bäcken som jag kallar för Trekanten.

För trots att Hornschtull var, tja, Hornschtull med allt vad det innebar för mig. Trots det, var det ändå stället där jag växte upp. Det är viktigt, inser jag nu. Man växer bara upp på ett ställe, en gång. Visst älskade jag Bassebeck, och visst hatade jag Hornschtull, men jag tillbringade inte ens ett år i Bassebeck. Hornschtull har lämnat ränder i mig som aldrig kommer att gå ur. Jag kommer aldrig att komma tillbaka dit. Aldrig.

Och av nån anledning känns det bättre att jag döpt min skitgrop till Billströmhålet. Det får mig att skratta lite.

Innan vintern kommer måste jag dra härifrån. Jag vet inte vad det kan vara för månad, men jag gissar på oktober. Om två eller tre veckor måste jag dra. Jag tänker åka till Danmark. Det får gå hur det vill. Jag har redan förlorat så mycket. Kanske är Danmark som i sagorna: fullt med korv och öl. Kanske är det precis lika hopplöst som här. Huvudsaken är att jag kommer bort från fullmäktiges makt. Skulle jag visa mig på fel ställe vid fel tillfälle, skulle de fatta att jag bodde i Bassebeck. Då är jag rökt.

Det känns skönt att börja skriva igen. Men jag orkar inte mer just nu. Jag är hungrig – som vanligt – och kroppen värker fortfarande. Jag ska försöka sova lite.

Imorgon ska jag börja skriva historien om hur det egentligen gick när de anföll, hur jag överlevde och vilka mäktiga krafter som verkar se till att det här är mitt öde: att skriva.

***

Innan helvetet bröt ut låg jag rygg mot rygg med Famsa och kände hur livet försvann. Jag orkade ingenting, ingen orkade nånting. Ingen fattade att de var nära förrän de stod alldeles utanför portarna. När jag läser det sista jag skrev innan de kom känner jag skräcken igen. Men den var ändå inte så farlig som jag trodde den skulle vara. Kanske dövar hungern. Kanske är det så som jag skrev: »Skräcken blir mindre när allvaret är på riktigt.« När det väl kommer till kritan är det befriande att verkligen inte ha nåt val. Jag tror jag hade varit mer rädd om jag förmått försvara mig. Då hade det funnits en chans. Det fanns det inte nu.

Det första jag minns är tystnaden efter det sista dunket: »Ååhej« – dunk.

Tystnad.

Alla visste att this is it. Finns inget att säga. De tog sig långsamt in med dragna vapen.

Det som sen bröt tystnaden var ett ljud jag önskar att jag aldrig hört. Det började som ett gnällande, förtvivlat och utdraget. Det gick inte att avgöra om det var en kvinna eller en man. Det blev starkare och övergick i ett falsettskrik. Sen en tung duns och ljudet av nåt hårt mot väldigt många ägg. Efter en sekund fattade jag. Det var nåns skalle som precis hade blivit mosad av en klubba.

Jag kommer ihåg en märklig tanke jag hade just då. Jag tänkte att om jag överlever och beskriver detta för nån, eller skriver ner det. Då önskar jag att det är vid just det här tillfället jag kommer att säga: »Sen gick allt väldigt fort«.

Men det gick inte fort. Det gick långsamt. Aldrig går tiden så långsamt som när man väntar på att få skallen inslagen av en redan blodig klubba. Skriken, gnällen, falsettjuten och dunsarna av klubbor, slagträn och hammare mot tinningar och bakhuvuden. Det köttiga ljudet av vassa störar och knivar som stöts in i försvarslösa kroppar. Efter nån halvtimme, ljudet av män som får utlösning i en apatisk men tyst protesterande kvinnokropp. Kvinnor som vrålar efter sina barn. Barn som gråter efter sin mamma och pappa. Ljudet av kroppar som vältras undan. Ljudet av dem som fåfängt försöker göra motstånd: Halvhjärtade vrål av stridslust som får ett tvärt slut. Lukten av brända lik, klafsandet i färskt blod.

Jag vet inte varför det dröjde så länge innan det blev min tur. Förmodligen var det slumpen. Å andra sidan är det så mycket som blivit som det blivit av anledningar som är bortom min fattningsförmåga. Kanske var det inte slumpen, kanske var det Gud. Kanske var det bara menat så. Men hade det inte dröjt så länge, hade jag dött.

För efter några timmar (tror jag det var, det kändes i alla fall så), ropade nån nåt. Tydligen var det dags för paus. Segern var deras, det var inte längre nån fara, bedömde de.

Tänk att man kan göra paus i dödandet. Att man kan behandla det som vilken verksamhet som helst. Plötsligt bara sluta och ta sig en kopp vatten, pissa och vila benen. Sen är man redo att döda igen. När jag låg där, kom jag ihåg en grej jag hade läst en dag av alla mina dagar i biblioteket. Under första världskriget tog man också paus ibland. För att fira jul. Då kom man överens om att sluta skjuta ihjäl varandra, gick upp ur skyttegravarna och sjöng och skålade tillsammans. Sen, efter några timmar, gick de ner i gravarna igen och fortsatte döda varandra. Fast här, i Bassebeck, fanns det ju egentligen inget motstånd att strida mot. Det här var en paus i slaktandet, inte i stridandet.

Men paus blev det. De vidriga ljuden upphörde, och byttes mot mer vardagliga ljud. Pustanden, stönanden, pisstrålar och vattenklunkande. Nån sjöng, nån skrattade. Stämningen var uppsluppen, de hade insett att de skulle överleva, att de hade vunnit. Jag hörde nån av dem tala om festen ikväll. Segerfesten. Gud vet hur mycket kött och mäsk de hade mutat de här stackars knegarna med för att få dem att genomföra detta. Och vilka sjuka lögner hade de inte tutat i dem?

Jag låg fortfarande rygg mot rygg med Famsa. Vi hade inte utväxlat ett ord på säkert ett dygn. Men hans rygg var fortfarande varm och han andades, så han levde i alla fall. Märkligt att dela en sådan skräck med nån man aldrig egentligen pratat med, eller ens tycker speciellt mycket om. I många av de böcker jag läst så verkar ett alldeles speciellt band uppstå mellan dem som är med om nåt livsfarligt. De blir vänner för livet, omfamnar varandra, tackar varandra för stödet och för att de räddade varandras liv. Men så kommer det aldrig att bli med Famsa. Han är en av de där människorna det helt enkelt inte klickar med. Vi talar förbi varandra. Jag förstår honom aldrig, och han förstår aldrig mig. Han ville inget annat än att slåss, det var det enda han pratade om. Men mellan skrytet om hur många skyfflarhuven han skulle krossa, såg jag honom, som sagt, sitta och vagga med huvudet i händerna. Han var skräckslagen, och det verkade inte passa in i hans bild av sig själv. För mig var det tvärtom. Jag var inte alls lika skräckslagen som jag trodde att jag skulle vara. Kanske var det därför vi aldrig blev polare. Kanske var det nåt annat. Jag kommer i alla fall ihåg att jag ville dö med nån annan. Nån som gillade mig.

Efter en stunds paus, hörde jag (jag hade ju fortfarande inte sett nåt. När jag öppnade ögonen såg jag in i en vägg. Mestadels blundade jag) nån som sa:

»Okej. Allt verkar lugnt. Nu vill jag att ni tar er in i alla byggnader, alla rum, kojor, skjul och utrymmen. Vill ni knulla, så gör det, men se till att vi andra slipper se skiten. Dra ut dem i nån skogsdunge eller gå bakom nåt hörn. Om ni vill dra ut dem i skogen måste ni fråga om lov först. När ni knullat så fimpar ni dem. Inget lekande, inget sånt. Knulla om ni vill, men se för fan till att döda dem snabbt. Vi är inte grymma.«

Snart skulle dörren till vårt lilla rum slås upp, jag skulle vända mig på mage och vänta på slaget, sticket eller stöten.

Skulle jag säga nåt? Nej. Vad skulle det tjäna till? Ingen skulle skona mig. Jag kunde inte komma på nåt argument, nån muta eller nåt löfte som skulle få nån att tveka. Jag funderade på om jag skulle avsluta livet med nåt storslaget, ett utrop av motstånd in i döden, typ: »Bassebeck för alltid!« eller nåt sånt. Men jag kom fram till att det nog bara skulle bli fånigt.

Detta var slutet.

Det sägs ju att livet spelas upp i huvudet på en när man ska dö. Så var det inte för mig. Jag såg några saker, och jag kan inte säga att de är de viktigaste i mitt liv. Jag såg Anna, den där gången när hon grät på Spinnargatan utanför mitt fönster. Jag såg mig själv ligga och spy i ett dike på Långolmen. Jag såg den styva bröstvårtan på Siss när vi knullade den där andra gången bakom ett skjul.

Det var vad jag såg. Kan inte säga att det sammanfattade mitt liv.

***

När jag hade skrivit det där om att jag visste att jag skulle dö, blev jag så upprörd att jag slängde ifrån mig pennan. Under hela tiden jag skrev om dödandet och mig själv liggandes i fosterställning, kände jag hur pulsen gick upp. Det frestar på att skriva om sin egen dödsångest, det är nästan som att uppleva den igen. Nu tänker jag göra det en gång till. För det här måste göras, det vet jag nu.

Jag har nämligen en plan. En plan som är så bra att jag blir varm i hela kroppen och på allvar börjar tro att jag är ett geni. Ni kommer att häpna, mina okända vänner. Ni kommer att häpna.

***

När andra ser hela sitt liv passera i revy, ser jag alltså tre grejer: en brud, en spya och en bröstvårta. Antingen stämmer inte det där med att man ser sitt liv passera i revy, eller så är det nåt seriöst fel på mig. Jag lutar åt det förstnämnda.

Jag låg alltså där och kände döden flåsa mig i nacken. Efter några minuter, inte länge alls, hörde jag ett par skor komma närmare och närmare.

För första gången på över ett dygn gav Famsa ifrån sig ett ljud. Det lät precis likadant som det där första ljudet jag hörde, när porten precis hade brustit. Ett utdraget gnällande. Som om han bara var tvungen att låta, bara ge ett ljud ifrån sig innan han dör. Som ett bevis på sin mänsklighet. Eller ett nedärvt sätt att förtvivlat ropa på hjälp. Ett »uuuuuuuuuuoooooouuuuuu« som aldrig tog slut.

Så öppnades dörren.

Jaha, tänkte jag.

Tunga andetag. Han, för det var en han, verkade se sig om i det lilla rummet. Han harklade sig, suckade som man gör inför nånting man kanske inte njuter av men som måste göras. Sen hörde jag hur nånting – klubba, slagträ, yxa? – långsamt höjdes och sen snabbt och tungt släpptes ner. Och landade i Famsas huvud med ett blött, dovt ljud. Han måste ha dött omedelbart. Han sa ingenting. Kanske hade han hunnit bli medvetslös av skräck.

Jaha, tänkte jag en gång till innan jag fick ett infall. Om man ändå ska dö, tänkte jag. Då är det väl rimligt att man får se vem det är som ska döda en. Inte för att det skulle spela nån som helst roll. Men det kändes ändå viktigt att få ett ansikte på bödeln.

Jag vände mig om.

Där stod Tompy.

***

Tompy. Den förlorade Tompy. Tompy som blivit Diddys pojke. Nu stod han där, med blodfläckar, torkade och färska, över hela kroppen. Hans blå byxor var mörka av fukt, kanske var det blod, kanske var det svett och lera. Han andades lugnt men djupt. Han hade inte sett vem jag var ännu. Han såg fortfarande ner på det som en gång var Famsa. Så harklade han sig, tog samma djupa andetag jag hade hört innan han släppte ner yxan – det var en yxa, det såg jag nu – över Famsas huvud. Jag stirrade på honom, kunde inte förmå mig att säga nåt. Jag stirrade som om jag med blotta blicken kunde få honom att vända på huvudet och se mig. Känna igen mig och rädda mitt liv.

Han höjde yxan igen. Han slog igen. Samma kraschande ljud. Han slog en gång till, och en gång till. Han ville inte bara döda Famsa, han ville utradera honom. Han drog en djup suck – lättnad? ångest? – när han var klar.

Sen höjde han yxan ytterligare en gång, och vände sig mot mig. Men hans ansikte var fortfarande bortvänt.

Det kändes medvetet, som om han inte ville se en levande blick innan han lät yxan splittra sönder skallbenet och tränga in i hjärnan. Kanske var det just det som fick mig att säga nåt till slut. Att han verkade ha blandade känslor inför sin uppgift. Han ville inte se på den han skulle döda. Det fanns människa kvar i honom. Det fanns Tompy kvar i Tompy.

»Toff! Det är jag, Toff!«

Min röst var skrovlig och hes. Jag hade inte sagt nåt på säkert ett dygn.

Sakta vände han blicken mot mig, fortfarande med yxan höjd. Hur många gånger har jag inte sett de där ögonen? Jag har sett dem fulla av mäskfylla. Jag har sett dem fulla av vrede över nån skyfflares maktmissbruk. Jag har sett dem fulla av pojkaktigt bus. Jag har sett dem uppfyllda av en vändpunkt i livet. Jag har sett Tompys ögon på tusen sätt. Men jag hade aldrig sett dem så här. När jag såg dem senast, innan vi lämnade Diddy, minns jag att jag skrev att de var tomma.

Men det var de inte. Då hade det funnits en vilja i dem, en lättnad efter ett svårt beslut. Nu var de tomma. Riktigt tomma.

Yxan var fortfarande höjd över hans huvud. Den var blodig, med hårstrån och vad jag antar var hjärnsubstans smetat över hela eggen. Jag vet inte hur länge han stod så, med yxan över huvudet.

Men till sist – tack gode snälle Gud, både den nya och den gamla – sänkte han yxan. Skakade på huvudet och tog sig över ögonen, som för att vakna till.

»Vad i helvete …«

Han mumlade det för sig själv. Han sa det en gång till och la betoningen på sista ordet.

»Vad i helvete …«

Så satte han sig ner på huk. Tog stöd med ena handen mot det skitiga golvet. Suckade djupt, djupt. Jag sa ingenting, men jag visste instinktivt vad han skulle säga härnäst. Efter några djupa suckar kom det:

»Anna?«

Jag ryckte på axlarna. Jag hade ingen aning. Just då skämdes jag för det, mest för att jag märkte att Tompy förebrådde mig i det tysta. Vem nu han var att förebrå mig. Det var ju han som stormat in med en blodig yxa för att slakta mig.

Men det var inte riktigt läge att reda ut exakt vem som hade fuckat upp vad. Graden av uppfuckning var på tok för hög. Här stod vi, de två omaka vännerna från Hornschtull, den ena på mördarstråt efter att ha blivit bergtagen av en dvärgkung, den andre ett offerlamm bara sekunder från döden. Uppfuckat var bara förnamnet. Det här var en helt ny dimension av uppfuckning.

Utanför hördes steg och röster, ljuden jag hade lärt mig känna igen, enstaka rop om nåd, ljudet av skallar som slogs sönder, kvinnor som våldtogs, män som torterades. Det började mörkna, och jag vet att jag tänkte att det skulle vara gott med en öl och lite bröd.

Man tänker sånt. Man gör ju det. När allvaret och dramatiken är som värst, vänder sig hjärnan till det lilla och trygga. Som en snuttefilt av minnen.

Utan att säga mer, böjde sig Tompy ner och tog tag i min arm. Hårt. Ingen tvekan. Signalen var tydlig. Kom med här. Följ med så ska vi se om vi kan reda ut den här skiten. Vi gick ut.

Synen som mötte mig där ute ... Jag vill inte minnas den. Jag vill ännu mindre beskriva den.

Men det rann bäckar av blod. Kroppar låg huller om buller, barn, kvinnor, män, gamlingar. Jag blundade och såg de bilder jag sett från förintelsen eller Jugoslavien bakom ögonlocken. Jag såg de arabiska skildringarna av korstågen. Jag såg all världens samlade minne av övergrepp, massakrer, folkmord och krig. När jag öppnade ögonen såg jag samma sak, fast i verkligheten. Det var vidrigt. Närmare än så kommer jag inte. Mer än så orkar jag egentligen inte, det liksom bränner i huvudet när jag skriver det här. Det bränner och kokar över och det finns ju nåt annat jag såg som jag inte ville se, som fick alla andra lik att förblekna, nåt så vidrigt att de små barnliken helt plötsligt inte var så hemska. Nåt som fick blodet som flöt runt mina fötter att verka betydelselöst.

Men, nej. Jag orkar inte nu. Sen.

Tompy höll mig hårt i armen, skyndade över samlingsplatsen som de hade gjort till bas. Han siktade på matsalen, där det verkade finnas nån ledare. Några höll vakt utanför, och genom fönstret kunde jag se en man som satt vid ett bord, omgiven av andra. Över porten till matsalen, där det tidigare hade stått »Vad var det som hände?« hade de skrivit »Ordningen är helig«. När jag sen kände lukten av brandrök och vände mig om, såg jag att biblioteket brann. Caesar hade än en gång stigit i land i Alexandria och bränt upp världens samlade kunskap. Men den här gången gjorde han det inte av okunskap, otur och slarv. Den här gången ville Caesar inget annat än att förstöra kunskapen.

Det var då, faktiskt först då, jag insåg att drömmen om en bättre framtid var död. Stendöd.

***

Här får vi en konkret ledtråd till fullmäktigestyrkornas drivkraft. De måste ha känt till vad folket i Bassebeck visste. Kunskapsgraden måste ha nått en kritisk punkt, vilket gjorde att hotet blev reellt och inte bara potentiellt. Det var förmodligen inte bara risken för motstridighet bland de lägre klasserna som de fruktade, utan de fruktade att verklig kunskap kunde spridas bland knegarna. Varför hade de annars bränt ner ett bibliotek som verkligen kunde ha intresserat fullmäktige? De var ju inte ointresserade av kunskap om den gamla tiden, bara måna om att den inte skulle sprida sig. Allt tyder med andra ord på att a) bassebeckarna hade samlat på sig så mycket information att de utgjorde ett konkret hot mot fullmäktige och b) de hade hittat sätt att sprida den kunskapen bland knegare utanför Bassebeck. Enda sättet var att hetsa massorna till hat och bränna ner allt och döda alla.

Skrämmande, men tydligen effektivt eftersom det bara återstår en enda källa till vad som hände. Och den källan undkom genom vad som bara kan kallas Guds försyn.

Muham Bentson

***

Idag kände jag den första vinterkylan på natten. När jag gick ut på morgonen var det frost på mossan, och det behövdes en lång promenad för att jag skulle få tillbaka värmen i fötterna. Kanske är det senare på året än vad jag först trodde. Jag har kommit på att jag har ett problem: väntar jag för länge med att dra till Danmark, kan det bli svårt att ta sig över. Det kan flyta isflak på vattnet, och då tar man sig inte över med en liten båt. Å andra sidan kanske man kan hoppas på att det verkligen fryser till, och då kan man nog knalla över på isen. I och för sig har jag aldrig sett ett hav verkligen frysa till is, det tillhör den gamla tiden. Dessutom ligger det här mycket längre söderut än Ståkkålm.

Jag vet inte, och en stor del av mig säger att jag nog ska skita i det. Skriv färdigt först, sätt din gudomliga plan i verket. Sen kan du fundera på hur du ska komma till korvarnas förlovade land.

Jag tror jag hörde röster idag. Kanske är det folk från nån närliggande by som kommer till den här skogen för att plocka bär eller jaga. Måste vara mer försiktig.

***

Rösterna jag skrev om igår kom närmare idag. Två män, de pratade om jakt och väder. Ett samtal vilket som helst. Jag satt i kojan och insåg att det bara fanns en sak att göra om de fick syn på mitt lilla hus.

Naturligtvis fick de syn på det. När de var tillräckligt nära tog jag ett djup andetag och lät en främmande röst komma ur min mun. En galen röst.

»Göööör mig heeeel. SANNINGEN FINNS I ORDET!!!«

Jag tittade ut från kojan och såg två smutsiga, skräckslagna ansikten. De sprang fort därifrån.

Nu vet snart hela bygden att det finns en blödare i skogen. Bara en tidsfråga innan nån kommer att komma hit och be om råd inför sin bröllopsnatt eller dylikt. Måste skriva mer och snabbare nu. Måste bli klar. Måste.

***

Tompys grepp fortsatte att vara hårt, nästan krampaktigt. Han förde mig mot matsalens dörr. Inte snabbt men heller inte långsamt. Plötsligt stannade han, grymtade frustrerat. Som man gör när man inser att man glömt nåt när man har bråttom. Han viskade nåt ilsket i mungipan. Jag hörde inte vad han sa. Han böjde sig närmare.

»Boken. Har du kvar boken?«

Hans andedräkt var sur av mäsk och kanske lite öl. Hans tänder var vitare än några tänder jag nånsin sett.

Jag nickade och visade med en knyck på huvudet att boken var kvar i kojan. Efter en sekunds tvekan vände han sig om, fortfarande med mig i ett hårt grepp. Vi gick tillbaka. Famsas lik låg kvar. Han låg med knäna under magen, som ett spädbarn som sover. Armarna under bröstet. Jag såg att han hade skitit på sig när han dog. Märkligt, tänkte jag, att han hade haft kvar nåt att skita när vi svultit så länge. Återigen, dessa små struntsaker som poppar upp i huvudet på en. Tompy mötte inte min blick. Jag såg på honom att han var rädd. Jag rafsade runt bland mina grejer i ena hörnet och där var papprena. Boken. Min bok, *Toffs bok*. Den du nu håller i din hand.

Sen gick vi tillbaka samma väg. Märkligt att man vänjer sig vid åsynen av blod och lik så fort.

När vi gick in genom dörren till matsalen, såg jag omedelbart vem det var som bestämde. Inte för att han satt bakom ett bord, utan för att han helt enkelt verkade bestämma. Det syntes. Han utstrålade befäl, innan han ens hunnit säga ett ord. Jag vet fortfarande inte vad han hette. Hans blick var en uppmaning att tala.

»Sör!«

Tompy nästan-skrek, på det där sättet som folk alltid verkar göra så fort det handlar om krig. Jag hade hört det förut, när det skramlades till strid i Hornschtull och alla snubbar till varje pris ville visa sig dugliga nog att få vara med. Befälet sa fortfarande ingenting, men ägnade oss sin uppmärksamhet. Han la huvudet bara en aning på sned, som för att säga: »Ja?«

»Den här bassebeckaren behöver en omgång! Jag tror han sitter inne på info om förrädare så långt bort som Ståkkålm!« fortsatte Tompy att skrika.

»Och vad får dig att tro det?« sa befälet med låg röst.

Hans hy var nästan svart, en blatte.

***

Sättet Toff använder ordet blatte på visar tydligt på en av den moderna världens största landvinningar. För även om Toffs tid var mörk och obildad, full av styggelser som hunger, förtryck, sexism, våldtäkt, krig och tortyr, var den i det närmaste fri från rasism. Det bruket, att hysa snedvridna åsikter om folk med annan hudfärg eller härkomst, verkar ha nästan försvunnit från det svenska samhället i samband med vad det nu var som hände. Naturligtvis är det svårt att spekulera i vad det berodde på. Men förmodligen fann sig plötsligt svenskarna i en situation när alla statusmarkörer en gång för alla var utplånade, och bara minnet av det som en gång var fanns kvar. Av någon anledning glömdes det där med hudfärg och etnicitet bort. Istället började man koncentrera sig på saker som eventuella släktskap med förtroendevalda, eller påstådda rättigheter att skyffla. Hur detta kommer sig, är en av den historiska vetenskapens största gåtor: när allt gick så oerhört fel – hur kunde denna enda sak gå så rätt? Om inte annat visar det väl på att Toff och hans samtida inte var helt förtappade. De kunde i alla fall se bortom en människas hudfärg. Även om de inte hindrade dem att behandla fattiga, kvinnor och oliktänkande som avskräde. Ordet »blatte« användes för övrigt som en nedsättande term under den gamla tiden.

Muham Bentson

***

Tompy drog efter andan. Jag kände att det fanns en lögn i honom. Och eftersom jag visste att Tompy var den sämsta lögnaren på jorden, var jag rädd. Faktiskt mycket räddare än när jag hade hört fotstegen närma sig. En möjlighet till räddning hade öppnat sig, och att dö nu skulle vara hundra gånger hemskare än att dö där i kojan. Då hade jag inget hopp, nu hade jag en smula.

»Jag är själv från Hornschtull i Ståkkålm, sör! Jag känner igen honom. Han har med all sannolikhet vänner därhemma som ska föra hans sjuka lära vidare! Sör!«

Befälet nickade. Han trutade med munnen, tänkte efter, fipplade lite med en pinne han hade i handen.

»Fajn. Ta med honom ut i skogen. Få ur honom det han vet.«

Tompy tog mig hårt i nacken, som för att visa att han minsann inte skulle lägga två fingrar emellan, och drog mig mot dörren. Plötsligt ställde sig befälet upp.

»Visst fan var du en av dem vi fick från Diddy?«

Tompy nickade.

»Se till att han pratar innan du knullar sönder röven på honom. Förbannade bögjävel.«

Hela rummet brast ut i ett krigsskratt. Tompy stämde in i skrattet, som man gör när man vet att ens liv hänger på det. Som man gjorde när Stalin drog ett skämt. Jävlar, vad rädd han var. Han tog ett hårt grepp om skinkorna på mig och fortsatte att skratta långt ut på gården, där tre man höll på att släpa kroppar till en stor hög. Det skulle bli likbål. Samtidigt såg jag röken och kände brandlukten från biblioteket, som stod i full brand.

Bredvid likbålet ett bokbål.

***

Mina fötter slirade i blod och lera. En gång stötte min fot i nåt hårt och runt, och när jag tittade ner såg jag att det var huvudet från ett barn som inte kan ha varit mer än tio år gammalt. Längs en vägg hade de radat upp fem eller sex kvinnor, alla nakna. De verkade ha ordnat nån sorts kösystem för att våldta dem. En av kvinnorna var Siss. Hon stod stel mitt bland de andra kvinnorna. Jag tror hon såg mig och jag tror att vi såg in i varandras ögon.

Det är inte som du tror, försökte jag genom tankekraft överföra till henne.

Jag är inte en av dem, det är inte därför de låter mig leva.

Även om hon hade kunnat läsa tankar skulle hon inte trott mig. Hennes ögon var breddfulla av hat. Hon spottade på marken. Jag skämdes av nån anledning. Kanske för att jag nånstans insåg att jag skulle kunnat vara en av dem som stod på kö för att våldta henne. Jag är ju trots allt man och det är bara män som gör sånt. Och jag är ju trots allt bara Toff, och jag skulle nog kunna övertalas att göra vad som helst under rätt, eller fel, omständigheter. Med huvudet fullt av hypotetisk skam gick jag och Tompy ut från det som hade varit mitt hem så länge men ändå så kort tid. Jag insåg att jag faktiskt inte varit utanför murarna på hela tiden, och naturen överraskade mig. Nästan som om jag glömt att den fanns där, träd, gräs, stenbumlingar, snår och pinnar. Horisont.

Tompy ledde mig till en liten skogsdunge. Han släppte mig och jag satte mig ner på marken. Det dröjde inte länge innan jag kräktes upp den lilla mat min mage hade kvar. Det var mest magsaft och min hals snörde ihop sig av allt det sura som kom upp.

Tompy satt med ryggen mot ett träd och stirrade ut i himlen, som fortfarande var ljus.

»Fuuuuuuck«, stönade han. »Satans jävla fuck. Hur mår du?«

Jag ryckte på axlarna. Jag hade faktiskt ingen aning om hur jag mådde. Mina erfarenheter av dödsångest och massmord var begränsade. Jag hade inget att jämföra med. Men det flimrade för ögonen, och kroppen kändes ömsom varm, ömsom helt iskall. Det riktigt kändes i hela kroppen hur detta skulle komma ut senare, när allt var över. Jag antog att det var den första känningen av posttraumatisk stress, som jag hade läst om i nån bok. Den boken brinner nu, minns jag att jag tänkte. Jag är kanske den enda nu levande människa som läst den. Sen började jag hulka igen. Men det fanns inget kvar att kräkas upp.

»Vi har inte så mycket tid«, sa Tompy. »Men jag tänker låta dig gå, så klart. Jag kan inte döda dig. Jag älskar dig.«

***

Till och med då, efter all den skit jag upplevt, i det tillstånd jag befann mig, hade jag svårt att hantera de orden. Ingen hade nånsin sagt det till mig. Nu kom de, liksom helt självklart sagda. Inte från nån kvinna i solnedgången. Inte ens utstönade under knullandet, inte framviskade av en mor eller far på dödsbädden. Det var så jag hade föreställt mig att de skulle sägas. Utan nu var det en fullvuxen man, min bästa vän som sa det till mig. Jag minns att jag blev förvånad över att jag kunde rodna mitt i en spykonvulsion som verkade vrida magsäcken ut och in. Tompy fortsatte:

»Du får tro vad du vill. Jag älskar dig inte som jag ... ja du vet. På Diddys sätt. Jag bara älskar dig. Du är min polare.«

Jag vred sakta på huvudet och såg på honom. Jag försökte le. Det gick inget vidare. Sen började jag – naturligtvis, eftersom jag heter Toff – att stamma och famla efter orden.

»Alltså, jag ... det gör ju jag ... också, alltså inte som du sa att du gjorde hos Diddy, men ja, du vet ...«

»Jag vet«, avbröt han. »Jag vet.«

Han la sin hand på min axel, kramade den lätt och såg ner i marken. Och hej, kära läsare, när jag ändå har nämnt det här med ovidkommande tankar som poppar upp i huvudet i extrema situationer, smaka på den här: jag kände en lätt ilning i skrevet när han gjorde så. Som man gör när nån älskar en, oavsett allt annat. Som man gör flera gånger om dagen utan att nåt hänt alls. Då tänkte jag: Har jag blivit håmo?

Om jag får lov att svara mig själv: Nej, Toff. Men du har precis undgått döden och din vän har räddat ditt liv. Klart du älskar honom. Klart hela din kropp älskar honom. Det gör dig inte till nån annan än den du vill vara.

Tompy fortsatte:

»Jag vet att du älskar mig. Du behöver inte säga det.«

Jag var för nersölad med kräks och för knäsvag, annars hade jag rest mig upp och kramat honom.

Ögonblicket dog snart. Tompy reste sig upp, la en hand på min rygg och drog upp mig på fötter. Han gav mig vatten från en flaska han hade i bältet. Jag kände en smula liv återkomma.

»Slå mig«, sa han. »Du måste skada mig.«

Jag skakade förvirrat på huvudet. Först en kärleksförklaring, sen misshandel. Jag hängde inte med.

»Jag tänker släppa iväg dig. Men de kommer att undra. De kommer att vilja veta var liket är, och jag kommer att säga att du blev helt jävla galen. Full kanske, på nån hemlig mäskgrej som ni hittat på i Bassebeck. Och att du slog mig så illa att jag släppte dig för ett ögonblick. Därför måste du slå mig. Hårt. Här.«

Han pekade på ögat.

»Och här.«

Han pekade på armen.

»Den måste gå av.«

Men nej, jag kunde inte göra det. Det var för mycket. För mycket på en gång. Jag satte mig ner.

»Först måste du berätta«, sa jag. »Varför stannade du hos Diddy? Vad hände sen? Varför är du här? Vad har du gjort?«

Den sista frågan kom ut på fel sätt, det hörde jag. En liten glidning i tonfallet fick den att låta som en anklagelse. Han tog omedelbart åt sig.

»Jag har gjort det jag var tvungen att göra. För att inte dö. För att kunna fortsätta andas. För att få ...«

Han andades djupt, slog bort blicken och fäste den nånstans långt borta.

»För att få träffa honom igen.«

»Diddy?«

»Nej, en annan. Jag har hittat hem, Toff. Och mitt hem ligger där han är. Han heter Jon.«

Han fortsatte.

»När styrkorna kom till Diddy, ville de ha med sig alla som såg ut att kunna strida. Men Diddy vägrade. Det blev ett jävla ståhej, men till slut gjorde de en dil. Alla par skulle delas upp, och den starkaste av dem skulle följa med styrkorna. På så sätt fick Diddy behålla mer än hälften av sina män, och styrkorna fick motiverade soldater. Enda anledningen till att jag slåss är för att få träffa Jon igen. De kallar oss the bögfajters, och även om de skrattar åt oss vet de att vi slåss bättre än de flesta.«

Jag kom ihåg Tompys blick av insikt den där dagen jag och Anna gav oss iväg från Diddy. Jag insåg att han hade kvar den blicken nu också, ett allvar jag aldrig hade sett i Hornschtull. Plötsligt slog han sina vackra ögon rakt in i mina och sa:

»Jag var lycklig i några månader, Toffsingen. Riktigt lycklig. Jag vill bli det igen.«

Sen var det min tur. Jag berättade om tiden i Bassebeck, om böckerna, debatterna, hur mycket jag lärt mig. Om att Anna och jag glidit isär, att det aldrig blev nåt och att jag faktiskt var glad för det (vilket var en lögn). Att jag knullat med Siss och att det inte var exakt vad jag hade väntat mig. Att jag var avundsjuk på honom för att han träffat nån som var värd att leva för i den tid vi levde i. Jag berättade för honom allt jag kom ihåg om den gamla tiden, om hur jag insett att den enda vägen framåt var att skapa ett likadant samhälle igen. När jag berättade kände jag hur livet kom tillbaka, och så här i efterhand är det väl en ganska tydlig bild av skillnaden mellan mig och Tompy. Han levde för att få träffa sin kärlek. Det som fick mig att återhämta mig från mitt livs värsta trauma var att lägga ut texten om den klassiska periodens överlägsenhet och hur vi bäst skulle gå tillväga för att återskapa den.

Jag är en teoretiker. När det plötsligt slog mig att allt var över, Bassebeck var förstört, alla döda, alla böcker brända, blev jag så beklämd att jag gled in i tystnaden. Vi satt tysta båda två en stund, tills Tompy reste sig upp med ett ryck.

»Nu ska du slå mig, sen ses vi aldrig mer.«

Jag knöt näven och siktade på han högra öga. Han skakade på huvudet.

»Här.«

Han gav mig en grov pinne.

***

Det är märkligt vilka spärrar vi har. Fakta låg ju klara för mig. Om jag inte slår honom, kommer han förmodligen att dö. Ändå kunde jag inte. Jag stod med den grova, taggiga pinnen höjd över huvudet där i skogsgläntan och bara KUNDE inte. Tompy blundade. Gång på gång försökte jag ta sats och slå mot hans huvud. Det gick bara inte. Han var full av lösningar.

»Låtsas att jag är nån annan. Nån du hatar.«

»Låtsas att jag är en av skyfflarna som spöade dig i Hornschtull.«

»Kommer du inte ihåg att jag brukade snärta dig på öronen där hemma?«

»Du är så jävla feg, Toffsingen. Visa att du är en man! Jag är ju för fan bara en jävla bögjävel!«

Men icke. Till slut blev han arg på riktigt, tog tag i mig, tryckte upp mig mot ett träd för att få adrenalinet att börja pumpa. Det var inte förrän han drog sin jacka över ansiktet och sa:

»Anna skrattade åt dig under hela vägen från Hornschtull. Vi brukade skratta åt dig, hon och jag.«

Det var inte förrän då jag kunde slå. Då slog jag hårt. Jag hörde hur nåt krasade vid hans kind. När han drog ner jackan, blödde han kraftigt från kindbenet.

Men det var inte slut för det. Jag skulle bryta han arm också. Han la den på en sten, drog upp ärmen och började mässa som ett mantra:

»Hon skrattar fortfarande åt dig, och är hon död så tog hon minnet av din slaka kuk under bron med sig in i döden, Toff. Du var bara en fjant för henne, en ful liten fjant som inte dög åt nåt annat än att läsa och skriva. Du var ofarlig. Hon var aldrig tänd på dig. Aldrig. Så slå då, bryt armen om du vågar. Visa Anna att du är en man.«

Jag tog en annan sten i min hand, höjde den och lät den falla. Tompy skrek till, armen blånade förvånansvärt snabbt. Men den var inte bruten, inte alls. Långt ifrån. Jag försökte intala mig att det här var min bästa vän och att han alldeles nyss, bara för nån timme sen, hade försökt döda mig. Men lika fort som jag tänkte den tanken, förlät jag honom. Herregud, det var ju Tompy. Det han var på väg att göra, gjorde han ju mot andra, inte mot mig. Han skonade ju mig, trots rådande vansinne. Han såg min oförmåga och fortsatte:

»Hon inte bara skrattade Toff, hon avskydde dig. Hon var irriterad på din tafatthet, på att du luktade illa. För fan, sköljde du aldrig kuken? Du stank under hela resan! Hon sa att hon aldrig i livet skulle stå ut med dina mjölkiga ögon, de förföljde henne sa hon. Helvete, Toff, varför stirrade du så på henne? Varför gör du alltid bort dig? Hon hatar dig! Fattar du? Hatar dig!«

Till slut lät jag inte bara stenen falla, jag tog i. Lät stenen landa på hans arm och ett distinkt kras hördes. När han skrikit färdigt lyfte han den. Den hängde i en mycket märklig vinkel.

»Bra«, väste han. »Bra. Nu är det dags. Nu drar jag tillbaka, och du drar iväg. Och du, skriv färdigt din jävla bok. Det är viktigt. Skriv den. Jag har förstått så mycket av det här med Bassebeck så jag fattat att det handlar om att göra Svärje till ett bättre ställe. Och för det behövs det böcker. Så fortsätt skriv, lova mig det.«

Jag nickade. Han lyfte sin obrutna arm, strök mig – lite ilsket, för ilskan satt fortfarande kvar – över kinden. Sen sa han på typiskt tompysätt:

»Fan vad jobbig du är. Se till att knulla lite mer också.«

Och så vände han sig om och gick.

»Var det sant? Det där om Anna?« kom det ur mig när han nästan var utom hörhåll.

»Vartenda ord!« ropade han.

Sen såg jag aldrig Tompy igen.

***

Det blir varmare igen. Som om vintern kom fram till dörren, men ändrade sig innan den ens hann knacka på. Istället är luften tjock av fukt, och kylan äter sakta upp en inifrån. När det är kallare attackerar den med huvudet före utifrån. Det gillar jag bättre. Den här kylan finns överallt, den finns inuti mig.

Det blir svårare att hitta mat. Bär och svamp finns inte mer, och jag har inte lyckats få kött på flera veckor känns det som. Jag har glömt bort tiden, dagarna bara kommer och går. Mestadels ligger jag på rygg och tänker. Ibland skriver jag. Jag greppar pennan och försvinner ner i orden och kommer inte ut förrän de tar slut. Det kan ha tagit en timme, fem timmar eller ett halvt dygn. Jag vet inte.

Hungern har upphört att spela nån roll. Jag har varit hungrig så länge och så många gånger i mitt liv att den inte längre är en pålitlig tidsangivare. Under tiden på Bassebeck, den goda tiden, minns jag hur jag kunde veta vilken tid på dagen det var genom att känna efter hur hungrig jag var. Man vet att man har det bra när man kan känna med magen och säga »nu är det lunch«.

Min vänsterhand är helt läkt nu, men den kommer att bli en ständig påminnelse för mig. När man sluppit undan en stor fara, är det de små grejerna som är farliga. Man blir kaxig, man tror att den lilla tuvan inte kan stjälpa det stora lasset längre, men det kan den. Det kan den alltid. Jag kan inte sluta handen helt, och när jag slappnar av hamnar den snett. Men låret är helt återställt.

***

Kanske låg jag där i tio minuter, kanske fem. Kanske en timme. Vidden av det som hänt sjönk sakta in. Jag levde. Jag skulle fortsätta att leva ett tag till. Fullmäktiges styrkor var kvar inne i Bassebeck, och de tänkte stanna där ett tag. Att man tog ut folk som Tompy hade tagit ut mig, tillhörde undantagen. Det var enklare att bara döda eller våldta på plats. Finkänslighet i grymheten var bara tidsödande.

Men, det var det första jag insåg, jag måste dra härifrån. Bort, bara bort. Bort från Bassebeck, bort från den bästa tiden i mitt liv. Nu var det bara jag. Så jag började springa söderut. Jag hade en luddig tanke om Danmark i huvudet redan då, så söderut verkade rimligt. Mot havet kunde jag inte springa, då skulle jag bli upptäckt. Österut var det bara fullmäktigeland så långt ögat nådde. Söderut, mot den skog jag såg långt borta.

Så jag sprang. Och jag sprang. Jag sprang tills kroppen skrek. När jag trodde att jag skulle sprängas av smärta och andnöd sprang jag ännu mer. I mitt huvud rullade den gamla ramsan, som alla barn i Ståkkålm rabblar, så fort de lajar kull: »Ingenting kan stoppa mig, du kommer hitta mig som död (paus) och begraven.«

Jag minns att jag var på »hitta mig som« när smärtan skenade upp från låret. Innan jag hann se ner, for vänsterhanden dit för att avvärja vad det än var. En tiondels sekund senare såg jag vad som hänt: taggtråd. Men inte vanlig taggtråd, utan taggtråd som förmodligen satts upp för att markera nån sorts kommungräns. Långa, knivlika taggar som stack upp med jämna mellanrum från en hårt dragen stålvajer. En av knivtaggarna satt långt in i mitt lår. En annan hade stuckit hål i min vänsterhand, djupt ner i tumvecket. Jag antar att jag skrek, men jag har inget minne av det.

Det blödde. Det forsade. Jag lyckades dra ut taggarna. Först från handen, sen – och helvetets alla jävla horor vad ont det gjorde – från låret. Jag rev av trasor från mina kläder för att stoppa blodet. Sen stapplade jag fram till skogsbrynet, la mig ner och sov.

Här hade jag överlevt fullskaligt krig, folkmord och undkommit tortyr genom ren och skär röta. Jag var på väg ut ur en mardröm, hade räddningen i sikte – och fastnar på en jävla taggtråd. Precis som Lai, låg jag och tänkte om och om igen. Precis som Lai. Hon dog av en liten jävla spik, jag springer rakt i en smal jävla taggtråd. Nu tar sårfebern mig, nu svälter jag ihjäl och ingen är här. Hade jag dött med Famsa hade jag i alla fall inte dött ensam.

Ibland väcktes jag av smärtan, men jag somnade snart igen av samma smärta. Det var som om kroppen då och då ville kolla med sig själv att jag levde. När den sen upptäckte att det fortfarande gjorde ont, såg den till att somna igen.

Men jag dog inte. Kanske var det vädret som räddade mig. Det var ovanligt behagligt: svalt utan att vara kallt. Varmt utan att vara tryckande. Jag öppnade munnen när det regnade, sträckte ut en hand och hittade lite bär och svamp som jag åt. Så småningom – kan det ha varit ett dygn? Tre? – kunde jag resa mig upp och släpa mig längre in i skogen. Till fler bär och fler svampar. Så småningom insåg jag att jag skulle överleva.

***

Sen den dagen då jag blev räddad av Tompy har jag inte sagt ett ord till nån. Mitt gamla löfte om att leva som den gamla tidens munkar har infriats mer än väl. Jag säger ingenting, jag äter löjligt lite och jag ägnar större delen av min tid åt kontemplation och skrivande. Jag är en munk utan gudstro. För nån Gud lärde jag mig aldrig tro på. Det fanns de som blev kristna på Bassebeck. De sjöng och bad, de pratade om barmhärtighet och förlåtelse. Jag tänkte alltid att det var självklarheter, jag var stolt över att vara ateist. Det var rationellt, och jag älskade det rationella, det bevisbara. Visst hade jag nån period av andligt sökande, den kanske varade i nån vecka, men jag lyckades aldrig engagera mig. Det kändes som teater, som att man skulle låtsas. Jag grejade det bara inte.

Kunskap var nog för mig, i stunder av förtvivlan tröstade jag mig med lexikon, uppslagsböcker, biografier och romaner. Rena fakta fick mig på bättre humör. Det mest andliga jag upplevde var lusten att starta en ny framtid, att vara pionjär. Efter att ha sett vad styrkorna gjorde med oss på Bassebeck, försvann varenda gnutta gudstro som nånsin funnits i mig. Hur mycket jag än läst om teodicéproblemet kunde jag inte få ihop en barmhärtig Gud med stympade barn. De kristna brukade säga att det där var ett barns invändningar mot kristendomen, att det med stigande ålder skulle bli uppenbart för mig varför Gud och Kristus och allt det där var värt att tro på. Att de som ville bevisa Guds existens aldrig skulle hitta några bevis och att de som trodde på Gud inte behövde några bevis.

Vi får väl se. Hittills har jag i alla fall inte fått några andliga ingivelser, trots att min belägenhet förmodligen är den bästa tänkbara för såna grejer, ensam i en koja i skogen utan nån att prata med. Inte en frestelse så långt ögat når.

I takt med att mitt ben och min hand blev bättre och jag fick tillbaka lite av mina krafter, byggde jag den koja jag bor i. Av trästockar, enstaka plankor, stenar och till och med lite tyg. Detta är mitt hem nu, och det är här jag ska slutföra min plan som, om den lyckas, kommer att bli min räddning. Min plan är lika enkel som genial, men skriver jag ett ord om den går den om intet.

Eller kanske är det för mycket sagt att den kommer att bli min räddning. Snarare räddar den mitt liv från att bli helt meningslöst.

***

> Det är nu Toff övergår från att vara en intressant historisk person till att bli en myt och ett fenomen. Han blir, genom ett infall, en nyck – man kanske till och med kan kalla det för ett genidrag – en den mörka tidens Homeros.
>
> *Muham Bentson*

***

Det var alltså berättelsen om hur jag kom hit, till den här kojan i skogen där jag ligger och ligger och ibland, men ganska sällan, skriver. Vad är det jag tänker på när jag ligger här? Allt och inget. Jag låter tankarna flyga, virvla och falla ner igen. Ibland blir jag upprymd och glad, men under långa perioder är jag ledsen. Kanske till och med deprimerad. I ensamhet är det där inte lika kännbart. Depression och lycka finns mest i relation till andra. När man slipper nöta sig själv mot andra människor, blir allt relativt. Ingen kan anmärka på att jag ser nere ut, ingen kan konstatera att jag ler. Och då betyder det inte lika mycket. Ensamhet är förutsättningen för relativism, om man så vill.

Ibland fastnar jag i sådana där filosofiska evighetsgåtor: När upphör högen att vara en hög? Finns ljud även om ingen hör? Om jag är helt ensam och ingen vet om att jag finns – vilket är fallet – är då min sorg verklig? Eller blir känslor bara verkliga i samspel med andra människor?

I min avlägsna barndom, för cirka ett år sen i Hornschtull, minns jag hur jag brukade ignorera min ledsamhet. Jag skrattade och log dagar i sträck, dunkade rygg när jag knegade, flinade när jag drack och skrattade när det skämtades. Allt var en lögn, en min. Jag var inte glad, jag var raka motsatsen. Var jag då ledsen egentligen? Kanske var det min ledsamhet som var lögnen och mina skratt sanningen? Kanske kan man bara bestämma sig för hur man vill ha det. Idag ska jag vara ledsen. Idag ska jag vara glad. Eller, ännu bättre, jag ska aldrig mer vara ledsen. För att lyckas måste man efterlikna en bild av framgång, har jag läst nånstans. Det här är väl samma sak: man är det man vill vara. Kanske har jag velat vara ledsen hela livet, eftersom det är så mycket enklare.

Sånt här kan jag fastna i hur länge som helst. Det händer att jag gråter i timmar. Det händer att jag skrattar i timmar. Jag sjunger, jag läser högt ur min bok för ingen alls, jag visslar.

Men det jag oftast fastnar vid är framtiden. Jag trodde vi skapade den i Bassebeck. Jag trodde verkligen att vi var pionjärerna som skulle så fröet som skulle blomma ut och starta en ny tid. Jag antar att revolutionärerna i det tidiga 1900-talets Ryssland kände sig precis så: det är vi som ska starta den nya tiden. Det är vi som är utvalda, historiens vingslag har fläktat på oss.

Men så blev det inte, varken för revolutionärerna i Ryssland eller oss. Kanske är det så att ingen som tror sig vara predestinerad att förändra framtiden (kan man vara predestinerad att ändra framtiden? Är inte det en motsägelse – predestination förutsätter ju att saker är förutbestämda. Alltså kan man inte ändra framtiden?

Kanske ska jag släppa det) är det. Kanske är det så att de som tror sig vara utvalda att staka ut en ny tid, aldrig är de som verkligen gör det. Kanske är de riktiga pionjärerna de som gör saker omedvetet, av gammal vana eller bara för att det är kul. Vad vet jag. Det blev inte vi på Bassebeck i alla fall.

Kanske finns det andra ställen i Sverige som liknar Bassebeck. Jag vet inte, och vi hörde aldrig några såna rykten. Så vitt jag vet var vi de enda i vårt slag, de enda som försökte lära oss av historien för att skapa nåt nytt.

Men – en gång för alla – vi misslyckades. Bigtime. Jag är nog den enda överlevande.

Och nu sitter jag här med min bunt papper – min »bok«. Vad ska den vara bra för? Om jag dör här ute i skogen och några bärplockande snubbar hittar mitt ruttnade lik, kommer de att använda min bok som skitpapper i bästa fall. Förmodligen skulle de bara strunta i den. Chansen – risken – att nån verkligen kommer att läsa detta är ytterst liten. För folk läser inte. Det är farligt. Och chansen – risken – att nån läser den, tar intryck och verkligen börjar sträva mot en bättre framtid är minimal. Det bästa jag kan hoppas på är att den ligger bortglömd länge, länge och att nån sen hittar den i en avlägsen framtid. En framtid då saker och ting verkligen har blivit bättre. Kanske kan min bok fungera som en historielektion.

***

Här blir det nästan kusligt. Exakt det som Toff önskar sig har faktiskt hänt. Hans bok överlevde – ingen vet exakt hur – och nu kan vi studera den som ett av de viktigaste historiska dokument vi har. Han kanske inte skapade en ny framtid, men kanske blir den tid vi lever i mer begriplig av hans bok.

Muham Bentson

***

Nu är det dags att avsluta detta. Jag har som sagt kommit på en plan. Men först, innan det storstilade slutet, finns det några saker jag måste berätta.

För det första: jag är, har alltid varit och kommer alltid att vara kär i Anna. Och hon är inte, har aldrig varit och kommer aldrig att bli kär i mig. Utan henne hade aldrig den här boken skrivits. Jag vet inte hur länge jag försökte klamra mig fast vid ett bräckligt halmstrå av hopp om att till slut ändå få henne. Alldeles för länge. Men det fick mig i alla fall att skriva, och gå vidare. Så Anna, var du än är nu: tack. Du är en fin, god och oändligt vacker människa.

För det andra: jag älskar min mamma. Det har hänt att jag vaknat upp på natten under det år som har gått och gripit mig om hjärtat av saknad. Trots att vi nästan aldrig sa nåt till varandra, trots att jag vet att jag var en besvikelse för henne. Trots allt det undrar jag vad hon gör, var hon är och om hon saknar mig också. Jag vet att du aldrig kommer att läsa det här mamma, men ändå: puss på dig. Och tack för allt.

För det tredje: jag har förlåtit alla som gjorde mig illa som barn. Jag har förlåtit min pappa som slog mig ibland. Jag har förlåtit barnen som slog mig, retade mig och fick mig att ta långa omvägar. Jag har till och med förlåtit Tompy för att han låtsades inte känna mig när vi var små. Det var nog det som gjorde allra mest ont, betydligt mer än slagen jag fick av andra. Men nu är det glömt och förlåtet.

För det fjärde: jag har förlikat mig med tanken på att dö. Det känns helt okej. Men jag har lovat mig själv en sak – jag ska inte ge upp förrän jag verkligen är helt jävla rökt. Först gör jag det jag måste, här i kojan. Sen drar jag till Danmark. Som Astrid Lindgren skrev: »Det fanns saker som man måste göra, även om det var farligt. Annars är man ingen människa utan bara en liten lort.«

Jag är ingen lort. Jag är Toff, det här är min bok och nu jävlar ska ni få se på skrivande.

***

Trodde jag ja. Jag har försökt tre gånger nu. Jag har verkligen satt mig ner och försökt göra det jag ska, genomföra min plan. Men det går inte. Det finns nåt som är i vägen, en bild i mitt huvud som river och skaver. Ett liggsår i huvudet som inte läker.

Blunda och skriv nu, Toff. Blunda och skriv. För det måste göras, annars händer ingenting. Man måste ta bort bajset för att bli ren.

När Tompy kom till Bassebeck ... när han tog mig i armen och jag för första gången kom ut ur värnet jag delat med Famsa. Det jag såg då

***

Här blir handstilen skakig och oläslig. Blyertsen utsuddad av vätska. Det kan vara tårar.

Muham Bentson

***

grått tyg, kläder jag sett förut. Två vader som stack fram, två vader jag också sett förut. Två vader jag drömt om, eftersom det nästan var det enda jag sett av den nakna kroppen. Jag såg att knät hade en helt onaturlig vinkel och det enda jag kunde tänka var att nej, nej, nej, du får inte ligga så där. Det ser så obekvämt ut. Jag ville gå fram och lägga henne tillrätta, göra det bekvämt för henne. Men Tompy höll så hårt och bestämt i min arm och runt omkring mig fanns fullt av soldater från fullmäktige och jag var så rädd så rädd.

Anna, herregud, det var Anna. Jag såg blod rinna nerför ena benet, hon låg längst upp på högen i den där hemska ställningen. Längst upp på en hög av lik. Det ångade av död, och Anna var just det.

Hon var död.

Hon är död.

Min kärlek är död.

Jag har upprepat så många gånger i huvudet att »du vet inte om det var hon, det kan ha varit vem som helst«. Men jag vet att jag lurar mig själv. Jag känner igen Anna när jag ser henne. Även om det bara är hennes vader. För jag har tittat (fluktat, smygkikat, studerat) på henne och hennes kropp så mycket att jag kan den utantill.

Jag såg Anna ligga död. Jag såg hennes döda kropp överst på en hög med lik.

Jag såg hennes döda kropp överst på en hög med lik.

Jag såg hennes döda kropp överst på en hög med lik.

Så. Nu får det räcka. Nu är det skrivet.
Nu kan jag skriva det jag ska skriva.

***

Här iscensätter Toff sin plan. Vi vet inte hur lång tid det tar honom eller hur hans levnadsförhållanden ser ut under tiden. Men av de ovanstående styckena att döma lever han på svältens rand, i kyla och i mörker. När han åter sätter pennan till pappret, är det en svag handstil vi ser. Darrig, nästan desperat. Nu återstår väl inget annat än att återge hans sista ord.

Muham Bentson

***

Så har jag gjort det. Jag skrev och skrev och skrev. Medan pennan flög över pappret har det blivit kallare och kallare för varje dag. Men för varje ord jag skrev här i min lilla koja, ja, faktiskt för varje ord jag skriver just nu, känner jag en värme sprida sig genom kroppen. Det är framtidens värme. Genialitetens värme. Sanningens värme.

Jag har gjort det Bassebeck misslyckades med. Jag har skapat en framtid.

Det är ingen framtid nån kommer att leva i. Men den finns, och den är fri från skyfflare, svält, onödig död och horeri. Det är den framtid jag såg framför mig när jag läste, läste och läste i Bassebeck. Det är den framtid jag drömde om redan i Hornschtull, även om jag inte förstod det själv. Det är den framtid Anna dog för, och det är nog allra mest för hennes skull jag skrivit det här. Den finns inuti mig, och den kommer att fortsätta finnas inuti mig så länge jag lever. När jag dör kommer den att finnas i den här boken. Jag ska gräva ner den i en djup grop vid ett träd. I trädets bark ska jag rista in orden: »Det var det här som hände. Gräv om du vill veta.«

Kanske, kanske, kanske kommer nån att läsa det här. Och kanske kommer denna läsare att inspireras till att skapa en bättre framtid. Kanske inser hon till och med att den framtid jag skrivit skulle kunna bli verklighet.

Man måste inse vad man kan och inte kan här i livet. Det är mycket jag inte kan, knega som en karl, knulla som en karl, prata med vem som helst, bygga hus och dansa. Men en sak kan jag. Jag kan skriva.

Nu ska jag åka till Danmark.

Toff Janne
Även känd som
Muham Bentson

Tack!

Det största tacket går naturligtvis till Malin, som under hela resans gång läste och var ömsom sträng, ömsom snäll. Dessutom vill jag tacka Rikard, som läste hela rasket och gav värdefulla synpunkter. Och tack till min bror Petter och Micke Vestlin för att ni sa de magiska orden: »Man vill ju veta hur det går.« Och tack Ordfront, speciellt Arianna Bommarco Catomeris som gjorde detta till en mycket bättre bok.

Sist men inte minst: tack Gurra, som hela tiden lovade att läsa. Det betydde nåt det också, även om jag inte vet exakt vad.

Pocketförlagets utgivning

Ahern, Cecelia: Där regnbågen slutar 978-91-85625-05-5
Alfredsson, Karin: 80° från Varmvattnet 978-91-85625-06-2
Alfredsson, Karin: Kvinnorna på 10:e våningen 978-91-86067-54-0
Andersson, Glenn-Lauritz: Jack Uppskäraren 978-91-86067-53-3
Aneröd, Renzo: Vildsvinet 978-91-85625-77-2
Barclay, Linwood: Utan ett ord 978-91-86369-15-6
Bernuth, Christa: Inre säkerhet 978-91-86067-43-4
Bilgic, Yesim: Pause/Play 978-91-86067-65-9
Bjerström, Erika: Europa 978-91-86067-33-5
Buxbaum, Julie: Motsatsen till kärlek 978-91-86067-24-3
Condé, Maryse: Desirada 978-91-86369-22-4
Cohn/Levithan: Nick & Norahs oändliga låtlista 978-91-8636908-8
Dahl, Sophie: Leka bland vuxna 978-91-86067-59-5
Dahlqvist, Annika: LCHF - Anta din viktigaste utmaning 978-91-86067-49-6
Dawkins, Richard: Illusionen om Gud 978-91-85625-86-4
DeLillo, Don: Falling man: 978-91-86067-26-7
Dixelius, Kalle: Toffs bok 978-91-86369-30-9
Downham, Jenny: Innan jag dör 978-91-86067-14-4
Ebervall & Samuelson: Ers Majestäts Olycklige Kurt 978-91-86067-02-1
Elfberg, Ingrid: Gud som haver 978-91-86369-29-3
Englund, Peter: Stridens skönhet och sorg 978-91-86067-75-5
Engvall, Caroline: 14 år till salu 978-91-86067-39-7
Ersgård, Jesper: Ut kom vargarna 978-91-86067-95-3
Fairhurst. Duncan: När ingen annan ser 978-91-86067-21-2
Faludi, Susan: Den amerikanska mardrömmen 978-91-86067-06-7
Gerhardsen, Carin: Mamma, pappa, barn 978-91-86067-10-6
Gerhardsen, Carin: Pepparkakshuset 978-91-86067-09-0
Ghararamani, & Hillman: Mitt liv som förrädare 978-91-86067-13-7
Green, John: Var är Alaska? 978-91-86369-23-1
Gucci, Jenny: Guccikrigen 978-91-86369-05-7
Guillou, Jan: Madame Terror 978-91-85625-29-1
Guillou, Jan: Fienden inom oss 978-91-85625-69-7
Guillou, Jan: Men inte om det gäller din dotter 978-91-86067-57-1
Haag, Martina: I en annan del av Bromma 978-91-86067-04-5
Haag, Martina: Martina-koden 978-91-85625-17-8
Hansson, Bob: Gunnar 978-91-85625-93-2
Hellberg, Åsa: Casanovas kvinna 978-91-86067-96-0
Holland, James: Operation Oden 978-91-86369-19-4
Holm, Gretelise: Ministermordet 978-91-86067-01-4
Holt, Anne: Presidentens val 978-91-85625-41-3
Holt, Anne: 1222 över havet 978-91-86067-19-9
Härén, Fredrik: Bli en vinnare i den globala världen 978-91-86067-92-2
Jacobsen, Steffen: Passageraren 978-91-86369-13-2
Janouch, Katerina: Bedragen 978-91-86067-56-4
Janouch, Katerina: Orgasmboken 978-91-8562526-0

Janouch, Katerina: Sommarbarn 978-91-85625-43-7
Janouch, Katerina: Unga tjejers bok om sex & kärlek 978-91-86067-51-9
Jeremy, Ron: Hårdaste mannen i showbiz 978-91-86067-07-6
Jern, Martin: Så värt 978-91-86369-09-5
Jonasson, Jonas: Hundraåringen som klev ut ur fönstret...978-91-86369-27-9
Kadefors, Sara: Fågelbovägen 32 978-91-85625-19-2
Kallentoft, Mons: Midvinterblod 978-91-85625-59-8
Kallentoft, Mons: Sommardöden 978-91-85625-94-9
Kenyon, Sherrilyn: Nattens begär 978-91-8636925-5
Kernick, Simon: En bra dag att dö 978-91-86067-77-9
Kernick, Simon: Handel med döden 978-91-86067-12-0
Kielos, Katrine: Våldtäkt & Romantik 978-91-86067-42-7
Kilmister, Lemmy: White Line Fever 978-91-86067-58-8
Knopp. Guido: Krigsfångarna 978-91-86369-28-6
Kudrischoff, Simon: Huset på Arlozorovgatan 978-91-86067-36-6
Lavender, Will: Blind lydnad 978-91-86067-90-8
Leeb, Jenny: På grund av Leon 978-91-86369-03-3
Leeb, Jenny: Stella & Sebastian 978-91-85625-65-9
Levengood & Lindell: Gamla tanter + Gud som haver 978-91-85625-31-4
Levithan, David: Ibland bara måste man 978-91-86369-10-1
Lewis, Norman: Maffian 978-91-86067-25-0
Lichtenstein, Olivia: Mrs Zjivago och hennes hemliga liv 978-91-86067-23-6
Lindell, Unni: Honungsfällan 978-91-86067-03-8
Lindell, Unni: Orkestergraven 978-91-8562514-7
Lindqvist, Elin: Facklan - en roman om Leon Larsson 978-91-86067-93-9
Lowden, Martina: Allt 978-91-85625-75-8
Lundholm, Lars Bill: Kungsholmsmorden 978-91-9758884-3
Lundholm, Lars Bill: Södermalmsmorden 978-91-9758886-7
Lundholm, Lars Bill: Östermalmsmorden 978-91-97588-85-0
Lövestam, Sara: Udda 978-91-86369-14-9
Malmsten, Bodil: Hör bara hur ditt hjärta bultar i mig 978-91-85625-80-2
Malmsten, Bodil: Kom och hälsa på mig om tusen år 978-91-86067-40-3
Malmsten, Bodil: Mitt första liv 978-91-85625-81-9
Malmsten, Bodil: Tryck stjärna 978-91-85625-77-2
Mankell, Henning: Kinesen 978-91-86067-55-7
Manz, Bruno: Fångad av hakkorset 978-91-86067-45-8
Marklund, Liza: En plats i solen 978-91-86067-06-9
Marklund, Liza: Livstid 978-91-85625-70-3
Marklund, Liza: Nobels testamente 978-91-85625-28-4
Marklund, Liza & Snickare, Lotta: Det finns en särskild...978-91-85625-62-8
Mazetti, Katarina: Blandat blod (Släkten) 978-91-86067-44-1
McLaughlin & Kraus: Min förlorade oskuld 978-91-86067-76-2
Moström, Jonas: Dödens pendel 978-91-85625-61-1
Moström. Jonas: Hjärtats mörker 978-91-85625-95-6
Moström, Jonas: Svart cirkel 978-91-85625-21-5
Mørk, Christian: Darling Jim 978-91-86067-16-8
Nesbø; Jo: Djävulstjärnan 978-91-8562549-9
Nesbø; Jo: Fladdermusmannen 978-91-85625-45-1

Nesbø, Jo: Frälsaren 978-91-8562544-4
Nesbø, Jo: Kackerlackorna 978-91-8562546-8
Nesbø, Jo: Rödhake 978-91-8562547-5
Nesbø, Jo: Smärtans hus 978-91-85625-48-2
Nesbø, Jo: Snömannen 978-91-86067-05-2
Nilsson, Johanna: Janis den magnifika 978-91-86369-24-8
Norberg, Liam: Insidan: brotten, pengarna, tiden 978-91-85625-66-6
O´Flanagan, Sheila: Den jag ville ha 978-91-86067-08-3
O´Flanagan Sheila: Inte han! 978-91-85625.-53-6
O'Flanagan, Sheila: Luftslott 978-91-97588-80-5
O'Flanagan, Sheila: Syskonkärlek 978-91-86067-81-6
Olsson, Kristina: Askungar 978-91-86369-18-7
Palahniuk, Chuck: Fight Club 978-91-85625-85-7
Persson Giolito, Malin: Dubbla slag 978-91-86067-38-0
Pihl, Emma: Vinnare i din egen tävling 978-91-86369-17-0
Rambe, Lars: Spåren på bryggan 978-91-86067-30-4
Roman, Andreas: Mörkrädd 978-91-86067-64-2
Roslund & Hellström: Edward Finnigans upprättelse 978-91-85625-20-8
Roslund & Hellström: Flickan under gatan 978-91-85625-68-0
Roslund & Hellström: Tre sekunder 978-91-8636926-2
Rostoff, Meg: Justin Case 978-91-86369-36-1
Rubenfeld, Jed: Analys av ett mord 978-91-86067-22-9
Sæterbakken, Stig: Osynliga händer 978-91-86369-16-3
Sennerteg, Niclas: Nionde arméns undergång 978-91-86369-02-6
Shepard, Karen: Känner vi varann? 978-91-86067-20-5
Singh, Simon: Salvekvick och kvacksalveri 978-91-86369-02-6
Sixx, Nikki: The Heroin Diaries 978-91-86067-70-0
Skugge, Linda: Lindas bästa/värsta 978-91-86067-46-5
Slash & Bozza, Anthony: Slash - biografin 978-91-86067-50-2
Sortland, Bjørn: Vad är så skört att det bryts om du säger dess namn 978-91-86369-07-1
Strauss, Neil: Att älska som en porrstjärna 978-91-85625-83-3
Strauss, Neil: En syndig box 978-91-85625-84-0
Strauss, Neil: Marilyn Manson: Den långa vägen ut ur helvetet 978-91-86067-47-2
Strauss, Neil: The Dirt 978-91-85625-82-6
Sturesson, Margaretha: Om det så skulle kosta mig livet 978-91-86067-94-6
Svensson, Martin: Din heder 978-91-86067-63-2
Syvertsen, Jan-Sverre: Sekten 978-91-86067-98-4
Thompson, Hunter S: Skräck & avsky i Las Vegas 978-91-86369-31-6
Tosches, Nick: Hellfire 978-91-86369-20-0
Tursten, Helen: Det lömska nätet 978-91-86067-74-8
von Zweigbergk, Charlotta: Rökt! Lev gott utan cigg 978-91-86067-48-9
Wahlberg, Karin: Sigrids hemlighet 978-91-86067-64-9
Wattin, Danny: Ursäkta, men din själ dog nyss 978-91-86369-21-7
Weldon, Fay: En styvmors dagbok 978-91-86369-04-0
Östergren, Petra: F-ordet 978-91-86067-73-1

Vänd för lästips från Pocketförlaget!

POCKETTIPS FRÅN POCKETFÖRLAGET

OSYNLIGA HÄNDER

Osynliga händer är Stig Sæterbakkens hyllade succéroman där moraliska frågor ställs på sin spets och drivs till gränsen för det uthärdliga. Det är en stark och gripande berättelse som skulle kunna kallas motsatsen till århundradets kärlekshistoria.

I ett mörkt, regnigt och smutsigt Oslo får den utbrände polisinspektören Kristian Wold i uppdrag att avsluta ett gammalt fall – sökandet efter en försvunnen 14-årig flicka. Utan att komma närmare fallets lösning, inleder han en förbjuden och farlig kärleksrelation med flickans mamma. Nu slits Wold mellan sitt uppdrag som polis och det starka begäret efter Ingrid. Samtidigt kastas de båda mellan hopp och förtvivlan och när utredningen tar en oväntad vändning står Wold inför sitt svåraste beslut någonsin.

"Sæterbakken är en grymt tät stilist."
Dagens Nyheter

POCKETTIPS FRÅN POCKETFÖRLAGET

URSÄKTA, MEN DIN SJÄL DOG NYSS

Ursäkta, men din själ dog nyss är en berättelse om vikten av medkänsla i en tid av självupptagenhet. Med avstamp i aktuell forskning inom gen- och bioteknik och den snabbt ökade handeln med mänskliga arvsanlag målar Danny Wattin upp en värld där människan offrat det hon behöver för att få det hon vill ha. En värld inte helt olik vår egen.

Det är Äggbankningsdag och allting är precis som vanligt. Ljuden från skolgårdens fortplantningsruta, småflickorna som strosar runt i väntan på att deponera sina äggstockar och Angelinorna som fnittrande bläddrar igenom sina kataloger i jakt på nya kändisar att göra barn med. Det finns ingen som helst möjlighet för Benjamin Albert Bonkenstein, till hälften Einstein, att veta att hela hans tillvaro snart kommer att vändas upp-och-ned. Ett händelseförlopp som börjar när han inleder ett hemligt förhållande med den genetiskt överlägsna överklassflickan Julia och slutar i en härva av mord, lögner och skönhetsideal så extrema att de riskerar rasera grunden för allt mänskligt liv.

”Ett halsbrytande läsäventyr”
Gomorron Sverige, SVT

NYHETER UNDER VÅREN 2010

NICK & NORAHS OÄNDLIGA LÅTLISTA

Rachel Cohn & David Levithan

De möts av en slump vid midnatt. Sedan korsas deras vägar igen och igen. Musik, dans och hångel på de mest besynnerliga ställen gör natten näst intill oändlig.

Rachel Cohn och David Levithan skriver vartannat kapitel och låter Nick och Norah växelvis delge sina ibland vitt skilda tolkningar av nattens händelser.

"Det är överjordiskt ljuvt, ett oväntat möte, en natt på stan, ett oändligt samtal, en perfekt låtlista. En mycket bra bok." ***SvD***

JANIS DEN MAGNIFIKA

Johanna Nilsson

Nu har jag stulit min brorsas bil. Jag är sjutton år och har inget körkort, men det struntar jag i, för jag måste norrut, bara norrut, för att hitta det ultimata som jag och Emelie sa att vi skulle hitta tillsammans. Och så ska jag sörja tills ingen sorg finns kvar och det vill jag göra ifred!

Den prisbelönta författaren Johanna Nilsson tar oss med på en hisnande resa kantad av katastrofer och glimtar av lycka.

"Johanna Nilsson vet hur man skriver in flickor i historien och skapar romanfigurer som besitter den outgrundliga förmågan att resa sig ur det mest hopplösa." ***Aftonbladet***

SÅ VÄRT

Martin Jern

Aron, 15, är inte nöjd med den han är, men vet heller inte vem han vill vara. Han berättar om en tonårsvärld där spelreglerna är suddiga och där det bara tycks finnas två alternativ: att vara en sån som ingen ser, eller nån som alla vill döda.

Efter manus till filmer som Fjorton suger och Du & jag, debuterar nu Martin Jern som författare.

"En makalöst klarsynt tillbakablick på dem vi alla en gång var." ***Helsingborgs Dagblad***

NATTENS BEGÄR

Sherrilyn Kenyon

Amanda Devereaux har en helt galen familj. Hennes mor och syskon är häxor, medier, och vampyrjägare. En dag vaknar hon upp fastkedjad vid en sexig, blond främling, Kyrian av Thracia. Först tror Amanda att detta är ett av hennes systers mer raffinerade försök att fixa ihop henne med en spännande man, men det står snart klart att Kyrian inte är idealiskt pojkvänsmaterial.

Nattens begär är första delen i serien om de Svarta jägarna.

NYHETER UNDER VÅREN 2010

JUSTIN CASE

Meg Rosoff

Femtonårige David Case ser bara en utväg att undkomma Ödet som flåsar honom i nacken. Han måste byta identitet. Han blir Justin Case. Han lämnar sin familj, slutar skolan och bosätter sig i avgångshallen på Lutons flygplats.

Där kan han äntligen känna sig fri och fullständigt anonym. Men det gäckande Ödet hittar honom snart …

"Mycket läsvärd, både för unga och vuxna." ***SvD***

IBLAND BARA MÅSTE MAN

David Levithan

Joni har dumpat Paul och hela gänget för den där Chuck! Och Tony är inspärrad i huset av sina hysteriska föräldrar. Och Noah med de grönaste gröna ögon vill inte se Paul längre eftersom han råkade kyssa sitt ex Kyle i skolans städskrubb.

Med vass humor och ett språk som trollbinder berättar David Levithan en historia utan motsvarighet i svensk litteratur för unga. I USA har boken bland annat tilldelats ALA Best Books for Young Adults. Ibland bara måste man är en humoristisk, galen och ofantligt romantisk bok.

NYHETER UNDER VÅREN 2010

VAR ÄR ALASKA?

John Green

Miles Halter är nöjd med att lämna sitt trista liv bakom sig och börja på internatskolan Culver Creek i Alabama. Och visst förändras hans liv. Han får nya vänner som lär honom nya ovanor.

Och han träffar Alaska Young – den smartaste, roligaste och snyggaste tjej han någonsin sett. Hon kommer att förändra hans liv mer än han någonsin kan ana …

VAD ÄR SÅ SKÖRT ATT DET BRYTS OM DU SÄGER DESS NAMN?

Bjørn Sortland

Kärleken ska vara en början. Speciellt som man är 19 år och kär för första gången. När Markus förälskar sig i Ingrid blir kärleken vägen mot slutet. För Ingrid är sjuk, och hon blir allt sämre i takt med att förhållandet djupnar. Deras framtidsbild blir en enda, och det är döden.

"Vad är så skört att det bryts när du säger dess namn?" är en ovanlig liten bok, snabbt utläst, länge kvar som en sorgens skärva, en Astrid Lindgrensk Sorgfågel – han som sjunger så vackert att man inte kan låta bli att lyssna, hur sorgligt det än är." ***DN***